Diogenes Taschenbuch 21620

detebe

Georges Simenon

Meister-erzählungen

Diogenes

Veröffentlicht als Diogenes Taschenbuch, 1988

60/90/8/2
ISBN 3 257 21620 3

Inhalt

Maigret und Inspektor Griesgram

I

Von einem Herrn, dem sein Leben ebensowenig lieb ist wie die Polizei

Der junge Mann schob den Kopfhörer ein wenig von den Ohren zurück.

»Wo war ich stehengeblieben, Onkel? ... Ach ja! ... Als die Kleine aus der Schule nach Hause kam und meine Frau sah, daß ihre Haut voller roter Flecken war, dachte sie zuerst, es sei Scharlach, und ...«

Es war nicht möglich, einen etwas längeren Satz zu Ende zu bringen; immer wieder leuchtete eines der Lämpchen auf dem Stadtplan von Paris auf, der eine ganze Wand einnahm. Diesmal war es im 18. Arrondissement, und Daniel, Maigrets Neffe, schob den Stecker in eines der Löcher im Fernsprechschrank und murmelte:

»Was ist los?«

Er hörte teilnahmslos zu und wiederholte für den Kommissar, der auf einer Tischecke saß:

»Eine Schlägerei zwischen zwei Arabern in einem Bistro an der Place d'Italie ...«

Er wollte gerade mit dem Bericht über seine Tochter fortfahren, als auch schon ein anderes weißes Lämpchen auf dem Wandplan aufleuchtete.

»Hallo! ... Wie bitte? ... Ein Verkehrsunfall auf dem Boulevard de la Chapelle? ...«

Vor den großen, vorhanglosen Fenstern sah man es in Strömen regnen, ein Sommerregen, der in langen, fließenden Streifen die Nacht hell durchsetzte. In dem großen Raum der Polizeizentrale, in dem Maigret Zuflucht gesucht hatte, war es warm, fast ein wenig schwül.

Kurz zuvor war er noch in seinem Büro am Quai des Orfèvres gewesen. Er mußte wegen eines internationalen Betrügers, den seine Beamten in einem Luxushotel auf den Champs Elysées aufgespürt hatten, auf einen Anruf aus London warten. Dieser Anruf konnte ebensogut um Mitternacht wie um ein Uhr morgens kommen, und Maigret hatte bis dahin nichts zu tun. Er hatte allein in seinem Büro gesessen und sich gelangweilt.

Deshalb hatte er die Vermittlungsstelle angewiesen, sämtliche Anrufe für ihn an die Polizeizentrale auf der anderen Straßenseite weiterzuleiten, und er war gekommen, um mit seinem Neffen zu plaudern, der gerade Nachtdienst hatte.

Maigret hatte sich immer gern in diesem großen, ruhigen und sauberen Raum aufgehalten, der an ein Labor erinnerte und von dem die meisten Pariser nichts wußten, obwohl er gleichsam das Herz der Stadt war.

An jeder Kreuzung in Paris gibt es rotlackierte Apparate, an denen man nur eine Glasscheibe einzuschlagen braucht, um automatisch sowohl mit dem Polizeiposten des Viertels als auch mit der Polizeizentrale telefonisch verbunden zu sein.

Sobald irgendein Notruf ankommt, leuchtet eines

der Lämpchen auf dem gewaltigen Stadtplan auf, und der wachhabende Polizeibeamte hört den Hilferuf im selben Augenblick wie der Wachtmeister im nächstgelegenen Polizeirevier.

Unten, im dunklen und stillen Hof der Präfektur, stehen zwei vollbesetzte Mannschaftswagen für den Einsatz in schweren Fällen bereit. In sechzig Polizeirevieren warten weitere Wagen sowie Polizisten mit Fahrrädern.

Wieder leuchtete ein Lämpchen auf.

»Selbstmordversuch mit Veronal in einer Pension in der Rue Blanche«, wiederholte Daniel.

So zeichnen die kleinen Lichter an der Wand Tag und Nacht die dramatischen Ereignisse auf, die sich in der Stadt zutragen; kein Wagen und keine Streife verläßt eines der Polizeireviere, ohne daß der Grund für den Einsatz an die Zentrale gemeldet wird.

Maigret hatte sich schon immer dafür ausgesprochen, die jungen Inspektoren für ein mindestens einjähriges Praktikum in diesen Raum zu schicken, damit sie hier die Geographie des Verbrechens der Hauptstadt kennenlernten, und auch er selbst kam gern für ein oder zwei Stunden hierher, wenn er einmal nichts zu tun hatte.

Einer der wachhabenden Polizeibeamten aß gerade Brot und Wurst. Daniel fuhr fort:

»Sie hat sofort Dr. Lambert angerufen, und als der dann eine halbe Stunde später ankam, waren die roten Flecken verschwunden. Es war nur eine Art Nesselausschlag gewesen ... Hallo! ...«

Im 18. Arrondissement war ein Lämpchen aufgeleuchtet. Ein Direktruf. Genau in dem Augenblick hatte jemand die Scheibe des Notrufapparats an der Ecke Rue Caulaincourt/Rue Lamarck eingeschlagen.

Für einen Neuling ist das alles recht eindrucksvoll... Man stellt sich die in der Nacht verlassen daliegende Kreuzung vor, den strömenden Regen, das nasse Pflaster, Pfützen, in denen sich das Licht der Straßenlampe spiegelt, weiter weg ein paar hellerleuchtete Cafés und einen Mann oder eine Frau, jemanden, der sich hastig ein Tuch um die Hand wickelt, um die Scheibe einzuschlagen, der vielleicht taumelt, der verfolgt wird, der Angst hat oder Hilfe braucht...

Maigret, der unwillkürlich seinen Neffen anschaute, sah, wie dieser die Augenbrauen zusammenzog. Sein Gesicht zeigte Bestürzung, dann Entsetzen.

»Mein Gott, Onkel...« stammelte er.

Er hörte noch einen Augenblick lang hin, dann steckte er die Verbindung um.

»Hallo! ... Ist dort das Revier in der Rue Damrémont? ... Sind Sie es, Dambois? ... Haben Sie den Anruf gehört? ... Das war doch ein Schuß, oder nicht? ... Ja, ich meine auch ... Was sagen Sie? ... Ihr Wagen ist schon unterwegs? ...«

Mit anderen Worten: In weniger als drei Minuten würden die Beamten zur Stelle sein, denn die Rue Damrémont liegt nicht weit von der Rue Caulaincourt.

»Verzeihung, Onkel... Aber das kam so überraschend! ... Zuerst hab ich eine Stimme gehört, die in den Apparat rief:

›Ich sch.. auf die Polizei!‹

Und dann, gleich darauf, den Knall eines Schusses.«

»Würdest du dem Wachtmeister in der Rue Damrémont sagen, daß ich sofort komme und daß man bis dahin nichts anfassen soll?«

Und schon eilte Maigret durch die leeren Flure in den Hof hinunter und sprang in einen der kleinen schnellen Wagen, die für die Polizeioffiziere bereitstanden.

Es war erst Viertel nach zehn.

»Rue Caulaincourt ... schnell!«

Eigentlich hatte er mit dieser Sache nichts zu tun. Die Polizei des Viertels war an Ort und Stelle, und erst, wenn sie ihren Bericht abgeliefert hatte, würde entschieden werden, ob sich die Kriminalpolizei mit dem Fall befassen mußte. Maigret folgte seiner Neugier. Außerdem hatte er sich an etwas erinnert, als Daniel noch sprach.

Zu Beginn des letzten Winters – es war Oktober, und auch in jener Nacht regnete es – war er einmal gegen elf Uhr abends in seinem Büro, als er einen Telefonanruf erhielt.

»Kommissar Maigret?«

»Ja, bitte.«

»Ist wirklich Kommissar Maigret persönlich am Apparat?«

»Aber ja ...«

»Nun denn, ich sch ... auf Sie.«

»Wie bitte?«

»Ich sagte, ich sch ... auf Sie! Ich hab gerade hier vom Fenster aus die beiden Polizisten vor dem Haus umgelegt, die Sie als Wachtposten aufgestellt hatten ... Sie brauchen gar keine anderen zu schicken ... *Sie* werden mich nicht erwischen ...«

Ein Schuß ...

Der polnische Akzent hatte dem Kommissar schon

genug gesagt. Das Ganze mußte sich in einem kleinen Hotel an der Ecke Rue Birague/Faubourg Saint Antoine zugetragen haben. Dorthin hatte sich nämlich ein gefährlicher polnischer Verbrecher geflüchtet, der zuvor mehrere Bauernhöfe im Norden überfallen hatte.

Das Hotel wurde tatsächlich von zwei Polizisten überwacht, denn Maigret hatte beschlossen, im Morgengrauen die Verhaftung persönlich vorzunehmen.

Einer der beiden Inspektoren war sofort tot gewesen; der andere konnte nach fünf Wochen aus dem Krankenhaus entlassen werden. Der Pole selbst hatte sich am Ende des Gesprächs mit dem Kommissar kurzerhand in den Kopf geschossen.

Eben diese Übereinstimmung hatte Maigret im großen Saal der Polizeizentrale stutzig gemacht. In zwanzig und mehr Jahren seiner Berufstätigkeit war nur ein solcher Fall vorgekommen: ein von Beschimpfungen begleiteter Selbstmord am Telefon.

War es nicht ganz außerordentlich, daß sich der gleiche oder jedenfalls ein ganz ähnlicher Vorfall innerhalb von sechs Monaten wiederholte?

Das kleine Auto fuhr durch Paris und erreichte den Boulevard Rochechouart mit seinen hellerleuchteten Kinos und Tanzlokalen. Von da an, wo die ziemlich steil abfallende Rue Caulaincourt abzweigte, war es still, fast wie ausgestorben; da und dort sah man einen Omnibus, der die Straße hinabfuhr, ein paar vereinzelte Passanten eilten die regennassen Gehsteige entlang.

An der Ecke zur Rue Lamarck war eine kleine Gruppe dunkler Gestalten zu erkennen. Das Polizeiauto stand ein paar Meter weiter die Straße hinab. An den Fenstern sah man Menschen, Concierges standen auf den Türschwellen, doch der strömende Regen hielt die meisten Neugierigen fern.

»Guten Abend, Dambois.«

»Guten Abend, Herr Kommissar.«

Und Dambois deutete auf eine Gestalt, die weniger als einen Meter von der Notrufsäule entfernt auf dem Gehsteig lag. Neben der Leiche kniete ein Mann, ein Arzt aus der Nachbarschaft, den man inzwischen hatte rufen können. Und doch waren seit dem Schuß erst zwölf Minuten vergangen.

Der Arzt richtete sich auf und erkannte die vertraute Gestalt Maigrets:

»Der Tod ist sofort eingetreten«, sagte er und wischte seine durchnäßten Hosenbeine und seine mit Regentropfen bedeckte Brille ab. »Der Schuß wurde aus nächster Nähe ins rechte Ohr abgegeben.«

Maigret vollführte unwillkürlich die Geste, mit der man sich ins Ohr schießt.

»Selbstmord?«

»Es sieht so aus ...«

Und Wachtmeister Dambois zeigte Maigret eine Pistole, die bis jetzt noch niemand berührt hatte und die etwa fünfzig Zentimeter von der Hand des Toten entfernt lag.

»Kennen Sie ihn, Dambois?«

»Nein, Herr Kommissar... aber irgendwie, ich weiß auch nicht, weshalb, hab ich den Eindruck, es sei jemand aus diesem Viertel.«

»Würden Sie vorsichtig nachsehen, ob er eine Brieftasche bei sich hat?«

Von Maigrets Hut lief bereits das Regenwasser herunter. Der Wachtmeister übergab ihm eine schon ziemlich abgenutzte Brieftasche, die er aus dem Jackett des Toten herausgeholt hatte. Ein Fach enthielt sechs Hundertfrancscheine und die Fotografie einer Frau. In einem anderen lag ein Personalausweis auf den Namen Michel Goldfinger, achtunddreißig Jahre, Diamantenhändler, Rue Lamarck 66b.

Das Bild des Personalausweises zeigte tatsächlich den Mann, der immer noch mit seltsam verdrehten Beinen auf dem Gehsteig lag.

Im letzten Fach der Brieftasche, das mit einer Lasche verschlossen war, fand Maigret ein Stück klein zusammengefaltetes Seidenpapier.

»Würden Sie mir mit Ihrer Taschenlampe leuchten, Dambois?«

Vorsichtig wickelte er das Paket auf, und etwa zehn kleine, glitzernde Steine, ungefaßte Diamanten, glänzten im Licht.

»Man wird nicht sagen können, daß Raub das Tatmotiv gewesen sei«, brummte der Wachtmeister, »oder daß er in einer materiellen Notlage Selbstmord verübt habe ... Was halten Sie davon, Chef?«

»Haben Sie die Anwohner befragen lassen?«

»Inspektor Lognon kümmert sich gerade darum.«

Alle drei Minuten fuhr ein Omnibus die abschüssige Straße hinunter. Alle drei Minuten fuhr einer in entgegengesetzter Richtung die Straße hinauf und schaltete dabei den Gang herunter. Zwei-, dreimal hob Maigret den Kopf, weil er eine Fehlzündung hörte.

»Eigenartig«, murmelte er vor sich hin.

»Was ist eigenartig?«

»Daß uns in jeder anderen Straße jemand etwas über den Schuß würde sagen können ... Sie werden sehen, daß Lognon die Anwohner ergebnislos befragen wird, weil in dieser abschüssigen Straße hier viele Fehlzündungen entstehen.«

Er täuschte sich nicht. Lognon, den seine Kollegen wegen seiner ständigen miserablen Laune Inspektor Griesgram nannten, kam auf den Wachtmeister zu.

»Ich habe etwa zwanzig Personen befragt. Entweder haben sie nichts gehört – die meisten hören um diese Zeit Radio, vor allem heute abend, weil der Pariser Sender eine Galavorstellung übermittelt – oder aber sie antworten mir, man höre den ganzen Tag solche Geräusche. Sie sind daran gewöhnt ... Nur eine alte Frau – sie wohnt im sechsten Stock des zweiten Hauses rechts – behauptet, sie habe zwei Schüsse gehört. Bloß mußte ich meine Frage mehrmals wiederholen, weil sie stocktaub ist ... Ihre Concierge hat es mir bestätigt ...«

Maigret ließ die Brieftasche in seine Tasche gleiten.

»Lassen Sie die Leiche fotografieren«, sagte er zu Dambois. »Wenn die Fotografen fertig sind, überführen Sie sie ins Gerichtsmedizinische Institut und bitten Dr. Paul, die Autopsie vorzunehmen. Sobald die Fingerabdrücke auf der Pistole registriert sind, schicken Sie sie an den Sachverständigen Gastinne-Renette.«

Inspektor Lognon, der vielleicht gemeint hatte, sich in diesem Fall hervortun zu können, sah wütend zu Boden, die Hände in den Manteltaschen vergraben, mit regennassem und verdrossenem Gesicht.

»Kommen Sie mit mir, Lognon? Nachdem sich die Sache in Ihrem Revier ereignet hat...«

Die beiden entfernten sich zusammen. Sie gingen den Gehsteig auf der rechten Seite der Rue Lamarck entlang. Er war wie ausgestorben, auf der ganzen Straßenlänge sah man nur die Lichter von zwei kleinen Cafés.

»Verzeihen Sie mir, Lognon, daß ich mich um eine Sache kümmere, die mich nichts angeht, aber da ist etwas, was mich nicht ruhen läßt... Ich weiß noch nicht genau, was eigentlich... Irgend etwas ist da nicht in Ordnung, verstehen Sie? ... Selbstverständlich führen offiziell Sie die Untersuchung.«

Doch Lognon verdiente den Spitznamen Inspektor Griesgram zu sehr, als daß er auf das Entgegenkommen des Kommissars eingegangen wäre.

»Ich weiß nicht, ob Sie mich verstehen... Daß ein Typ wie Stan der Totschläger, der wußte, daß die Nacht nicht zu Ende gehen würde, ohne daß er verhaftet werden würde, und der außerdem wußte, daß ich ihm schon länger als einen Monat auf den Fersen war...«

Es paßte genau zu Stans Art, sich bis zum Schluß zu verteidigen, wie ein wildes Tier, und sich lieber eine Kugel in den Kopf zu jagen als auf der Guillotine zu enden. Er hatte nicht allein abtreten wollen und hatte deshalb in einer letzten trotzigen Auflehnung, in einem letzten Aufflammen des Hasses gegen die Gesellschaft die beiden Polizisten abgeknallt, die ihn überwachten.

All das lag auf der gleichen Linie. Sogar der Anruf bei Maigret, der zu seinem Intimfeind geworden war, diese äußerste Beleidigung, diese letzte Provokation...

Nur war in den Zeitungen nie von diesem Telefonanruf die Rede gewesen. Außer ein paar Kollegen Maigrets hatte niemand davon erfahren.

Und die Worte, die an diesem Abend in den Notrufapparat gerufen worden waren, paßten nicht zu dem wenigen, das man bis jetzt über den Diamantenhändler wußte.

Soweit man das jetzt schon beurteilen konnte, handelte es sich um einen unbedeutenden Mann, um einen Kleinverdiener, ja sogar, der Kommissar hätte es beschwören können, um einen Unglücksraben, einen Pechvogel. Denn auch im Diamantenhandel gibt es, wie in allen anderen Gewerben, reiche Herren und arme Schlucker.

Maigret kannte den Ort, an dem diese Geschäfte gewöhnlich getätigt wurden, ein großes Café in der Rue La-Fayette, wo die Herren Diamantengroßhändler die kleinen Wiederverkäufer zu sich an den Tisch kommen ließen und ihnen ein paar Steine anvertrauten.

»Hier ist es«, sagte Lognon und hielt vor einem Haus, das aussah wie alle Häuser in dieser Straße, ein schon altes Mietshaus mit sechs Stockwerken; in einigen Fenstern sah man Licht.

Sie läuteten. Die Tür ging auf, und sie sahen, daß in der Loge der Concierge noch Licht brannte. Radiomusik drang aus dem Raum mit der Glastür, in dem man ein Bett erkennen konnte; eine Frau mittleren Alters war mit einem Strickzeug beschäftigt, ein Mann las seine Zeitung, in Filzpantoffeln, ohne Kragen, das Hemd über der behaarten Brust geöffnet.

»Entschuldigen Sie, Madame... Ist Monsieur Goldfinger zu Hause?«

»Hast du ihn nicht zurückkommen sehen, Désiré? ... Nein ... Er ist übrigens vor kaum einer halben Stunde weggegangen.«

»Allein?«

»Ja, ich dachte, er wolle hier im Viertel noch etwas besorgen, vielleicht Zigaretten holen.«

»Geht er öfters abends weg?«

»Fast nie ... Es sei denn, er geht mit seiner Frau und seiner Schwägerin ins Kino.«

»Sind sie oben?«

»Ja, sie sind heute abend nicht weggegangen ... Wollen Sie zu ihnen? ... Im dritten Stock rechts.«

Das Haus hatte keinen Fahrstuhl. Ein dunkler Läufer lag auf den Stufen, auf jedem Treppenabsatz hing eine Glühbirne, rechts und links davon war jeweils eine braune Tür. Das Haus war sauber und wohnlich, aber ohne jeden Luxus. Die Wände, Marmorimitation, hätten eines neuen Anstrichs bedurft, denn sie wurden langsam gelblich, an manchen Stellen sogar braun.

Wieder Radiomusik ... Die gleiche Musik, die man an dem Abend überall hören konnte, die große Galasendung des Pariser Rundfunks.

Auf dem Treppenabsatz im dritten Stock hörten sie sie wieder ...

»Soll ich läuten?« fragte Lognon.

Hinter der Tür hörten sie eine Klingel läuten, das Geräusch eines Stuhls, den jemand beim Aufstehen zurückschob, und eine jugendliche Stimme, die rief:

»Ich komm schon ...«

Ein schneller, leichter Schritt. Der Türknauf drehte sich, die Tür ging auf, und die Stimme sagte:

»Du bist nicht ...«

Man merkte, daß der Satz hätte heißen sollen:

»Du bist nicht lange weggeblieben.«

Doch die Frau, die die Tür geöffnet hatte, blieb abrupt vor den beiden unbekannten Männern stehen und stammelte:

»Verzeihen Sie ... Ich dachte, es sei ...«

Sie war jung, hübsch, schwarz gekleidet, als ob sie Trauer tragen würde, sie hatte helle Augen und blondes Haar.

»Madame Goldfinger?«

»Nein, Monsieur... Monsieur Goldfinger ist mein Schwager...«

Sie war immer noch ein wenig verwirrt und kam nicht auf den Gedanken, die Besucher hereinzubitten. Ihr Blick war unruhig.

»Sie gestatten?« fragte Maigret und ging hinein.

Aus der Wohnung hörte man eine andere, ältere, ein wenig müde Stimme:

»Was ist, Eva?«

»Ich weiß nicht...«

Die beiden Männer waren in einen winzigen Vorraum hineingegangen. Links, hinter einer Glastür, konnte man im Halbdunkel ein kleines Wohnzimmer erkennen, das, nach der perfekten Ordnung zu urteilen, die darin herrschte, und nach dem Klavier, auf dem Fotografien und Nippes standen, wohl nur selten betreten wurde.

Im zweiten Raum brannte Licht, das Radio spielte leise.

Noch bevor der Kommissar und der Inspektor hätten

hineingehen können, kam ihnen das junge Mädchen zuvor und sagte:

»Gestatten Sie, daß ich die Zimmertür schließe? ... Meiner Schwester ging es heute abend nicht gut, sie hat sich schon hingelegt ...«

Die Tür zwischen diesem Zimmer und dem Eßzimmer, das als Wohnzimmer diente, stand sicher ganz offen. Sie hörten jemanden flüstern. Madame Goldfinger fragte wahrscheinlich:

»Wer ist da?«

Und Eva antwortete leise:

»Ich weiß nicht ... Sie haben nichts gesagt ..«

»Laß die Tür angelehnt, damit ich euch hören kann.«

Wie in den meisten Wohnungen in diesem Viertel, wie hinter all den erleuchteten Fenstern, die die beiden Männer gesehen hatten, herrschte auch hier völlige Stille, ein bedrückendes, zähflüssiges Schweigen, die Ruhe der Wohnungen, in denen nichts geschieht und in denen man sich nicht vorstellen kann, daß eines Tages etwas geschehen könnte.

»Verzeihen Sie ... Wenn Sie bitte hereinkommen wollen ...«

Im Eßzimmer standen rustikale Möbel, wie sie zu Tausenden von den großen Möbelgeschäften verkauft werden, mit immer dem gleichen kupfernen Blumenständer auf der Anrichte, mit den gleichen verzierten Tellern auf dem mit rotkariertem Baumwollstoff ausgeschlagenen Bord im Geschirrschrank.

»Nehmen Sie Platz ... Einen Augenblick ...«

Auf drei Stühlen lagen Stoffstücke, Schnittmusterteile aus braunem Packpapier, auf dem Tisch eine Schere, ein Modeheft und noch ein Stück Stoff, das offenbar gerade zugeschnitten wurde, als die Klingel läutete.

Das junge Mädchen schaltete das Radio aus, und plötzlich wurde es vollkommen still.

Lognon, noch mißmutiger als sonst, betrachtete die Spitzen seiner nassen Schuhe. Maigret spielte mit seiner Pfeife, die er hatte ausgehen lassen.

»Ist Ihr Schwager schon lange fort?«

An der Wand stand eine Westminster-Standuhr; das junge Mädchen warf unwillkürlich einen Blick auf das Zifferblatt.

»Er ist kurz vor zehn gegangen ... Vielleicht zehn vor zehn? ... Er war um zehn Uhr hier im Viertel mit jemand verabredet.«

»Sie wissen nicht, wo?«

Im Dunkel des Nebenzimmers, dessen Tür angelehnt blieb, hörte man, wie sich jemand bewegte.

»Wahrscheinlich in einem Café, aber ich weiß nicht, in welchem ... Sicher ganz in der Nähe, denn er sagte, er komme vor elf Uhr zurück.«

»Eine geschäftliche Verabredung?«

»Ich nehme es an ... Warum sollte er sich sonst mit jemand treffen?«

Maigret hatte den Eindruck, daß eine leichte Röte die Wangen der jungen Frau überzog. Seit einigen Minuten, je länger sie die beiden Männer betrachtete, schien sie sich zudem immer unwohler zu fühlen. Ihr Blick war eine stumme Frage. Zugleich schien sie sich jedoch vor der Antwort zu fürchten.

»Sie kennen meinen Schwager?«

»Das heißt... Ein wenig... War er öfter abends verabredet?«

»Nein... Selten... Eigentlich nie.«

»Er wurde wohl angerufen?«

Maigret hatte gerade auf einem Tischchen ein Telefon entdeckt.

»Nein... Bei Tisch, beim Abendessen hat er gesagt, er habe um zehn Uhr noch etwas zu erledigen.«

Ihre Stimme wurde ängstlich. Ein leises Geräusch im Nebenzimmer zeigte an, daß Madame Goldfinger aufgestanden war, daß sie wahrscheinlich barfuß hinter der Tür stand, um besser hören zu können.

»Ging es Ihrem Schwager gesundheitlich gut?«

»Ja, das heißt, er war nie der Gesündeste... Er machte sich Sorgen... Er hatte ein Magengeschwür, und der Arzt war sicher, es heilen zu können; aber mein Schwager war davon überzeugt, es sei Krebs.«

Ein Geräusch. Eigentlich eher ein Rascheln. Maigret hob den Kopf. Er war sicher, daß Madame Goldfinger erscheinen würde. Er sah sie im Türrahmen stehen, in einem Morgenrock aus blauem Flanell, mit einem harten und starren Blick:

»Was ist meinem Mann passiert?« fragte sie. »Wer sind Sie?«

Die beiden Männer erhoben sich gleichzeitig von ihren Stühlen.

»Verzeihen Sie, Madame, daß wir so in Ihr Privatleben eindringen. Ihre Schwester hat mir gesagt, Sie fühlten sich heute abend nicht gut...«

»Das macht nichts.«

»Leider muß ich Ihnen eine schlechte Nachricht überbringen ...«

»Mein Mann?« fragte sie widerstrebend.

Maigret sah jedoch das junge Mädchen an. Es öffnete die Lippen wie zu einem stummen Schrei. Es blieb stehen, verstört, mit weit aufgerissenen Augen.

»Ja, Ihr Mann ... Er hat einen Unfall gehabt.«

»Einen Unfall?« fragte die Ehefrau hart und mißtrauisch.

»Madame Goldfinger, es tut mir leid, Ihnen mitteilen zu müssen, daß Monsieur Goldfinger tot ist ...«

Sie rührte sich nicht. Sie blieb stehen und sah sie mit dunklen Augen an. Denn während ihre Schwester blond war und blaue Augen hatte, war Madame Goldfinger eine ziemlich rundliche Brünette mit fast schwarzen Augen und scharf begrenzten Brauen.

»Wie ist es passiert?«

Das junge Mädchen, das sich, den Kopf in den Armen vergraben, gegen die Wand geworfen hatte, schluchzte leise.

»Bevor ich Ihnen antworte, ist es meine Pflicht, Ihnen eine Frage zu stellen. Hatte Ihr Mann nach Ihrem Wissen einen Grund, sich das Leben zu nehmen? Sein Geschäft zum Beispiel, ging es ...«

Madame Goldfinger wischte sich mit einem Taschentuch über die feuchten Lippen, dann strich sie sich mit den Händen über die Schläfen und ordnete sich dabei unwillkürlich die Haare:

»Ich weiß nicht ... Ich verstehe nicht ... Was Sie mir da sagen, ist so ...«

Da drehte sich das junge Mädchen brüsk und völlig

unerwartet um; mit gerötetem und tränenüberströmtem Gesicht und mit ärgerlichen, fast wütenden Augen rief es überraschend heftig:

»Michel hätte sich nie umgebracht, wenn Sie das sagen wollen!«

»Beruhige dich, Eva ... Sie gestatten, meine Herren?«

Madame Goldfinger setzte sich und stützte sich mit einem Arm auf den Tisch.

»Wo ist er? ... Antworten Sie mir ... Sagen Sie mir, wie es passiert ist ...«

»Ihr Mann ist genau um Viertel nach zehn vor der Notrufsäule an der Ecke zur Rue Caulaincourt durch einen Kopfschuß gestorben.«

Ein heiseres, schmerzliches Schluchzen. Das war Eva. Madame Goldfinger selbst war blaß, ihre Gesichtszüge waren erstarrt, und sie schaute den Kommissar weiterhin an, als ob sie durch ihn hindurchsehen würde:

»Wo ist er jetzt?«

»Sein Leichnam ist ins Gerichtsmedizinische Institut gebracht worden, dort können Sie ihn morgen früh sehen.«

»Hörst du das, Mathilde?« schrie die junge Frau.

Offenbar riefen Maigrets Worte bestimmte Vorstellungen in ihr wach. Hatte sie begriffen, daß man eine Autopsie vornehmen würde und daß der Leichnam dann in eines der zahlreichen Schubfächer des riesigen Kühlhauses kommen würde, das das Gerichtsmedizinische Institut nun einmal war?

»Und du sagst nichts? Du wehrst dich nicht?«

Die Witwe zuckte unmerklich mit den Schultern und sagte dann noch einmal mit müder Stimme:

»Ich verstehe nicht...«

»Madame, ich sage nicht, daß Ihr Mann Selbstmord begangen hat...«

Diesmal richtete Lognon sich überrascht auf und sah Maigret verständnislos an. Madame Goldfinger runzelte die Stirn und murmelte:

»Ich verstehe nicht... Eben sagten Sie doch...«

»Daß es so aussehe, als handle es sich um Selbstmord. Es gibt jedoch auch Verbrechen, die aussehen wie Selbstmord... Hatte Ihr Mann Feinde?«

»Nein!«

Ein energisches Nein. Warum sahen sich die Frauen danach kurz an?

»Gab es Gründe für einen Selbstmord?«

»Ich weiß nicht... Ich weiß nicht mehr... Entschuldigen Sie, meine Herren... Es geht mir heute selbst nicht sehr gut... Meine Schwester hat Ihnen schon gesagt, daß mein Mann krank war. Er hielt sich für schwerer krank, als er in Wirklichkeit war. Er litt sehr. Die strenge Diät, die er einhalten mußte, hat ihn geschwächt. In letzter Zeit hatte er zudem noch andere Sorgen...«

»Beruflicher Art?«

»Sie wissen sicher, daß der Diamantenhandel seit fast zwei Jahren in einer Krise steckt. Die Großen können sich halten. Aber wer kein Kapital hat und sozusagen von der Hand in den Mund lebt...«

»Hatte Ihr Mann heute abend Steine bei sich?«

»Wahrscheinlich... Er hatte immer welche bei sich.«

»In seiner Brieftasche?«

»Da hatte er sie gewöhnlich. Sie brauchen ja nicht viel Platz.«

»Gehörten die Diamanten ihm?«

»Wohl kaum ... Er hat kaum einmal auf eigene Rechnung gekauft, vor allem in letzter Zeit. Man gab sie ihm in Kommission ...«

Das erschien glaubhaft. Maigret kannte sich gut genug in der kleinen Welt rund um die Rue Lafayette aus, die ebenso wie die Unterwelt ihre eigenen Gesetze hatte. An den Tischen des Cafés konnte man Steine von Hand zu Hand gehen sehen, die ein Vermögen darstellten, und niemand dachte daran, eine Quittung auszustellen. Dort kennt einer den anderen. Jeder weiß, daß keiner in diesem Kreis es wagen würde, sein Wort zu brechen.

»Sind ihm die Diamanten gestohlen worden?«

»Nein, Madame ... Hier sind sie ... Hier ist seine Brieftasche ... Ich möchte Ihnen noch eine Frage stellen. Hat Ihr Mann Sie in alle seine Geschäfte eingeweiht?«

»In alle.«

Eva zuckte zusammen. Bedeutete das, daß ihre Schwester nicht die Wahrheit sagte?

»Hatte Ihr Mann Ihres Wissens größere Zahlungsverpflichtungen für die nächsten Tage?«

»Morgen sollte ein Wechsel über dreißigtausend Francs eingelöst werden.«

»Hatte er das Geld dazu?«

»Ich weiß nicht ... Deshalb ist er ja heute abend weggegangen. Er wollte sich mit einem Kunden treffen, von dem er hoffte, diese Summe zu erhalten ...«

»Und wenn er sie nicht bekommen hätte?«

»Dann wäre der Wechsel sicher geplatzt.«

»Ist das schon vorgekommen?«

»Nein... Er hat immer im letzten Augenblick das Geld zusammengebracht.«

Lognon seufzte bekümmert, wie jemand, der gezwungen wird, seine Zeit zu vertun.

»Wenn der Kunde, den Ihr Mann heute abend treffen wollte, ihm die Summe also nicht gegeben hätte, dann wäre der Wechsel morgen geplatzt? ... Das hätte bedeutet, daß er automatisch aus dem Kreis der Diamantenhändler ausgeschlossen worden wäre, nicht wahr? ... Wenn ich mich nicht irre, gelten in diesen Kreisen doch recht strenge Regeln?«

»Mein Gott, was soll ich Ihnen denn sagen?«

Maigret sah sie an, zumindest schien es so, in Wirklichkeit jedoch beobachtete er heimlich seit einigen Minuten die kleine Schwägerin in Trauer.

Sie hatte aufgehört zu weinen und ihre Fassung wiedergewonnen. Der Kommissar war erstaunt, wie klar jetzt ihr Blick war und wie ruhig und energisch sie jetzt aussah. Das war nicht mehr ein weinendes junges Mädchen, sondern trotz ihrer Jugend eine Frau, die aufmerksam zuhörte, beobachtete und ihre Überlegungen anstellte.

Denn es gab keinen Zweifel darüber, daß irgendeine Einzelheit in der Unterhaltung sie stutzig gemacht hatte, und sie hörte genau zu und ließ sich nichts von dem entgehen, was um sie herum gesprochen wurde.

»Sie sind in Trauer?« fragte er.

Er hatte sich an Eva gewandt, aber Mathilde antwortete ihm:

»Wir sind beide in Trauer wegen meiner Mutter, die vor einem halben Jahr gestorben ist. Seitdem lebt meine Schwester bei uns.«

»Sind Sie berufstätig?« fragte Maigret, immer noch zu Eva gewandt.

Und wieder antwortete ihre Schwester:

»Sie ist Stenotypistin bei einem Versicherungsunternehmen am Boulevard Haussmann.«

»Eine letzte Frage... Es tut mir wirklich leid... Besaß Ihr Mann eine Pistole?«

»Ja, er hatte eine... Aber er hatte sie so gut wie nie bei sich. Sie muß noch in seiner Nachttischschublade liegen.«

»Wären Sie so freundlich und würden nachsehen, ob sie noch da ist?«

Sie stand auf, ging in das andere Zimmer und drehte das Licht an. Man hörte, wie sie eine Schublade öffnete und darin kramte. Als sie zurückkam, hatte sich ihr Blick verdüstert.

»Sie ist nicht da«, sagte sie, ohne sich wieder hinzusetzen.

»Ist es lange her, seit sie sie zum letzten Mal gesehen haben?«

»Höchstens ein paar Tage... Ich weiß nicht mehr genau, wann... Vielleicht vorgestern, beim Großputz...«

Eva öffnete den Mund, sagte aber nichts, obwohl Maigret sie aufmunternd ansah.

»Ja, es muß wohl vorgestern gewesen sein.«

»Waren Sie heute abend im Bett, als Ihr Mann zum Essen kam?«

»Ich habe mich heute nachmittag um zwei Uhr hingelegt, weil ich müde war...«

»Hätten Sie es bemerkt, wenn er die Schublade geöffnet und die Pistole herausgenommen hätte?«

»Ich glaube schon...«

»Ist in dieser Schublade etwas, was er vielleicht gebraucht hat?«

»Nein... Ein Medikament, das er nur nachts nahm, wenn seine Schmerzen zu stark wurden, alte Tablettenröhrchen und eine Brille mit einem zerbrochenen Glas...«

»Waren Sie heute morgen im Zimmer, als er sich anzog?«

»Ja. Ich habe die Betten gemacht.«

»Ihr Mann hätte also die Pistole gestern oder vorgestern abend herausnehmen müssen?«

Wieder machte Eva eine Bewegung, als wolle sie eingreifen. Sie öffnete den Mund. Nein. Sie sagte nichts.

»Mir bleibt nur noch, mich zu bedanken, Madame... Da fällt mir noch ein, kennen Sie die Marke der Pistole?«

»Es ist eine Browning, 6,38 Millimeter. Die Nummer muß in der Brieftasche meines Mannes sein, er hatte einen Waffenschein.«

Das stimmte tatsächlich.

»Wenn es Ihnen recht ist, wird Sie Inspektor Lognon, der die Ermittlungen leitet, morgen früh, wann Sie wollen, abholen, damit Sie den Leichnam identifizieren...«

»Wann immer es Ihnen paßt... Von acht Uhr an...«

»In Ordnung, Lognon?«

Sie verließen das Haus, über den schlechtbeleuchteten

Treppenabsatz, den dunklen Läufer auf den Stufen, vorbei an den braungewordenen Wänden. Die Tür war wieder geschlossen worden. Kein Laut drang aus der Wohnung. Die beiden Frauen schwiegen. Kein Wort fiel.

Auf der Straße angelangt, sah Maigret noch einmal zu dem erleuchteten Fenster hinauf und murmelte:

»Jetzt, wo wir nichts mehr hören können, ist da oben bestimmt einiges los.«

Ein Schatten zeichnete sich auf dem Vorhang ab. Obwohl er nur sehr unscharf war, konnte man die Umrisse des jungen Mädchens erkennen, das eilig durch das Eßzimmer ging. Gleich darauf ging in einem anderen Fenster das Licht an, und Maigret hätte wetten können, daß sich Eva in ihrem Zimmer eingeschlossen hatte und daß ihre Schwester vergeblich versuchte, zu ihr hineinzugelangen.

II

Pech und Empfindlichkeit des Inspektors Lognon

Das Leben war schon recht seltsam. Maigret sah griesgrämig aus, aber in Wirklichkeit hätte er seinen Platz in einem solchen Augenblick nicht gegen den besten Platz in der Oper eingetauscht. Konnte man sich in den weitläufigen Gebäuden der Kriminalpolizei irgendwann mehr zu Hause fühlen als mitten in der Nacht? Maigret fühlte sich so sehr zu Hause, daß er seine Jacke ausgezogen, seine Krawatte abgebunden und seinen Kragen geöffnet hatte. Nach einigem Zögern hatte er sogar seine Schuhe aufgeschnürt, weil sie ihn ein wenig drückten.

Während seiner Abwesenheit hatte Scotland Yard angerufen, und der Anruf war an seinen Neffen Daniel weitergeleitet worden, der ihm gerade davon berichtet hatte.

Der Betrüger, mit dessen Fall er sich befaßte, sei in London schon mehr als zwei Jahre lang nicht mehr aufgefallen, nach den letzten Meldungen solle er jedoch in Holland aufgetaucht sein.

Maigret hatte deshalb Amsterdam verständigt. Er wartete jetzt auf die Auskunft der niederländischen Kriminalpolizei. Von Zeit zu Zeit telefonierte er mit seinen Inspektoren, die vor der Tür des Appartements im Claridge und in der Hotelhalle standen, um den Mann zu bewachen...

Dann öffnete er, die Pfeife zwischen den Zähnen und mit wirren Haaren, die Tür seines Büros und sah den langen Flur hinunter, in dem nur zwei Nachtlampen brannten; dabei sah er aus wie ein braver Vorstädter, der sich sonntagmorgens an den Türrahmen lehnt, um sein Gärtchen zu betrachten.

Ganz am Ende des Flurs saß der alte Bürodiener vom Nachtdienst, Jérôme, der schon seit mehr als dreißig Jahren hier arbeitete und dessen Haar weiß wie Schnee war. An seinem kleinen Tischchen, über dem eine Lampe mit einem grünen Schirm hing, las er, eine Nikkelbrille auf der Nase, unablässig in immer demselben Wälzer, einem medizinischen Lehrbuch. Er las wie ein Kind, indem er die Lippen bewegte und Silbe für Silbe entzifferte.

Maigret ging, die Hände in den Hosentaschen, ein paar Schritte weiter in das Büro der Inspektoren, in dem die beiden wachhabenden Beamten, ebenfalls in Hemdsärmeln, Karten spielten und rauchten.

Er lief ziellos hin und her. Hinter seinem Büro stand in einem kleinen Abstellraum ein Feldbett, auf dem er sich zwei- oder dreimal ausstreckte, ohne einschlafen zu können. Trotz des Regens, der pausenlos herunterprasselte, war es warm, weil die Sonne den ganzen Tag über auf die Fenster des Büros gebrannt hatte.

Schließlich ging Maigret ein erstes Mal zum Telefon, aber als er den Hörer abnehmen wollte, ließ er die Hand sinken. Er lief wieder auf und ab, ging nochmals zu den beiden Inspektoren und sah ihnen eine Weile beim Kartenspiel zu, dann trat er ein zweites Mal ans Telefon.

Er war wie ein Kind, das es nicht über sich bringen kann, auf einen Wunsch zu verzichten. Wenn wenigstens Lognon nicht so sehr vom Pech verfolgt gewesen wäre! Doch Lognon hin oder her, Maigret hatte natürlich das Recht, den Fall aus der Rue Lamarck in die Hand zu nehmen, und er brannte darauf, es zu tun.

Nicht, daß er den Fall für besonders aufsehenerregend gehalten hätte. Die Festnahme des Betrügers zum Beispiel, die ihn einfach weniger interessierte, würde seinem Ansehen sicher mehr nützen. Doch er konnte nicht umhin, immer wieder die Notrufsäule im Regen, den kleinen mageren und kränklichen Diamantenhändler und schließlich die beiden Schwestern in ihrer Wohnung vor sich zu sehen.

Wie könnte man das beschreiben? Es war ein Fall, dessen Geruch ihm gefiel; er hätte ihn am liebsten solange in sich aufgesogen, bis sich ihm die Wahrheit von selbst aufgedrängt hätte.

Und ausgerechnet jetzt traf er auf den armen Lognon, der im Grunde der beste Mensch war, der gewissenhafteste Inspektor, so gewissenhaft, daß er ungenießbar war, auf Lognon, der so ausdauernd vom Pech verfolgt wurde, daß er am Ende so streitsüchtig war wie ein räudiger Hund.

Immer wenn Lognon einen Fall übernommen hatte, war etwas schiefgegangen. Entweder erfuhr er kurz vor einer Festnahme, daß der Verdächtige gute Beziehungen hatte und daß man ihn deshalb besser in Ruhe ließ, oder der Inspektor wurde krank und mußte seine Akte einem Kollegen übergeben, oder aber ein karrierebewußter Untersuchungsrichter heimste den Ruhm des Erfolgs für sich ein.

Würde Maigret ihm ein weiteres Mal den Bissen vor dem Mund wegschnappen? Zu allem Überfluß wohnte Lognon auch noch im Viertel, an der Place Constantin-Pecqueur, hundertfünfzig Meter von der Notrufsäule entfernt, vor der Goldfinger gestorben war, dreihundert Meter vor der Wohnung des Diamantenhändlers.

»Hallo, Amsterdam?...«

Maigret notierte sich die Auskünfte, die er erhielt. Da der Betrüger in Den Haag ein Flugzeug nach Basel genommen hatte, verständigte er anschließend noch die Schweizer Polizei. Dabei dachte Maigret jedoch immer an den kleinen Händler, dessen Frau und dessen Schwägerin. Und jedes Mal, wenn er sich auf sein Feldbett legte und einzuschlafen versuchte, sah er sie deutlicher vor sich.

Später trank er in seinem Büro einen Schluck Bier; denn als er angekommen war, hatte er sich aus der Brasserie Dauphine drei Flaschen Bier und ein paar belegte Brote kommen lassen. Sieh da! Bei einer Tür schien unten Licht durch: es war die Tür des Kommissars der Finanzabteilung. Niemand würde ihn stören. Er war steif wie ein Regenschirm, immer wie aus dem Ei gepellt, und er begnügte sich damit, seine Kollegen förmlich zu grüßen. Wenn er die Nacht im Gebäude der Kriminalpolizei verbrachte, dann war am anderen Tag an der Börse was los.

Am Abend war übrigens im Théâtre de la Madeleine eine Galavorstellung mit einem daran anschließenden Festessen zur Feier einer hundertsten Aufführung gegeben worden. Dr. Paul, ein Pariser Arzt, wie er typischer nicht sein konnte, der Freund aller großen Schauspieler, war sicher hingegangen: er konnte also nicht vor zwei Uhr zu Hause gewesen sein. Wenn man die Zeit zum Umziehen dazurechnete – obwohl er auch schon im Frack in die Anatomie gegangen war –, dann mußte er vor einer knappen Viertelstunde im Gerichtsmedizinischen Institut angekommen sein.

Maigret konnte nicht mehr an sich halten, er nahm den Hörer ab.

»Verbinden Sie mich bitte mit dem Gerichtsmedizinischen Institut... Hallo! Hier spricht Maigret. Würden Sie Dr. Paul bitten, einen Augenblick an den Apparat zu kommen? ... Wie meinen Sie? ... Er darf nicht gestört werden? ... Er hat schon mit der Autopsie begonnen? ... Mit wem spreche ich? ... Mit dem Assistenten? ... Guten Abend, Jean ... Würden Sie dem Doktor von mir ausrichten, er möge den Mageninhalt des Toten analysieren ... Ja ... So genau wie möglich ... Ich möchte vor allem wissen, ob er nach seinem Abendessen gegen halb acht noch etwas gegessen oder getrunken hat ... Ich danke Ihnen ... Ja, er soll mich hier anrufen ... Ich bin die ganze Nacht hier ...«

Er hängte ein und verlangte dann die Abhörstelle bei der Telefonzentrale.

»Hallo! ... Hier spricht Kommissar Maigret ... Ich möchte, daß Sie alle Anrufe in der Wohnung eines gewissen Goldfinger, Rue Lamarck 66b aufzeichnen ... Ja, ab sofort ...«

Und wenn nun Lognon auch daran gedacht hatte? Er rief in seiner Wohnung an der Place Constantin-Pecqueur an. Der Hörer wurde sofort abgenommen, der Inspektor war also noch aufgewesen ...

»Sind Sie es, Lognon? ... Hier spricht Maigret ... Verzeihen Sie, daß ich Sie störe ...«

Unverkennbar Inspektor Lognon! Anstatt zu schlafen, war er schon dabei gewesen, seinen Bericht aufzusetzen. Seine Stimme klang besorgt und ungehalten:

»Ich nehme an, Herr Kommissar, Sie wollen mir den Fall abnehmen?«

»Aber nein, mein Lieber! Sie haben ihn übernommen, und Sie werden ihn auch zu Ende führen. Ich möchte Sie nur aus rein persönlichem Interesse darum bitten, mich auf dem laufenden zu halten.«

»Soll ich Ihnen einen Durchschlag der Berichte schikken?«

Typisch Lognon!

»Das ist nicht nötig.«

»Ich wollte ihn eigentlich an meinen direkten Vorgesetzten, den Kommissar des Arrondissements, schikken ...«

»Aber ja, tun Sie das ... Mir sind übrigens noch zwei oder drei Kleinigkeiten eingefallen ... Sie haben sicher auch schon daran gedacht ... Meinen Sie nicht auch, daß es sinnvoll wäre, das Haus von zwei Beamten überwachen zu lassen? Wenn eine der Frauen weggeht oder beide getrennt das Haus verlassen, dann könnten sie ihnen folgen ...«

»Ich hab bereits einen Beamten als Wachtposten aufgestellt. Einen zweiten werde ich hinterherschicken ... Wenn man mir vorwirft, daß ich zuviel Personal einsetze, dann ...«

»Niemand wird Ihnen einen Vorwurf machen ... Haben Sie, was die Fingerabdrücke auf der Pistole angeht, schon Nachricht vom Erkennungsdienst?«

Die Räume und Labors des Erkennungsdienstes lagen genau über dem Kopf Maigrets im Dachgeschoß des Justizpalastes, aber Maigret nahm äußerste Rücksicht auf die Empfindlichkeit des Inspektors.

»Sie haben gerade bei mir angerufen. Es sind viele Abdrücke darauf, aber sie sind alle zu unscharf, um uns weiterhelfen zu können. Es sieht so aus, als sei die Waffe abgewischt worden, aber man kann es wegen des Regens nicht mit Sicherheit feststellen ...«

»Haben Sie die Pistole zu Gastinne-Renette bringen lassen?«

»Ja, er hat mir versprochen, daß er von acht Uhr an in seinem Labor sein und dann die Waffe sofort untersuchen wird.«

Maigret hätte ihm gern noch andere Ratschläge gegeben. Er brannte darauf, sich kopfvoran in diesen Fall zu stürzen. Er saß wie auf Kohlen. Aber er brauchte nur am anderen Ende der Leitung die klägliche Stimme von Inspektor Griesgram zu hören, um Mitleid zu bekommen.

»Gut. Dann lasse ich Sie weiterarbeiten ...«

»Wollen Sie den Fall wirklich nicht in die Hand nehmen?«

»Nein, nein, lieber Lognon. Machen Sie nur weiter! ... Und viel Glück!«

»Ich danke Ihnen ...«

So zog sich die Nacht in der warmen Gemütlichkeit dieser Räume hin, die in der Dunkelheit kleiner zu werden schienen und in denen sie nur zu fünft arbeiteten oder hin und her gingen. Hin und wieder ein Telefonanruf. Basel rief zurück. Dann das Claridge.

»Hört zu, Kinder... Wenn er schläft, dann laßt ihn schlafen. Erst wenn er sein Frühstück bestellt, geht ihr in sein Zimmer und bittet ihn ganz freundlich, mit euch einen kleinen Spaziergang zum Quai des Orfèvres zu machen... Vor allem kein Aufsehen erregen. Der Direktor des Claridge hat das nicht gern ...«

Um acht Uhr ging er nach Hause, und während des ganzen Heimwegs dachte er daran, daß in eben diesem Augenblick der verflixte Lognon Mathilde und Eva in ein Taxi verfrachtete, um mit ihnen von der Rue Lamarck ins Gerichtsmedizinische Institut zu fahren.

Am Boulevard Richard-Lenoir war die Hausarbeit schon getan. Madame Maigret war bereits hellwach, und auf dem Tisch wartete das Frühstück.

»Dr. Paul hat eben angerufen.«

»Das hat ja ganz schön lange gedauert.«

Der Magen des unglückseligen Goldfinger enthielt nur halbverdaute Speisereste, Gemüsesuppe, Pastete und gekochten Schinken. Von acht Uhr abends an hatte der Diamantenhändler nichts mehr zu sich genommen.

»Nicht einmal ein Glas Mineralwasser?« fragte Maigret noch einmal nach.

»Jedenfalls nicht während der letzten halben Stunde vor seinem Tod ...«

»Ist Ihnen ein Magengeschwür aufgefallen?«

»Ja, Kommissar, genauer gesagt, ein Zwölffingerdarmgeschwür...«

»Kein Krebs?«

»Auf keinen Fall.«

»Er hätte also noch lange leben können?«

»Sehr lange... Und er hätte sogar geheilt werden können.«

»Danke, Doktor... Wären Sie so freundlich und würden Ihren Bericht an Inspektor Lognon schicken... Wie bitte? ... Ja, Inspektor Griesgram... Einen schönen Tag wünsche ich Ihnen noch!«

Als Madame Maigret sah, daß ihr Mann zum Badezimmer ging, griff sie sofort ein:

»Ich hoffe, du gehst jetzt schlafen?«

»Ich weiß noch nicht... Ich habe schon heute nacht ein wenig geschlafen...«

Er nahm ein Bad und anschließend eine eiskalte Dusche, dann aß er mit gutem Appetit und sah hinaus in den Regen, der so unablässig fiel, als ob es der Morgen von Allerheiligen gewesen wäre. Um neun Uhr hatte er den angesehenen Waffenexperten an der Leitung.

»Hallo! ... Sagen Sie, Maigret, bei dieser ganzen Geschichte gibt es etwas, was mich nicht ruhen läßt.. Es handelt sich doch um Profis, nicht wahr?«

»Warum fragen Sie das?«

»Nun, man hat mir doch auch ganz bestimmt die Pistole zu untersuchen gegeben, aus der die Kugel stammt, die im Schädel des Toten gefunden wurde...«

Maigret nannte die Nummer der Waffe, die Nummer, die Goldfingers Browning hatte. Der Experte kannte ja die Tatumstände nicht. Er bildete sich sein Urteil nur aufgrund der ihm vorgelegten Gegenstände.

»Was läßt Sie denn nicht ruhen?«

»Als ich den Lauf der Pistole untersuchte, fand ich außen an der Mündung kleine, glänzende Streifen. Ich habe bei anderen Pistolen des gleichen Kalibers versucht festzustellen, woher sie kommen könnten... Und ich habe genau die gleiche Wirkung erzielt, indem ich einen amerikanischen Schalldämpfer auf den Lauf setzte.«

»Sind Sie sicher?«

»Ich kann Ihnen versichern, daß vor nicht allzu langer Zeit, höchstens vor zwei Tagen, wahrscheinlich jedoch später, denn die Streifen wären sonst nachgedunkelt, ein Schalldämpfer auf die Pistole aufgesetzt wurde, der mir vorgelegt worden ist.«

»Wären Sie so freundlich und würden den schriftlichen Bericht an Inspektor Lognon schicken; er leitet die Ermittlungen.«

Und wie es auch schon Dr. Paul getan hatte, rief Gastinne-Renette erstaunt aus:

»An Inspektor Griesgram?«

Madame Maigret seufzte:

»Gehst du schon wieder? ... Nimm wenigstens deinen Schirm mit ...«

Ja, er ging wieder, aber nicht dahin, wohin er hätte gehen wollen, und alles nur wegen diesem ewig vom Pech verfolgten Inspektor. Wenn er seiner inneren Stimme gefolgt wäre, dann hätte er ein Taxi zur Ecke Rue Caulaincourt/Rue Lamarck genommen. Was hätte er dort getan? Nichts Bestimmtes. Er hätte die Atmosphäre der Straße in sich aufgenommen, in allen Ecken herumgestöbert, sich in die Bistros des Viertels gesetzt und ein wenig den Leuten zugehört, die seit dem Erscheinen der Morgenzeitungen von dem Fall wußten.

Beim Verlassen seiner Wohnung hatte Goldfinger gesagt, er habe eine Verabredung in der Nähe. Wenn er Selbstmord begangen hatte, dann war das vielleicht nur ein Vorwand gewesen. Aber was hatte dann der Schalldämpfer zu bedeuten? Wie paßte dieses Gerät, das zudem nur recht selten benutzt wurde und schwer aufzutreiben war, zu dem Schuß, der die Notrufsäule erschüttert hatte?

Wenn der Händler wirklich eine Verabredung gehabt hatte ... Normalerweise verabredet man sich ja nicht auf der Straße, besonders nicht um zehn Uhr abends und im strömenden Regen. Eher vielleicht in einem Café oder in einer Bar ... Doch der Diamantenhändler hatte nichts getrunken, nicht einmal ein Glas Wasser, nachdem er von seiner Wohnung weggegangen war.

Maigret hätte am liebsten den Weg abgeschritten, den Goldfinger gegangen war, bevor er an der Notrufsäule angehalten hatte.

Nein! Irgend etwas paßte hier nicht zusammen, dieses Gefühl hatte er von Anfang an gehabt. Ein Mann wie Stan der Totschläger konnte vielleicht auf die Idee kommen, die Polizei zu beschimpfen, sich noch ein letztes Mal Genugtuung zu verschaffen, bevor er sich dann eine Kugel in den Kopf jagte, aber doch nicht ein armes Würstchen wie Goldfinger!

Maigret hatte den Bus genommen; er stand auf der Plattform und betrachtete wie abwesend das morgendliche Paris, die Mülltonnen im Regen, die vielen Menschen, die wie die Ameisen in Richtung der Büros und Geschäfte strömten.

In einem Abstand von sechs Monaten können einfach nicht zwei Männer die gleiche Idee haben ... Erst recht nicht eine so seltsame Eingebung, die Polizei zu alarmieren, damit diese sozusagen von weitem zum Zeugen des eigenen Selbstmords wird ...

Die Menschen *machen* nur *nach* ... Sie *erfinden* nicht *neu* ... Das gilt in einem solchen Maß, daß, wenn ein Mann sich vom dritten Stockwerk des Eiffelturms stürzt und wenn die Zeitungen unklugerweise darüber berichten, er eine ganze Heerschar von Nachahmern findet; fünfzehn, zwanzig Personen werden sich in den nachfolgenden Monaten vom Turm hinabstürzen ...

Doch über die letzten Augenblicke Stans war nie gesprochen worden ... Außer bei der Kriminalpolizei. Das war es, was Maigret von Anfang an, seit er von Daniel weggegangen war, um in die Rue Caulaincourt zu fahren, nicht hatte ruhen lassen.

»Man hat Sie vom Claridge verlangt, Herr Kommissar.«

Seine beiden Inspektoren ... Der Betrüger, man nannte ihn den Kommodore, hatte geklingelt, um sein Frühstück zu bestellen.

»Sollen wir hinaufgehen, Chef?«

»Ja, los, Kinder.«

Er wünschte seinen internationalen Betrüger zum Teufel, und in seinen Gedanken Lognon dazu.

»Hallo! ... Sind Sie es, Herr Kommissar? ... Hier spricht Lognon ...«

Weiß Gott! Als ob er die triste Stimme von Inspektor Griesgram nicht selbst erkannt hätte!

»Ich komme eben aus dem Gerichtsmedizinischen Institut ... Madame Goldfinger hat nicht mit uns kommen können ...«

»Was?«

»Sie war heute morgen so sehr mit den Nerven am Ende, daß sie mich darum gebeten hat, im Bett bleiben zu können. Ihr Arzt war bei ihr, als ich ankam ... Ein Arzt aus dem Viertel, Dr. Langevin. Er hat mir bestätigt, daß seine Patientin eine sehr schlechte Nacht verbracht hat, obwohl sie anscheinend ein bißchen zu viele Schlaftabletten genommen hat ...«

»Hat Sie die jüngere Schwester begleitet?«

»Ja. Sie hat den Leichnam identifiziert. Auf dem ganzen Weg hat sie kein Wort gesagt. Sie war nicht mehr ganz dieselbe wie gestern ... Sie wirkte so bestimmt und entschlossen auf mich ...«

»Hat sie geweint?«

»Nein. Sie stand ganz steif vor dem Leichnam ...«

»Wo ist sie jetzt?«

»Ich hab sie wieder nach Hause gebracht. Sie hat mit

ihrer Schwester gesprochen und ist dann wieder fortgegangen, zu Borniol, um sich um die Bestattung zu kümmern.«

»Haben Sie ihr einen Beamten hinterhergeschickt?«

»Ja, der zweite ist vor dem Haus geblieben... Heute nacht hat niemand das Haus verlassen. Es hat auch niemand telefoniert.«

»Sie hatten die Abhörstelle informiert?«

»Ja...«

Lognon zögerte ein wenig und sagte dann, wie jemand, der erst einmal schlucken muß, bevor er etwas Unangenehmes sagen kann:

»Ein Stenograph notiert gerade meinen mündlichen Bericht. Ich werde Ihnen einen Durchschlag davon noch vor Mittag durch einen Boten schicken lassen. Mein Vorgesetzter wird ebenfalls einen Durchschlag erhalten, so daß alles seine Ordnung hat...«

Maigret brummte vor sich hin:

»Zum Teufel mit dir!«

Dieser bürokratische Formalismus war typisch für Lognon, der so sehr daran gewöhnt war, daß sich seine besten Absichten gegen ihn kehrten, daß er sich schließlich mit seinen lächerlichen Vorsichtsmaßnahmen unmöglich machte.

»Wo sind Sie jetzt?«

»Im Manière...«

Ein Lokal in der Rue Caulaincourt, nicht weit von der Stelle entfernt, an der Goldfinger gestorben war.

»Ich war jetzt in allen Bistros des Viertels. Ich hab das Bild des Händlers herumgezeigt, das aus seinem Personalausweis. Es ist noch nicht sehr alt, denn der Ausweis ist erst vor weniger als einem Jahr erneuert worden... Niemand hat Goldfinger gestern abend gegen zehn Uhr gesehen. Hier kennt ihn übrigens keiner, außer einem Mann aus der Auvergne, der hier eine kleine Bar besitzt, fünfzig Meter von der Wohnung Goldfingers entfernt. Dahin ging er früher öfters zum Telefonieren, bevor er sich selbst vor zwei Jahren ein Telefon hat einrichten lassen...«

»Wie lange war er verheiratet?«

»Seit acht Jahren... Ich geh jetzt in die Rue Lafayette. Wenn er wirklich mit jemand verabredet war, dann war es sicher dort. Da sich die Diamantenhändler untereinander alle kennen...«

Maigret war stinkwütend, daß er das nicht alles selbst machen konnte, daß er sich nicht unter die Bekannten Goldfingers mischen und nach und nach, Strich für Strich das Bild vervollständigen konnte, das er sich von ihm machte.

»Tun Sie das, Lognon. Halten Sie mich auf dem laufenden.«

»Sie erhalten dann den Bericht...«

Der Regen, der jetzt ganz fein nieselte und der so aussah, als wolle er nie mehr aufhören, machte ihm Lust, nach draußen zu gehen. Doch er mußte sich um einen so uninteressanten Menschen wie einen internationalen Betrüger kümmern, der darauf spezialisiert war, Schecks und Inhaberpapiere zu fälschen, und der ihn wohl ein wenig kürzer oder länger von oben herab behandeln, am Ende aber doch klein beigeben würde.

Er wurde gerade hereingeführt: ein gutaussehender, etwa fünfzigjähriger Mann, so distinguiert wie ein englisches Clubmitglied und anscheinend äußerst überrascht.

»Packen Sie gleich aus?«

»Wie bitte?« fragte er und spielte mit seinem Monokel. »Ich verstehe Sie nicht. Man muß mich mit jemand verwechselt haben ...«

»Nun sing schon.«

»Wie meinen Sie?«

»Ich sagte: Nun sing schon! ... Hören Sie, ich hab heute nicht die Geduld, Ihnen alles aus der Nase zu ziehen. Sie sehen ja das Büro. Machen Sie sich klar, daß Sie hier nicht herauskommen werden, bevor Sie ausgepackt haben ... Janvier! ... Lucas! ... Nehmt ihm seine Krawatte und seine Schnürsenkel ab und legt ihm Handschellen an. Überwacht ihn und paßt auf, daß er sich keinen Schritt entfernt ... Bis gleich, Kinder ...«

Lognon hin oder her – der hatte ja das Glück, in der Rue Lafayette seine Erkundungen einziehen zu können! Maigret sprang in ein Taxi.

»Rue Caulaincourt. Ich sage Ihnen dann, wo Sie halten sollen.«

Und schon war er wieder zufriedener, hier, in der Straße, in der Goldfinger getötet worden war, wo er jedenfalls gestorben war, vor der rotlackierten Notrufsäule.

Mit hochgeschlagenem Kragen ging er die Rue Lamarck hinunter, denn trotz Madame Maigrets mütterlichen Ermahnungen hatte er seinen Schirm in seinem Büro am Quai des Orfèvres gelassen.

Ein paar Schritte vom Haus Nummer 66b entfernt erkannte er einen Inspektor, den er irgendwo schon einmal getroffen hatte und der den berühmten Kommissar kannte, der jedoch, um nicht aufzufallen, so tat, als sehe er ihn nicht.

»Komm hierher... Ist niemand herausgekommen? ... Ist niemand in die dritte Etage hinaufgegangen?«

»Niemand, Monsieur Maigret. Ich bin allen, die hineingingen, ins Treppenhaus nachgegangen. Es war kaum jemand da. Nur ein paar Lieferanten.«

»Ist Madame Goldfinger immer noch im Bett?«

»Wahrscheinlich... Die kleine Schwester ist weggegangen, mein Kollege Marsac bleibt ihr auf den Fersen.«

»Hat sie ein Taxi genommen?«

»Sie hat an der Straßenecke auf den Bus gewartet.«

Maigret ging in das Haus hinein und ohne anzuhalten an der Portiersloge vorbei, er stieg in die dritte Etage hinauf und klingelte an der Tür auf der rechten Seite. Man hörte die Klingel läuten. Er lauschte und legte das Ohr an die Tür, doch er konnte nichts hören. Er klingelte ein zweites Mal, dann ein drittes Mal. Schließlich rief er leise:

»Polizei!«

Er wußte zwar, daß Madame Goldfinger im Bett lag, doch so krank war sie nicht, daß sie nicht hätte aufstehen und antworten können, und sei es nur durch die Tür.

Maigret ging eilig in die Portiersloge hinunter.

»Madame Goldfinger ist nicht weggegangen, nicht wahr?«

»Nein, Monsieur. Sie ist krank. Heute morgen war der Arzt da... Aber ihre Schwester ist weggegangen.«

»Haben Sie Telefon?«

»Nein, aber bei dem Wirt aus der Auvergne, nur ein paar Schritte von hier, finden Sie eins.«

Er ging eilig dorthin und fragte nach der Nummer der Wohnung; das Telefon läutete lange, ohne daß jemand abnahm.

Maigrets Gesicht zeigte in diesem Augenblick höchstes Erstaunen. Er rief die Abhörstelle an.

»Sie haben keinen Anruf in der Wohnung von Goldfinger registriert?«

»Nein. Keinen einzigen Anruf, seit Sie uns heute nacht verständigt haben. Übrigens hat uns Inspektor Lognon auch ...«

»Ich weiß.«

Er war wütend. Dieses Schweigen paßte so gar nicht zu der Vorstellung, die er sich gemacht hatte. Er ging zurück zu Nummer 66b.

»Bist du sicher«, fragte er den Wachtposten, »daß niemand in die dritte Etage hinaufgegangen ist?«

»Ich schwör es Ihnen. Ich bin allen nachgegangen, die das Haus betreten haben. Ich hab mir sogar eine Liste gemacht, wie mir Inspektor Lognon geraten hat ...«

Lognon war und blieb ein Kleinkrämer!

»Komm mit ... Wenn nötig, gehst du einen Schlosser holen. Hier im Viertel muß es ja einen geben.«

Sie stiegen die drei Stockwerke hinauf. Maigret klingelte von neuem. Zunächst rührte sich nichts. Dann glaubte er zu hören, daß sich im Innern der Wohnung etwas bewegte. Er rief noch einmal:

»Polizei!«

Sie hörten von weitem eine Stimme:

»Einen Augenblick...«

Der Augenblick dauerte mehr als drei Minuten. Brauchte man drei Minuten, um sich einen Morgenmantel und Hausschuhe überzuziehen oder um sich vielleicht noch das Gesicht frischzumachen?

»Sind Sie es, Herr Kommissar?«

»Ich bin es ... Maigret.«

Das Knacken eines Riegels, der zurückgeschoben, eines Schlüssels, der im Schloß gedreht wurde.

»Entschuldigen Sie... Ich hab Sie wohl lange warten lassen?«

Und Maigret, mißtrauisch und aggressiv:

»Was wollen Sie damit sagen?«

Bemerkte sie, daß sie einen Fehler gemacht hatte? Sie stammelte mit verschlafener Stimme, mit zu verschlafener Stimme, wie Maigret fand:

»Ich weiß nicht... Ich hab geschlafen... Ich hab ein Schlafmittel genommen... Ich glaube, ich hab im Schlaf die Klingel läuten hören.«

»Welche Klingel?«

»Ich kann es Ihnen nicht sagen... Ich hab sie wie im Traum gehört... Bitte, kommen Sie doch herein... Ich war heute morgen nicht in der Lage, Ihren Inspektor zu begleiten... Mein Arzt war hier...«

»Ich weiß.«

Maigret, der den jungen Beamten auf dem Treppenabsatz gelassen und die Tür hinter sich geschlossen hatte, sah mißmutig um sich.

Mathilde trug denselben Morgenmantel wie am Abend zuvor. Sie bat ihn:

»Sie gestatten, daß ich mich wieder hinlege?«

»Selbstverständlich.«

Auf dem Eßzimmertisch stand noch eine Tasse mit einem Rest Milchkaffee, Brot und Butter, offensichtlich die Reste von Evas Frühstück. Madame Goldfinger legte sich in dem unaufgeräumten Zimmer wieder ins Bett und seufzte tief.

Irgend etwas stimmte hier nicht, aber was? Er bemerkte, daß sich die junge Frau in ihrem Morgenmantel hingelegt hatte. Natürlich konnte sie das aus Schamhaftigkeit getan haben.

»Standen Sie schon lange vor der Tür?«

»Nein.«

»Haben Sie nicht angerufen?«

»Nein.«

»Eigenartig... In meinem Traum läutete das Telefon unablässig...«

»Ja wirklich?«

Das war es. Er wußte jetzt, was ihn gestört hatte. Diese Frau, die er doch aus dem tiefsten, durch Schlafmittel noch verstärkten Schlaf gerissen hatte, die nach Aussage ihres Arztes noch vor drei Stunden an nervösen Depressionen gelitten hatte, diese selbe Frau war so ordentlich frisiert, als sei sie irgendwo zu Besuch.

Und da war noch etwas, ein Strumpf, ein Seidenstrumpf, der ein wenig unter dem Bett hervorsah. Ob er wohl schon seit dem vergangenen Abend dalag? Maigret ließ seine Pfeife fallen und bückte sich, um sie wieder heraufzuholen, so konnte er feststellen, daß *kein zweiter Strumpf unter dem Bett lag.*

»Haben Sie Neuigkeiten für mich?«

»Ich möchte Ihnen nur ein paar Fragen stellen ... Einen Augenblick ... Wo ist Ihr Puder?«

»Was für ein Puder?«

»Ihr Gesichtspuder.«

Sie war nämlich frisch gepudert, und der Kommissar konnte keine Puderdose im Zimmer entdecken.

»Auf dem Tischchen im Bad ... Fragen Sie mich das, weil ich Sie habe warten lassen? Glauben Sie mir, es geschah ganz automatisch, daß ich mich ein wenig frisch gemacht habe, als ich die Klingel läuten hörte ...«

Maigret hätte am liebsten gesagt:

»Nein.«

Laut jedoch sagte er:

»Hatte Ihr Gatte eine Lebensversicherung?«

»Im Jahr unserer Heirat hat er eine Versicherung über dreihunderttausend Francs abgeschlossen. Und später hat er dann eine zweite unterzeichnet, um auf eine Million zu kommen.«

»Ist das schon lange her?«

»Hinter Ihnen im Schreibtisch liegen die Policen ... Öffnen Sie ihn ruhig. Er ist nicht abgeschlossen. Sie liegen in der linken Schublade.«

Zwei Policen von derselben Versicherung. Die erste stammte von vor acht Jahren. Maigret blätterte sofort auf die zweite Seite weiter, er suchte nach einer Klausel, von der er ganz sicher war, daß er sie finden würde.

Im Falle von Selbstmord des Versicherungsnehmers ...

Es gibt nur wenige Versicherungsunternehmen, die auch das Selbstmordrisiko abdecken. Hier war es so, allerdings mit einer Einschränkung: Die Versicherungssumme sollte im Fall eines Selbstmords nur dann ausbezahlt werden, wenn sich der Selbstmord frühestens ein Jahr nach der Unterzeichnung des Vertrags ereignete.

Der zweite, über siebenhunderttausend Francs abgeschlossene Versicherungsvertrag enthielt die gleiche Klausel. Maigret blätterte gleich zur letzten Seite weiter, um das Datum des Vertragsabschlusses zu finden. Die Police war genau vor dreizehn Monaten unterzeichnet worden.

»Zu der Zeit gingen aber doch die Geschäfte Ihres Gatten nicht besonders gut...«

»Ich weiß... Ich war dagegen, daß er eine so hohe Versicherung abschloß, aber er war davon überzeugt, daß er ein schwerkranker Mann sei, und er bestand darauf, für mich vorzusorgen.«

»Ich sehe, daß er alle Beiträge bezahlt hat, obwohl das sicher nicht einfach war.«

Es läutete. Madame Goldfinger machte eine Bewegung, als wolle sie aufstehen, doch der Kommissar öffnete die Tür schon selbst und stand einem Lognon gegenüber, aus dessen Gesicht alles Blut zu weichen schien und der mit verzerrten Lippen, wie ein Kind, das gleich zu weinen anfängt, stammelte:

»Es tut mir leid.«

»Aber nicht doch... *Ich* muß mich entschuldigen... Kommen Sie herein, Lognon...«

Maigret hatte die Policen noch in der Hand; der andere hatte sie schon gesehen und zeigte darauf.

»Das ist nicht mehr nötig. Genau deswegen bin ich gekommen.«

»Dann können wir ja zusammen gehen.«

»Da Sie nun schon einmal hier sind, bleibt mir wohl nichts mehr zu tun, dann kann ich sicher nach Hause gehen. Meiner Frau geht es nämlich nicht besonders gut...«

Lognon hatte zu allem Unglück eine besonders sauertöpfische Frau, die auch noch die Hälfte der Zeit krank war, so daß der Inspektor die Hausarbeit erledigen mußte, wenn er nach Hause kam.

»Gehen wir zusammen hinunter, Lognon. Ich muß nur noch meinen Hut nehmen.«

Maigret war peinlich berührt, fast hätte er sich ein ums andere Mal entschuldigt. Er machte sich Vorwürfe, daß er dem armen Kerl, der doch so voll guten Willens war, wehgetan hatte. Jemand kam die Treppe herauf. Es war Eva. Ihr Blick war kalt und fiel sofort auf die Versicherungspolicen. Mit einem knappen Gruß ging sie an ihnen vorbei.

»Kommen Sie, Lognon. Ich glaube nicht, daß wir hier im Augenblick noch etwas finden... Können Sie mir sagen, Mademoiselle, wann die Beerdigung stattfindet?«

»Übermorgen... Der Leichnam wird heute nachmittag überführt.«

»Ich danke Ihnen.«

Eine seltsame junge Frau. Ihre Nerven, nicht die ihrer Schwester, waren so angespannt, daß man sie mit einer anständigen Dosis Schlaftabletten hätte zu Bett schicken sollen.

»Hören Sie, mein lieber Lognon...«

Die beiden Männer gingen hintereinander die Treppe hinunter, und Lognon seufzte und schüttelte den Kopf:

»Ich habe schon verstanden ... Von der ersten Minute an ...«

»Was haben Sie verstanden?«

»Daß das kein Fall für mich ist ... Ich werde Ihnen meinen letzten Bericht schreiben ...«

»Aber nein, Lognon ...«

Sie gingen an der Loge der Concierge vorbei.

»Einen Augenblick ... Ich möchte der guten Frau eine Frage stellen ... Sagen Sie, Madame, geht Madame Goldfinger häufig weg?«

»Morgens, um ihre Einkäufe auf dem Markt zu erledigen. Manchmal auch nachmittags, um in die großen Kaufhäuser zu gehen, aber nicht sehr oft.«

»Hat sie manchmal Besuch?«

»So gut wie nie. Es sind sehr ruhige Leute.«

»Wohnen sie schon lange hier im Haus?«

»Sechs Jahre. Wenn alle Mieter so wären wie sie ...«

Lognon, mißmutig und mit gesenktem Kopf, tat so, als interessiere er sich nicht für das Gespräch, das ihn nichts mehr anging, jetzt, da ihm ein hohes Tier vom Quai des Orfèvres den Rang abgelaufen hatte.

»Ist sie nie häufiger weggegangen?«

»Doch, schon ... Diesen Winter eine Zeitlang ... Eine Weile war sie fast jeden Nachmittag unterwegs. Sie sagte mir, sie besuche eine Freundin, die ein Baby erwarte.«

»Haben Sie diese Freundin schon gesehen?«

»Nein. Wahrscheinlich haben sie sich später miteinander überworfen ...«

»Ich danke Ihnen ... Das war, bevor Mademoiselle Eva hier eingezogen ist, nicht wahr?«

»Ja, zu der Zeit etwa ist Madame Goldfinger dann nicht mehr weggegangen.«

»Und Ihnen ist nichts aufgefallen?«

Die Concierge dachte offensichtlich an etwas Bestimmtes. Einen Moment lang wurde ihr Blick ein wenig starrer, doch gleich darauf schüttelte sie den Kopf.

»Nein, nichts Besonderes.«

»Ich danke Ihnen.«

Die beiden Inspektoren auf der Straße taten so, als kennten sie einander nicht.

»Kommen Sie mit mir ins Manière, Inspektor... Ich muß noch kurz telefonieren, dann stehe ich zu Ihrer Verfügung.«

»Ja, selbstverständlich«, seufzte Lognon immer mißgelaunter.

In einer Ecke des Lokals tranken sie einen Aperitif. Der Kommissar ging zum Telefon.

»Hallo! Lucas? ... Wie geht es unserem Kommodore?«

»Er schmort vor sich hin.«

»Trägt er den Kopf immer noch so hoch?«

»Langsam kriegt er Durst, und die Zunge hängt ihm heraus. Ich glaube, er würde einiges darum geben, wenn er jetzt ein Bier oder einen Cocktail hätte...«

»Das soll er haben, wenn er ausgepackt hat... Bis gleich...«

Er ging zu Lognon zurück, der an dem Marmortisch des Cafés saß und auf einem Bogen mit dem Briefkopf des Hauses in der säuberlichen Schrift eines Schreibstubenunteroffiziers begann, sein Abschiedsgesuch aufzusetzen.

III

Eine allzu ruhige Mieterin und ein Herr, der nicht von gestern ist

Das Verhör des Kommodore dauerte achtzehn Stunden und wurde immer wieder unterbrochen von Anrufen bei Scotland Yard, in Amsterdam, in Basel und sogar in Wien. Zu guter Letzt sah Maigrets Büro aus wie ein Wachlokal, mit leeren Gläsern, Papptellern mit belegten Broten auf dem Tisch, Pfeifenasche auf dem Boden und herumliegenden Papieren. Und obwohl der Kommissar seine Jacke gleich zu Anfang ausgezogen hatte, breiteten sich unter den Achseln große halbkreisförmige Schweißflecken auf seinem Hemd aus.

Am Anfang hatte er seinen vornehmen Kunden wie einen Herrn behandelt. Am Ende duzte er ihn wie einen gewöhnlichen Taschendieb oder einen Straßenjungen.

»Hör zu, Alter... Unter uns gesagt, du weißt genau, daß...«

Er interessierte sich überhaupt nicht für das, was er hier tat. Doch letztlich gelang es ihm vielleicht gerade deshalb, mit einem der hartgesottensten Ganoven fertigzuwerden. Der andere verstand nichts mehr, er sah, wie der Kommissar immer wieder erregt telefonierte, und dabei schien es nicht immer um ihn zu gehen.

In dieser Zeit kümmerte sich Lognon um den Fall, der Maigret so sehr am Herzen lag.

»Verstehen Sie, Lognon«, hatte er im Manière zu ihm gesagt, »nur jemand aus dem Viertel, so jemand wie Sie, kann sich in dieser Geschichte zurechtfinden... Sie kennen sich in dieser Gegend und bei diesen Leuten besser aus als irgend jemand sonst... Wenn ich mir erlaubt habe...«

Balsam. Jede Menge Balsam, um die Wunden des verletzten Ehrgefühls von Inspektor Griesgram zu heilen.

»Goldfinger ist ermordet worden, nicht wahr?«

»Wenn Sie es sagen...«

»Sie meinen das doch auch... Das hier ist eines der interessantesten Verbrechen, mit denen ich während meiner ganzen Laufbahn zu tun hatte. Mit der Polizei selbst als Zeugen eines Selbstmords. Das, lieber Lognon, ist wirklich ein starkes Stück, und ich habe wohl bemerkt, daß es Sie gleich zu Anfang stutzig gemacht hat. Die Polizeizentrale sozusagen beim Selbstmord mit dabei. Nur ist da die Spur des Schalldämpfers... Als Gastinne-Renette Ihnen seinen Bericht geschickt hatte, haben Sie gleich daran gedacht. Aus Goldfingers Pistole ist ein einziger Schuß abgegeben worden, und zu dem Zeitpunkt war ein Schalldämpfer auf die Waffe aufgesetzt. Mit anderen Worten, was wir gehört haben, war ein anderer Schuß, ein *zweiter* Schuß aus einer *zweiten* Waffe...«

»Sie wissen genausogut Bescheid wie ich...«

»Goldfinger war ein armer Teufel, der früher oder später Bankrott gemacht hätte...«

Er war tatsächlich ein armer Teufel gewesen. Lognon hatte den Beweis dafür. In der Rue Lafayette hatte man zwar wohlwollend, aber doch ein wenig geringschätzig über ihn gesprochen.

Denn an einem solchen Ort hat man kein Mitleid mit Leuten, die sich übers Ohr hauen lassen. Und wie sich

Goldfinger übers Ohr hatte hauen lassen! Er hatte, mit einer Zahlungsfrist von drei Monaten, Steine an einen Juwelier aus Bécon-les-Bruyères verkauft, der so ausgesehen hatte, als könne er kein Wässerchen trüben, ein älterer Herr und Familienvater, der sich auf seine alten Tage von einem nicht einmal besonders hübschen jungen Mädchen hatte einwickeln lassen, der schließlich die Steine versetzt und sich mit seiner Maitresse ins Ausland abgesetzt hatte.

Dadurch war in Goldfingers Kasse ein Loch von einhunderttausend Francs entstanden, und seit einem Jahr hatte er sich vergeblich bemüht, es zu stopfen.

»Ein armer Teufel, Sie werden sehen, Lognon... Ein armer Teufel, der sich dennoch nicht umgebracht hat. Das beweist die Geschichte mit dem Schalldämpfer. Statt dessen ist er auf ganz widerliche Weise umgebracht, von einem Schurken abgeknallt worden... So denken Sie es sich doch, oder nicht? ... Und seiner Frau wird jetzt eine Million ausgezahlt...«

»Ich kann Ihnen nichts Neues sagen, Sie wissen genausogut Bescheid wie ich.«

»Wenn wir davon ausgehen, um die Geschichte zu Ende zu bringen, daß Madame Goldfinger mit dem Mörder unter einer Decke steckt, denn irgend jemand muß ihm ja die Waffe aus der Schublade gegeben haben, dann hatten sie nach der Tat doch sicher das Bedürfnis, miteinander zu sprechen, und sei es nur, um sich gegenseitig zu beruhigen, oder meinen Sie nicht?...«

»Nur hat sie weder das Haus verlassen noch einen Telefonanruf erhalten...«

»Verstehen Sie, was ich meine? ... Natürlich verstehen Sie mich, Lognon... Zwei Inspektoren vor dem Haus, das Telefon unter ständiger Überwachung durch die Abhörstelle... Ich gratuliere Ihnen, daß Sie daran gedacht haben.«

»Und die Versicherungspolice? ... Die Tatsache, daß das Geld bei Selbstmord erst gerade seit einem Monat zahlbar ist?«

»Ich lasse Sie weitermachen, mein lieber Lognon. Ich muß mich jetzt um eine andere Geschichte kümmern, und keiner ist besser geeignet als Sie, diese hier zu einem guten Ende zu bringen...«

So hatte er Lognon überreden können.

Lognon seufzte noch einmal:

»Ich werde Ihnen weiterhin die Berichte schicken, die auch an meine Vorgesetzten gehen...«

Maigret war sozusagen in seinem eigenen Büro gefangen, ebenso, oder fast so, wie der Kommodore. Nur über das Telefon war er mit dem Fall aus der Rue Lamarck verbunden, der ihn einzig und allein interessierte. Hin und wieder rief Lognon im schönsten Amtsstil bei ihm an:

»Ich erlaube mir, Ihnen mitzuteilen, daß...«

Zwischen den beiden Schwestern hatte es eine Szene gegeben, die man bis ins Treppenhaus gehört hatte. Am Abend hatte sich Eva dann entschlossen, im Hotel Alsina an der Ecke zur Place Constantin-Pecqueur zu übernachten.

»Man könnte fast sagen, sie haßten einander...«

»Weiß Gott!«

Maigret ließ den verdutzten Kommodore nicht aus den Augen und fügte hinzu:

»Eine der beiden Schwestern war nämlich in Goldfinger verliebt, und zwar die jüngere. Sie können sicher sein, daß sie alles begriffen hat. Wir wissen nur noch nicht, wie der Mörder die Verbindung zu Madame Goldfinger aufrechterhalten hat... Jedenfalls nicht per Telefon, das wissen wir ja von der Abhörstelle ganz sicher. Und außerhalb des Hauses hat sie ihn auch nicht getroffen...«

Madame Maigret rief an:

»Wann kommst du nach Hause? ... Du vergißt, daß du schon seit vierundzwanzig Stunden nicht mehr in einem Bett geschlafen hast...«

»Gleich«, antwortete er.

Dann nahm er zum zwanzigsten oder dreißigsten Mal das Verhör mit dem Kommodore wieder auf, den die Müdigkeit schließlich zum Aufgeben zwang.

»Führt ihn ab, Kinder«, sagte er zu Lucas und Janvier. »Einen Augenblick noch! Kommt zuerst rasch ins Inspektorenbüro.«

Zu siebt oder acht standen sie vor Maigret, der vor Müdigkeit kaum mehr stehen konnte.

»Hört zu, Kinder... Ihr erinnert euch doch an den Tod von Stan im Faubourg Saint-Antoine... Gut! Da gibt es etwas, was mir nicht mehr einfällt... Ein Name, der mir auf der Zunge liegt... Eine Erinnerung, die ganz leicht wiederkehren müßte...«

Sie suchten alle, sehr beeindruckt, denn in solchen Augenblicken, nach Stunden nervöser Anspannung, wirkte Maigret immer ein bißchen einschüchternd. Nur Janvier hob wie ein Schüler die Hand:

»Da war Mariani«, sagte er.

»War er bei uns, als wir den Fall von Stan dem Totschläger bearbeiteten?«

»Es war der letzte Fall, bei dem er dabei war...«

Maigret schlug die Tür hinter sich zu. Das war es also. Vor zehn Monaten hatte man ihm einen Inspektorenanwärter vorgesetzt, der von irgendeinem Minister protegiert worden war. Ein Schönling – ein Zuhälter, hätte der Kommissar gesagt –, den er ein paar Wochen lang im Dienst ertragen hatte und den er dann hatte hinauswerfen müssen.

Der Rest war Lognons Aufgabe. Und Lognon tat seine Pflicht, geduldig, einfallslos, aber mit der ihm eigenen Sorgfalt.

Zehn, zwölf Tage lang wurde das Haus der Goldfingers strengstens überwacht. In dieser Zeit wurde nichts entdeckt, außer, daß auch Eva ihre Schwester beobachtete.

Am dreizehnten Tag klopfte man an die Tür der Wohnung, in der die Witwe des Diamantenhändlers sich hätte aufhalten müssen, und man stellte fest, daß sie leer war.

Madame Goldfinger war nicht weggegangen, und man fand sie in der Wohnung, die genau über der ihren lag und die von einem gewissen Monsieur Mariani gemietet war.

Ein Herr, der, seitdem er bei der Kriminalpolizei hinausgeworfen worden war, vor allem von Gelegenheitsarbeiten lebte.

Ein lebenshungriger Mann, der auf eine bestimmte Art verführerisch wirkte, zumindest in den Augen von Madame Goldfinger, deren Mann krank war.

Sie brauchten weder miteinander zu telefonieren noch sich außerhalb zu treffen.

Darüber hinaus stand eine schöne Zugabe von einer Million in Aussicht, wenn der arme Kerl von einem Händler später als ein Jahr nach der Unterzeichnung seiner Versicherungspolice Selbstmord beging.

Ein Schuß aus dem mit einem Schalldämpfer versehenen, dem Toten gehörenden Revolver, der von der Ehefrau selbst beschafft worden war.

Dann, vor der Notrufsäule, ein zweiter Schuß mit einer anderen Waffe, der eindeutig auf einen Selbstmord hinweisen und verhindern sollte, daß die Polizei nach einem Mörder suchen würde.

»Sie sind ein As, Lognon.«

»Herr Kommissar...«

»Waren Sie es oder ich, der die beiden in der Junggesellenwohnung im vierten Stockwerk überrascht hat? Haben nicht Sie die Zeichen gehört, die sie sich durch die Decke gaben?«

»In meinem Bericht wird...«

»Ach, lassen Sie doch Ihren Bericht, Lognon. Sie haben die Partie gewonnen. Und zwar gegen verdammt ernstzunehmende Gegner... Wenn Sie mir erlauben würden, Sie heute abend ins Manière zum Essen einzuladen...«

»Ja, nur...«

»Nur was?«

»Meiner Frau geht es wieder nicht besonders gut.«

Was soll man mit Leuten anfangen, die einen nicht begleiten können, weil sie zu Hause Geschirr spülen und das Parkett bohnern müssen?

Dabei hatte sich Maigret seinetwegen, wegen der Empfindlichkeit von Inspektor Griesgram, das Vergnügen an einer Ermittlung entgehen lassen, die ihm so sehr am Herzen gelegen hatte.

Der Arzt von Kirkenes

Man kann nicht gleichzeitig in seiner eigenen und in der Haut eines anderen stecken; und auch nicht, wenn man sich mit jemandem streitet, die Dinge so sehen, wie man sie selbst sieht und wie der andere sie sieht; andernfalls würde man sich bestimmt nicht mehr streiten. Dr. Joachim Troms hatte an jenem wie an den anderen Tagen bereits genug Sorgen mit Dr. Joachim Troms, und was Anders Solstad betraf, den man Stor-Anders nannte, was soviel bedeutet wie der große Anders, wer hätte sich an seiner Stelle so bemüht, Entschuldigungen für die Bösartigkeit der Menschen zu finden?

Es war nicht einmal drei Stunden Tag gewesen. Tag und nicht etwa sonnig, denn der Himmel hatte sich darauf beschränkt, die Farbe von Schnee anzunehmen, der zu schmelzen beginnt und der diese gelblichen Reflexe zeigt, die an Krankheit denken lassen.

Es war Dezember, und auf den Straßen von Oslo, von Bergen und allen Städten mußten die Frauen ihre Kinder von Schaufenster zu Schaufenster ziehen, vom hellen Glanz einer Auslage zum hellen Glanz einer anderen, um die Berge von Spielzeugen zu betrachten, von nützlichen Geschenken oder Sachen, die man essen konnte, das Ganze mit Tannen- und Stechpalmenzweigen geschmückt, mit ausgeschnittenen Papiersternen, mit Schneeflocken aus Watte und glitzernden, fast unwirklichen Girlanden, wie man sie nur vor Weihnachten sieht.

Der Arzt dachte vielleicht an das. Vielleicht dachte er nicht daran. Man konnte es nicht wissen, da er sozusagen nie sprach, und als Berner Kalvaag, der Bergwerksdirektor, der einzige, der ein richtiges Haus in Kirkenes hatte, eine Frau, Kinder und einen Salon, in dem abends Klavier gespielt wurde, als Berner Kalvaag ihn eingeladen hatte, da hatte er abgelehnt und versichert, er sei ein alter Bär.

Wie hatte Troms diesen Tag verbracht? Bestimmt wie die anderen Tage. Er hatte in den großen Fayenceöfen Feuer entfacht. Einer von ihnen stand im Behandlungsraum, links vom Flur; dann ein grüner mit figürlichen Darstellungen gegenüber in der Apotheke; ferner ein sehr breiter, milchig weißer in dem Hinterzimmer, in dem sich der Arzt meist aufhielt.

Er hatte seinen Haushalt versorgt. Der Hausknecht kam nur zweimal in der Woche. Er hatte gegessen, den Tisch wieder abgeräumt. Was noch? Und was hatte er während der ganzen Zeit gedacht?

Er war klein, zurückhaltend, graues Haar fiel ihm ins Gesicht, und er hatte eine merkwürdige Art, den Hals zwischen die Schultern zu ziehen, als würden ihm die Menschen Furcht einjagen oder ihn abstoßen. Hatte er zum Fenster hinausgeschaut, zwischen dem gelben und dem grünen Glasbehälter hindurch? In diesem Fall hätte er lediglich eine Straße ohne Bürgersteig sehen können mit dem zu beiden Seiten aufgeschaufelten Schnee und der glatten Fahrrinne der Schlitten, eine Hecke, dann, jenseits eines unbebauten Geländes, einen hohen Schornstein, merkwürdige Eisengerüste, ein großes, gleichsam in der Luft aufgehängtes Rad, das sich von Zeit zu Zeit drehte, um am Ende eines Seils den Käfig mit den eingepferchten Männern in den Schacht hinunterzulassen.

Drückte man das Gesicht an die vereiste Fensterscheibe und blickte man nach links, konnte man etwas anderes entdecken: Wasser, das Wasser des Hafens, des Eismeers, das jedoch gefroren war, und einen englischen Fischkutter, der seit zwei Tagen dort lag, und der eine Furche in das Eis hatte graben müssen, die man noch erkennen konnte.

Es war warm. Das Haus des Arztes war wie die anderen aus Holz. Hin und wieder legte er Fichtenscheite in den drei Öfen nach, dann kam er zurück, schmiegte sich in seine Ecke, und um drei Uhr, als Stor-Anders die Tür aufstieß, die ein Klingelzeichen auslöste, saß Troms ganz allein vor einem Schachspiel.

Er erhob sich nicht gleich, um in die Apotheke zu gehen. Er trank zuvor mit der Geste dessen, der heimlich trinkt, den blaugrünen Inhalt seines Glases aus, darauf versteckte er die Flasche, die auf dem Tisch stand, hinter seinem Sessel.

Dann erst schlurfte er in seinen Pantoffeln herbei, wobei er sich das Barthaar mit dem Ärmelaufschlag abwischte, sah Anders und fragte sich, was Anders wohl von ihm wolle.

Das war das Beängstigendste an ihm: seine Art, die Leute anzusehen. Man konnte meinen, er suche ein Geheimnis zu entdecken, verdächtige sie, irgendwelche dunklen Absichten zu hegen. Er schaute sie nicht an, er belauerte sie, und sein Gesicht war von nervösen Zuckungen bewegt.

»Was willst du, Anders?«

Nun, an diesem Tag war der andere nicht gerade ruhiger. Anstatt sich offen zu erklären, sah er sich prüfend um, zupfte an seinen langen schwieligen Händen, hustete, hustete viel zu stark, um natürlich zu wirken, deutete auf seine Brust, seinen Hals.

»Ich glaube, ich habe mich erkältet... Ich hätte gern ein Rezept für Whisky oder etwas anderes Hartes...«

Denn in Kirkenes wurden alkoholische Getränke nur nach ärztlicher Verordnung abgegeben. Und der Arzt verkaufte sie in seiner Apotheke. Was wäre geschehen, wenn sich die Bergarbeiter, die dort Monat um Monat lebten, ohne gesellschaftlichen Umgang zu haben, fern von ihrer Familie, die in Oslo oder anderswo wohnte, eines Tages in betrübter Stimmung betrunken hätten?

Sicher ist, daß Anders den Alkoholgeruch wahrgenommen hatte, der den Arzt umgab. Er wartete. Der andere beobachtete ihn. Man hätte denken können, daß sie noch lange so, ohne ein Wort zu reden, verharren würden.

»Wo tut es dir weh?«

»Sie wissen ganz genau, worum es geht... Geben Sie zu, daß ich nicht zu oft aus diesem Grund komme!... Es gibt Leute, denen Sie etwas verordnen, ohne daß sie krank sind... Ist mein Geld nicht genausoviel wert wie ihres?...«

Stor-Anders, der immer so ruhig war, so vorbildlich, ein Werkmeister nach Maß, ereiferte sich, ließ sich hinreißen.

»Wenn ich Ihnen sage, daß ich krank bin, daß ich das brauche, dann stimmt das, und es ist nicht nötig, mich so zu mustern... Geben Sie mir wenigstens einen halben Liter...«

Er hielt das Geld in einer Hand bereit. Er legte es auf die Theke neben die Feinwaage. Und als er sah, daß der Arzt zu seinen Regalen trat, wo die braunen Glasbehälter aufgereiht waren, fragte er sich, was der wohl machen würde. Der Arzt wußte es vielleicht selbst nicht. Er schüttelte verdrossen den Kopf und streckte schließlich den Arm aus, griff nach einer Flasche.

»Ich werde dir Jodtinktur geben. Du gibst ein paar Tropfen davon in Milch, bevor du schlafen gehst...«

Als er sich umdrehte, war Anders, keuchend vor Wut, schon an der Tür, und er stürzte hinaus und knallte sie hinter sich zu.

Das war ihre erste Begegnung an diesem Tag, und nachdem Anders gegangen war, schaltete der Arzt das Licht an, denn es war Nacht geworden. Auf der Straße brannte die elektrische Laterne, und Schneekristalle glitzerten. Auch am Hafen und beim Bergwerk waren die Lampen an, aber sozusagen niemand war unterwegs, um den Schnee unter den Gummisohlen knirschen zu lassen. Das Thermometer zeigte achtundzwanzig Grad unter Null.

Der Arzt schüttelte erneut den Kopf, kehrte in das zweite Zimmer zurück, das seine Höhle war, bückte sich, um die Flasche Aquavit aufzuheben, schenkte sich ein Glasvoll ein, dann ein weiteres und begann, das behaarte Kinn in die Hand gestützt, vor seinem Schachspiel nachzudenken.

Mit der gleichen Heftigkeit, mit der er die Apotheke verlassen hatte, stieß Anders, den man sonst den Sanften hätte nennen können, die Tür zum Klub der Arbeiter auf. Dort, in einem weiträumigen, mit gebeizten Fichtenwänden abgeteilten Saal, verbrachten die Bergleute die Stunden, die sie nicht unter Tag waren. Tabakqualm zog um die Lampen und dichter noch, Gott weiß warum, über den Billardtischen dahin.

Anders durchquerte den Raum so schnellen Schrittes, daß alle sich umdrehten. Er rannte buchstäblich auf den Tisch von Peter dem Einäugigen zu, einem Mann, den er im Betrieb hundertmal zur Ordnung gerufen hatte und der manchmal betrunken aufgelesen wurde.

»Sag mal, Peter ...«

Er hatte sich auf die Bank fallen lassen und wußte nicht, was er mit seinen großen Händen machen sollte.

»Schau mich nicht so an ... Hast du Whisky, Aquavit oder Gin?«

Der Einäugige deutete nur auf den Tisch, wo lediglich eine Flasche Dünnbier stand, das einzige geduldete Getränk.

»Wenn ich welchen hätte ...«, brummelte er.

»Gut! Ich glaube dir ... Und wenn du welchen hast, wo bekommst du ihn her? ... Bestimmt nicht vom Arzt ...«

Der Einäugige öffnete den Mund weit zu einem lautlosen Lachen und nickte.

»Du mußt mir die Wahrheit sagen ... Ich will es nicht der Polizei weitermelden ... Mir ist etwas passiert ... Tut nichts zur Sache ... Ich muß was zu trinken haben, verstehst du? ...«

Und dem Einäugigen war nicht mehr danach zu

lachen, so sehr zitterte Anders, als sei er nahe daran, in Tränen auszubrechen.

Die anderen spielten indessen Billard oder Karten; einige hatten die Füße auf den Tisch gelegt und lasen. In einem großen verglasten Schrank, auf dem eine Gipsbüste des Königs thronte, erblickte man die in schwarzen Leinen gebundenen Bücher, die auf dem Rücken ein kleines Etikett mit einer Ziffer trugen.

»Hast du es bei den Lappen versucht«, flüsterte der Einäugige, wobei er woanders hinsah.

»Haben die welchen?«

Stor-Anders lebte nun schon das dritte Jahr in Kirkenes und hatte keine Ahnung. Er konnte nicht einmal Karten spielen. Abends zog er sich mit seiner Werkzeugkiste in seine Ecke zurück und beschäftigte sich stundenlang mit Laubsägearbeiten, fertigte Spielzeug und Puppenstubenmöbel an, die er mit dem Schiff an seinen Sohn schickte.

»Manchmal kommen sie mit ihren Schlitten durch das schmale Stück von Finnland ... Dort ist es mit dem Alkohol ähnlich wie hier ... Doch an der russischen Grenze tauschen die Wachen gerne ihren Wodka gegen Konserven ein ... So hat es dich also auch gepackt?«

Anders hatte weder seinen pelzgefütterten Mantel noch seine Gummistiefel ausgezogen, selbst seine Fischottermütze hatte er aufbehalten. Er ging, wie er gekommen war, und als er auf der Straße unter den Laternen dahinlief, sah es aus, als renne er hinter der leichten Wolke her, die sein Atem bildete.

Er sah das Haus von Direktor Berner Kalvaag ... Es war ein richtiges, rechteckiges Haus mit einem Obergeschoß und warmem Licht hinter den Vorhängen, und stets konnte man von weitem Klavierklänge hören. Hätte er eintreten können, diesen Salon betreten, den er einmal flüchtig gesehen hatte mit seiner Lampe und dem rosa Schirm, und Herrn Kalvaag erklären:

»Ja, ich bin's, Anders ... Ich bitte Sie, ich flehe Sie an, mir Alkohol zu geben ... Sie haben welchen, weil das Gesetz nicht für Sie gemacht ist ... Man befürchtet nicht, daß Sie sich eines Tages in trüber Stimmung betrinken und Dummheiten begehen ...«

Er marschierte weiter, ohne jemandem zu begegnen. Und wenn er an Bord des englischen Fischkutters nachfragte?

Zuerst zu den Lappen ... Das waren nur drei Holzhütten, und in einer von ihnen vernahm man das Gestampfe der Rentiere. Er stieß die Tür auf, trat in die Wärme, in den ranzigen Geruch, streifte ein Ren ohne Geweih, das steif von der Decke herabhing und von dem man täglich ein Stück Fleisch abschnitt.

Man sah ihn erstaunt an. Man kannte ihn hier nicht. Kleine, fette Kinder krochen auf dem Boden herum.

»Ich möchte Alkohol ...«, sagte er sehr schnell. »Egal, was.«

Seine Erregung hatte zugenommen. Außerdem war er so kräftig marschiert, daß er außer Atem war. Ängstlich beobachtete er den alten Lappen, der den Kopf schüttelte.

»Ich habe nur noch einen Tropfen ... An der Grenze haben sie die Wachen gewechselt, und als ich mich das letzte Mal ihnen genähert habe, da haben die Neuen geschossen ...«

Wieder draußen und immer noch mit diesem brennenden Verlangen. Er sprach jetzt mit sich selbst, sagte Worte wie:

»Ich muß... Ich muß... Sonst weiß ich nicht, was...«

Seine Bewegungen waren ruckartig, sein Gang glich dem eines Irren. Beinahe wäre er ins Hafenbecken gefallen und hielt nur mit knapper Not vor dem englischen Fischkutter inne. Er hörte, daß in seiner Nähe gesprochen wurde, man sprach norwegisch. Es waren die beiden Zöllner, die am Kai auf und ab marschierten.

Fünfmal, sechsmal hatte Dr. Joachim Troms sein Glas gefüllt, und jedesmal hatte er es in einem Zug geleert. Seine Schachpartie war noch nicht beendet. Er betrachtete die Figuren und kratzte sich an den rauhen Wangen, während man von der Straße aus im Dämmerschein das große grüne und das große braune Glasgefäß erkennen konnte.

Als die Türklingel läutete, blieb er einen Augenblick unbeweglich sitzen, dann seufzte er, erhob sich, vergaß, die Flasche hinter seinen Sessel zu stellen, wie er es sonst tat.

Wieder stand der riesige Anders mitten in der Apotheke, doch seit seinem vorherigen Besuch hatte seine Erregung Zeit gehabt anzuwachsen, so daß er jetzt nahezu erschreckend wirkte.

»Hören Sie, Doktor... Ich begreife, daß Sie nicht jedermann Alkohol geben, da es das Gesetz so will... Sie müssen Ihren Posten behalten, nicht wahr? ... Wie jeder hier! ... Es stimmt, daß ich nicht krank bin und daß ich mich nicht erkältet habe ...«

Da haben wir das Unglück! Stor-Anders konnte nicht aus seiner Haut. Er konnte nur wie Stor-Anders denken. Und er mochte ruhig den Arzt mit seinen fiebrigen Augen verschlingen, es war ihm unmöglich, und sei es für eine Minute, wie Dr. Troms zu denken.

Andernfalls wäre nichts passiert.

Zunächst war für Anders dieser Troms schmutzig. Und das stimmte. Er pflegte sich nicht, rasierte sich nie, schnitt sich wohl den Bart mit der Schere von den Wangen. Wusch er sich überhaupt? Man hatte ihn niemals im Bad gesehen, und von seiner Person strömte ein Geruch aus wie von einem alten Ochsen.

Was sollte Anders von einem Mann wie diesem halten, der mit niemandem sprach, allein in seinem Loch hauste und nach Alkohol roch?

Ganz zu schweigen davon, daß er für bestimmte Leute Ausnahmen machte und daß Arbeiter, die es eben verstanden und die nicht die geringste Bronchitis hatten, Whisky oder Rum erhalten hatten.

Und dann diese Art, einen anzusehen, wie jemand, der kein reines Gewissen hat! Das war das Peinlichste! Man hätte am liebsten zu ihm gesagt:

»Komm doch! Hab keine Angst! Ich werd dich nicht schlagen ...«

Doch das wäre zu einfach gewesen. Mit einer Hand hätte Anders ihn am Hals packen und an die Wand drükken können, um ihn zu zermalmen ...

»Ich will Ihnen die Wahrheit sagen, Doktor ... Sie kennen mich ... Sie wissen, daß ich kein Trinker bin und kein Spieler ... Ich bin nie gekommen wie viele andere, um ein bißchen Alkohol zu erbetteln ... Heute brauche ich welchen, denn wenn ich keinen bekomme, wenn ich mit meinen Gedanken allein bleibe, weiß ich nicht, wozu ich fähig bin ... Ich werde verrückt, Doktor! ... Ich werde verrückt!«

Er brüllte diese Worte buchstäblich heraus.

»Wenn Sie mir keinen Alkohol geben wollen, dann geben Sie mir ein Medikament, das mich für Tage schlafen läßt, betäuben Sie mich, machen Sie mit mir, was Sie wollen, aber verhindern Sie, daß ich weiterdenke ... Sie ist tot! ... Sie ist tot, und ich weiß nichts darüber! Sie ist tot, und ich habe keine Ahnung, woran sie gestorben ist, was sie mit dem Jungen gemacht haben ...«

Seine Hand tastete jetzt zu seiner Tasche. Er wollte das Telegramm herausholen, das er am Morgen erhalten hatte und das keine Unterschrift enthielt, zweifellos ein offizielles Telegramm, vom Polizeikommissar oder jemand ähnlichem, falls es nicht von einem Nachbarn stammte.

Ehefrau Solstad verschieden 6. Dezember.

Er fand das Papier nicht gleich und dachte, er müsse es dem Arzt ja auch nicht unbedingt zeigen. Denn der würde sicher nicht glauben, daß er ihm wegen ein paar Tropfen Alkohol eine solche Komödie vorspielte!

»Hier ist es! Da steht geschrieben, daß sie am 6. Dezember gestorben ist, und wir haben heute den 12. Begreifen Sie? ... Das sind sechs Tage, so daß sie bereits beerdigt ist. Der 6. Dezember, das war der Nikolaustag. Ich hatte Spielzeug für den Kleinen geschickt ... Sie war nicht krank, als sie mir am 24. November den letzten

Brief geschrieben hat... Die Spielsachen müssen am 5. mit dem Schiff eingetroffen sein... Und zu dem Zeitpunkt... Sagen Sie... Was hat sich bei uns zugetragen in diesem Augenblick?... Wer war wohl bei ihr?...«

Der Arzt hatte wahrscheinlich nie jemanden so eindringlich angeblickt, doch es war keine Spur von innerer Bewegung von seinem Gesicht abzulesen. Hätte man ihm eine seltene Probe vorgehalten, eine Probe von irgend etwas, oder hätte er an einer Schachpartie zwischen Weltmeistern teilgenommen, dann hätte er bestimmt den gleichen scharfen Blick gezeigt, die gleiche gerunzelte Stirn, die gleiche Gespanntheit.

Und so schüttete Stor-Anders, der nicht getrunken hatte, wie ein Betrunkener sein Herz vor ihm aus. Vielmehr, es platzte aus ihm heraus. Es brodelte schon zu viele Stunden in ihm. Man hatte ihm das Telegramm morgens gegen zehn ins Bergwerk gebracht. Er hatte wie betäubt dagestanden. Er hatte nichts gesagt. Eine Weile hatte er die Arbeit seiner Mannschaft weiter geleitet, dann war er plötzlich gegangen, war wortlos am Pförtner vorbeigeschritten, der vergeblich versucht hatte, ihn zurückzurufen.

Er war marschiert. Er hatte Selbstgespräche geführt. Er hatte sich auf sein Bett geworfen und das Gesicht ins Kissen gedrückt. Aber er hatte noch nicht geweint.

Weil das alles überstieg! Das lag außerhalb von dem, was man begreifen konnte. Das war gemein! Das war eine himmelschreiende Ungerechtigkeit!

Hatte er, Anders, einen derart harten Schlag verdient? Hanna, seine Frau, war nicht stark gewesen, aber tapfer. Das zeigte zum Beispiel, daß sie sich nie beklagt hatte, als er monatelang arbeitslos war, und zwar gerade als ihr Sohn auf die Welt gekommen war.

»Wenn ich mich von meiner Niederkunft erholt habe, werde ich wieder arbeiten . . .«, hatte sie gesagt.

Sie wohnten in einer Art Arbeiterkaserne in einem Vorort von Oslo. Es gab ein paar kleine Geschäfte in dieser Gegend, und Hanna hatte davon geträumt, eines Tages so einen kleinen Laden zu haben, am liebsten ein Milchgeschäft, weil das am saubersten war und man immer eine weiße Schürze umhatte.

Eine Frau dieses Typs war sie. Und er, wenn er den Job in Kirkenes angenommen hatte, dann gerade wegen dieses Ladens. In Oslo oder anderswo hätte er nie genug Geld verdient, um ein Geschäft zu kaufen.

»Nach fünf Jahren Arbeit da unten«, hatte er erklärt, »haben wir soviel beiseite gelegt, daß . . .«

Und was hatte er gemacht? Ja, was hatte er damals gemacht, als er einen Jungen von wenigen Monaten hatte, den er kaum zu Gesicht bekam? Er hatte im ersten Jahr seinen Urlaub nicht angetreten, weil er dadurch mehrere Hundert Kronen sparte!

Jetzt zog sich der Arzt hinter seine Theke zurück, als habe er Angst vor ihm. Grinste Stor-Anders? Er war sich dessen nicht bewußt. Er mußte das loswerden.

»*Ehefrau Solstad verschieden* . . . Verstehen Sie? . . . Nichts weiter! . . . Und der Kleine? . . . Wer war bei ihm? . . . Wo ich keine Familie habe . . . Oder wenn ich eine habe, dann hat sie sich nie um mich gekümmert . . . Und was Hanna betrifft, ihr Vater ist eine Art Trunkenbold, der . . .«

Wenn er gewußt hätte, daß das eine oder andere dieser

Fläschchen Mittel enthielt, die ihn für Stunden am Denken hindern würden!

»Erst in acht Tagen geht wieder ein Schiff... Acht Tage lang, verstehen Sie, acht Tage lang möchte ich von morgens bis abends betrunken sein... Andernfalls werde ich tollwütig... Vorher wird es keinen Brief geben... Nichts wird es geben... Wollen Sie mir nun Whisky verkaufen?... Wie?...«

Er starrte ihn wild und zugleich flehentlich an, und seine hohe Gestalt warf einen gigantischen Schatten an die Wand.

In diesem Moment kam eine Katze aus dem zweiten Zimmer, der Höhle des Arztes, und rieb sich mit gebuckeltem Rücken an Anders' Beinen.

Es herrschte Schweigen. Ein Holzscheit knisterte in dem grünen Ofen. Der Arzt schien eine Anstrengung zu machen und stammelte schließlich:

»Sie wissen sehr gut, daß es nicht geht...«

Anders merkte nicht, daß die letzten Worte ohne Zorn ausgesprochen worden waren. Das Verwirrendste daran war die dünne und sanfte Stimme.

»Die Polizei ist in der letzten Zeit streng... Wenn man Sie betrunken antrifft, wird man sofort wissen, woher das kommt, und ich verliere meine Stelle...«

Anders merkte nicht, daß in den letzten Worten ein Zittern mitschwang.

Er war nur Anders.

Und der andere...

»Sie weigern sich also trotz allem, was ich Ihnen erzählt habe?«

Es war unfaßbar! Alle Welt wußte, daß Dr. Troms ein

Bär war, ein Sonderling, gleichsam ein Wilder, der den Mund nur aufmachte, wenn es unbedingt nötig war. Er wurde von der Bergwerkgesellschaft besoldet. Immer die gleiche Arbeit: Bronchitis, Lungenentzündung, Tuberkulose... Oder Unfälle... Er untersuchte seine Kranken, ohne ein Wort zu sagen. Er hörte ihnen nicht zu, schüttelte den Kopf, schrieb seine Rezepte aus, gab die Medikamente heraus.

Aber daß ein Mann wie Anders zu ihm kam und ihm ehrlich und offen gestand, daß...

»Doktor, ich flehe Sie an... Sie wissen nicht, wozu ich fähig bin... Ich habe immer alles ertragen, das Leben in Oslo, die Arbeitslosigkeit, das Leben hier... Alles!... Weil ich an Hanna und an das Kind gedacht habe... Begreifen Sie das, ja?... Jetzt habe ich das Gefühl, daß man mich bestohlen hat, daß man mich getäuscht hat, daß man...«

Er ließ sich von seiner Wut mitreißen.

»Und Sie, Sie verweigern mir wegen dieser blödsinnigen Vorschriften das bißchen Alkohol, um das ich Sie bitte, um das ich Sie anflehe...«

Es war zu einer fixen Idee geworden.

»Sie, der Sie selbst ein Säufer sind... Ja... Ich schreie es frei heraus, ich rieche es bis hierher...«

War er ein Museumsstück, daß er derart angestarrt wurde, ohne Anteilnahme, bestenfalls einem gewissen Schrecken? Waren seine Empfindungen nicht achtbar? Hätte ihm der Arzt nicht...

»Tut mir unendlich leid, mein Freund... Alles, was ich für Sie tun kann, ist, Ihnen einen Sirup zuzubereiten...«

Da stieg der Zorn in Anders' Kehle auf, so daß der geringste Anlaß genügte, um ihn zum Ausbruch zu bringen. Die Katze, die sich nicht mehr an seinem Bein rieb, kehrte in das Nebenzimmer zurück. Man hörte ein Geräusch. Das war das Tier, das auf den Tisch sprang. Anders blickte zur Seite, warf mechanisch einen Blick hinüber, doch dieser kurze Blick genügte, um festzustellen, daß dort auf der karierten Tischdecke eine angebrochene Flasche Aquavit stand.

»Schuft!« knurrte er. »Verdammter Schuft ... Da hast du ...«

Außer der Katze wohnte dieser Szene niemand bei. Um acht, als die Bewohner von Kirkenes alle zu Abend gegessen hatten und der englische Fischkutter, der die Anker gelichtet hatte, sein langgezogenes Tuten vernehmen ließ, stieß Stor-Anders mit dem Fuß die Tür zum Klub auf, und sein Kopf schien auf dem Weg durch den Saal die Rauchschwaden zu zerreißen, die noch dichter geworden waren.

Er hatte seine Fischottermütze verloren. An seinem Mantel haftete schmutziger Schnee, als habe er sich auf der Erde gewälzt. Alle Anwesenden hatten bemerkt, daß sein Gang schwerfällig und unsicher war.

Er grüßte niemanden, sagte nichts, ließ sich auf die Bank in der Nähe des Einäugigen fallen, der stundenlang reglos und schweigend sein Glas betrachten konnte, und sei es nur ein Glas fades Dünnbier.

Die Nasenflügel des Einäugigen bebten. Nach einem langen, sehr langen Schweigen murmelte er:

»Du hast also was gekriegt ...«

Dann wieder eine Pause.

»Wieviel hat dir der Bandit dafür abgenommen?«

Anders sah ihn an, als würde er ihn nicht verstehen. Er schien sich sogar zu fragen, wie er hierher gekommen war, und wischte sich mit der Hand über die Stirn. Die Kugeln rollten über die Billardtische, über denen Lampen mit grünem Schirm hingen. Das Radio übertrug aus Oslo die Musik einer Oper.

»Hör zu, Peter... Es wäre vielleicht gut, mal nach dem Doktor zu schauen...«

Er fröstelte. Peter der Einäugige begriff nicht sofort.

»Bei ihm hast du...?«

Nicken.

»Er hat freiwillig...?«

Dann erhob er sich plötzlich.

»Du...?«

Wieder nickte der Kopf, und einen Augenblick später trat Peter zu einer Gruppe von Männern, einige hörten auf, Billard zu spielen, und ein kleiner Trupp entfernte sich durch den knirschenden Schnee.

Bis auf das Radio waren die Geräusche verstummt, und erstaunt blickte sich Anders in dem leeren Saal um. Er war müde. Die Bänke hatten keine Lehne. Er fühlte, daß er nach hinten fallen könnte.

Da stand er auf, machte ein paar schwankende Schritte und näherte sich einem der Öfen; er glich einem Soldat nach einem langen Marsch. Gott weiß, warum er seinen pelzgefütterten Mantel auszog, ein Plätzchen suchte, sich hinhockte, der Länge lang ausstreckte und mit dem Kleidungsstück zudeckte.

Er war am Ende. Er brauchte Schlaf. Als die Männer

eine halbe Stunde später zurückkehrten, schnarchte er, aber man sah noch in seinem Augenwinkel die glänzende Spur einer Träne.

Zunächst hatte man gehofft, daß es nur ein falscher Alarm sei. Hinter den farbigen Glasgefäßen schimmerte schwaches Licht. Die Apotheke war leer. Lediglich eine Katze nutzte das Eintreffen der Arbeiter, schlüpfte durch die Tür und sprang hinaus.

Auf dem Boden jedoch lagen die Scherben einer Fayenceschale, die der Arzt zum Anrühren seiner Salben verwendete. Es zeigten sich auch dunkle Flecken, sogar an der Tapete, etwa in Kopfhöhe.

Im zweiten Zimmer fand man dann Dr. Troms, er saß in seinem Sessel, den Kopf auf seinem Schachbrett, daneben die umgekippte Flasche Aquavit.

Als man seinen Kopf hochhob, erblickte man eine Lache geronnenen Bluts, ein besudeltes, bleiches Gesicht.

Merkwürdigerweise klebte ein Stück Papier von seinen Rezeptvordrucken an seinem Bart.

»Zieh es vorsichtig weg ... Man weiß ja nie ...«

»Vielleicht sollte man ihn besser nicht berühren? ... Da er doch tot ist ... Vielleicht sollte lieber die Polizei ...«

Doch das Stück Papier löste sich von selbst. Man mußte es vom Boden aufheben. Mit Bleistift stand darauf geschrieben: »Ich bin seit vier Jahren taub ... Ich weiß nicht, was er ...«

Das war alles. Die Männer sahen sich an und begriffen nicht.

Es roch nach Alkohol und verbrannter Fichte.

Anders schlief so fest, daß der Polizist, der ihn festnehmen sollte, einen Augenblick zögerte, ihn zu wekken.

»He! ... Anders ... Wachen Sie auf ...«

Als er ein Auge aufschlug, erblickte er den großen Schrank mit den in schwarzes Leinen gebundenen Büchern und darüber die Gipsbüste des Königs.

Er war ruhig. Man hätte meinen können, er kehre aus einem Alptraum zurück. Er sagte lediglich, während er aufstand und sich das Gesicht rieb:

»Ah! Ja ...«

Dann stehend:

»Nun gut!«

Seine Kollegen schauten ihn an und wagten nichts zu sagen. Er war kein Mann mehr wie sie. Er hatte getötet. Er hatte Dr. Joachim Troms umgebracht.

Mit einem Gefühl, das an Respekt grenzte, rückte man von ihm ab.

Er hatte die Tür erreicht, als er sich umdrehte.

»Mein Pelzmantel ...«

Er hob ihn auf. Man hatte den Eindruck, er würde den Staub abklopfen, so sorgfältig waren seine Gesten. Und er suchte noch etwas. Man fragte sich, was. Er spähte über den Fußboden, den Tisch und runzelte die Stirn.

»Meine Mütze ...«

Dann erinnerte er sich, und beruhigt wiederholte er:

»Ah! Ja ...«

Die Mütze war ihm heruntergefallen, als er den Arzt mit dem Kopf gegen die Wand geschlagen hatte. Sie mußte dort liegen. Sie war nicht verloren.

Der Polizist wurde nicht ungeduldig. Er, der einen Mann, der ungeschickterweise nach der Polizeistunde draußen gesungen hatte, so hart angefaßt hatte, schien jetzt beeindruckt. Und alle um ihn herum ebenfalls. Man verfolgte neugierig die geringsten Bewegungen dieses Anders, weil man spürte, daß er nicht mehr in der gleichen Welt lebte wie die anderen.

Da ihm der Mund wie verklebt war, wollte er ein Glas Bier leeren, das auf einem Tisch neben einer leeren Flasche stand, dann besann er sich ohne ersichtlichen Grund anders, folgte dem Polizisten und schlug, als er draußen war, den Mantelkragen hoch.

Trauer um Fonsine

Man zählte schon nicht mehr, wie oft sie vor den Friedensrichter in Pouzauges gezogen waren, fast so selbstverständlich, wie andere donnerstags zum Markt gehen, bald die eine als Klägerin, bald die andere. Sechs Monate zuvor hatten sie wegen einer Ordnungsstrafe mit dem Bus die Fahrt nach Fontenay angetreten. Doch das wußte der neue Vorsitzende nicht.

Er verlas mechanisch die Namen und hakte sie auf der Liste ab, die auf seinem Schreibtisch lag.

»Fernande Sirouet, Hausbesitzerin in Saint-Mesmin ... Alphonsine Sirouet, verwitwete Brécard, Hausbesitzerin in Saint-Mesmin ...«

Anschließend die Namen der Zeugen. Dann hob er den Kopf und schaute sie an, wie sie nebeneinander steif vor der halbkreisförmigen kleinen Schranke saßen.

»Also schön ... Wer von Ihnen beiden ist Fernande Sirouet?«

Das war die korpulentere, eine kleine, kräftige Frau mit mächtigen Backenknochen und einem Teint, der mattgrau war wie ihre Haare. Sie ließ mit einer Hand ihre samtene Handtasche mit silbernem Verschluß los und hob diskret den Finger.

Der Vorsitzende wandte sich an die andere:

»Sie sind also die Angeklagte Alphonsine Sirouet, verwitwete Bécard ...«

»Ja, Herr Präsident.«

Sie war gleich groß, aber magerer, mit eingezogenen Schultern und einem sanften, melancholischen Gesicht. Hin und wieder hustete sie verhalten, wobei sie die Hand vor den Mund hielt.

»Sie sind miteinander verwandt?«

Keine Antwort. Die beiden Frauen rührten sich nicht, zuckten nicht mit der Wimper, starrten ins Leere.

»Ich frage Sie, ob Sie miteinander verwandt sind!«

Diesmal bewegten sich die beiden Köpfe, jedoch nur eine Idee, gerade genug für eine stumme Herausforderung und ohne daß ein Wort über die Lippen der Frauen trat. Der »Rechtsberater« Fernandes, der Klägerin, kam leicht hinkend zu Hilfe:

»Sie sind Schwestern, Herr Präsident...«

Alle beide hatten am frühen Morgen das gleiche Haus in Saint-Mesmin verlassen und sich zur Bushaltestelle auf dem Kirchplatz begeben. Oder vielmehr: jede hatte »ihr« Haus verlassen, denn das Gebäude war seit Jahren zweigeteilt. Jede der Schwestern hatte ihre Tür, ihre zwei Fenster zur Straße hinaus. Jede hatte sich auf dem Platz zu ihren festtäglich gekleideten Zeugen gesellt. Und wer sie gesehen, wer sie dann während der Fahrt im Autobus beobachtet hätte, der hätte sich gefragt, welcher schwindelerregende Abgrund, welche farblose, eisige Leere diese beiden alternden Frauen trennte, deren Blicke sich kein einziges Mal kreuzten.

»Alphonsine Sirouet, bleiben Sie bitte auf Ihrem Platz... Was die Klägerin und die Zeugen anbelangt...«

Der Anwalt, der seit Jahren der »Rechtsberater« von

Fernande war, spielte den Zeremonienmeister und stellte seine Leute nach dem üblichen Ritus auf.

»Sie werden beschuldigt, am ersten Januar Ihrer Nachbarin, Fernande Sirouet, einen Henkeltopf entgegengeschleudert zu haben, und, was ich bisher nicht wußte, Ihre Schwester...«

Alphonsine, die von früher Kindheit an Fonsine genannt wurde, schüttelte zum Zeichen der Verneinung schmerzvoll den Kopf.

»Ihr Garten und der Ihrer... Schwester, denn Sie sind ja Schwestern, sind durch eine gemeinsame Mauer getrennt, die die Höhe...«

»Von zwei Meter zehn!« griff der Anwalt Fonsines ein, um dem Vorsitzenden zu helfen, der in seiner Akte herumsuchte.

Diese Zahl mußte von Bedeutung sein, denn er betonte sie arglistig.

»Gut, von zwei Meter zehn... Der Henkeltopf hat die Klägerin am Kopf getroffen und eine Quetschwunde an der Kopfhaut verursacht...«

Der Anwalt grinste, spielte auf seiner Bank eine kleine Komödie, die für die Eingeweihten sehr lustig sein mußte.

»Erkennen Sie den Tatbestand an?«

»Nein, Herr Präsident.«

»Wie bitte? Ich ersehe aus der Ermittlung, daß Sie gestanden haben, daß...«

»Ich habe eine Kasserolle geworfen... Denn es war eine alte Kasserolle, zerlöchert wie ein Sieb, und nicht ein Henkeltopf... Ich weiß nicht, warum von einem Henkeltopf gesprochen wurde...«

Der Vorsitzende wendete sich Fernande zu, die sich von ihrem Platz erhob.

»Es war ein Henkeltopf«, bestätigte sie. »Ein gußeiserner Henkeltopf...«

Der Staatsanwalt döste hinter seinem hellen Eichenpult. Die Beisitzer hörten unaufmerksam zu und ließen ihre Blicke über die rund sechzig Personen schweifen, die hinter der Gerichtsschranke eingepfercht waren und zum großen Teil auf ihren Auftritt warteten.

»Man könnte«, legte der Verteidiger von Fonsine nahe, »den Feldhüter fragen, den unsere Gegnerin als Zeugen benannt hat, obwohl mir nicht klar ist, warum, und der zufällig ein Geschäft für Haushaltwaren in Saint-Mesmin hat...«

Ein riesiger, sanftmütiger Bursche erhob sich nun.

»Man kann nicht sagen, daß es sich um einen Henkeltopf handelt, schon wegen seiner Form... Andererseits... Es war ein Kochtopf, wenn man so will, eine gußeiserne Kasserolle...«

»Kurz, ein schwerer Gegenstand... Konnte Ihrer Ansicht nach diese Kasserolle oder dieser Henkeltopf jemanden ernsthaft verletzen?«

Und der Anwalt mischte sich mit schneidender Ironie ein:

»Vielleicht unter der Bedingung, daß er trifft?«

»Ich verstehe Sie nicht, Herr Rechtsanwalt. Es ist festgestellt, daß die Klägerin sehr wohl...«

»...nie von dem Topf getroffen worden ist, was ich gleich beweisen werde!«

Triumphierend nahm er wieder Platz.

»Wir werden sehen! Wir werden sehen! Alphonsine

Sirouet, geben Sie zu, einen Topf über die Mauer geworfen zu haben, die Ihren Garten von dem Ihrer Schwester trennt?«

»Ich habe dem Kaiser gegeben, was des Kaisers ist...«

»Wie bitte?«

»Ich sage, daß dieser Topf in meinen Garten geworfen worden ist und daß ich ihn dahin geworfen habe, woher er gekommen ist. Eine gewisse Person hat seit langem, wie Ihnen die ehrbaren Leute des Marktfleckens bestätigen werden, die Gewohnheit angenommen, ihre Abfälle auf meinen Hof und in meinen Gemüsegarten zu werfen. Es war also nur gerecht...«

»Kurzum, Sie behaupten, die Anwesenheit Ihrer Schwester hinter der Mauer nicht bemerkt zu haben?«

»Diese Person war dort nicht.«

Wie sollte sich der Vorsitzende, der weder die Schwestern Sirouet noch das Haus an der Ecke der Landstraße, ja nicht einmal Saint-Mesmin kannte, ein Präsident, der nie von Antonin Brécard gehört hatte, wie sollte sich dieser Mann in dieser Affäre zurechtfinden?

Die Rechtsberater würden zwar gleich versuchen, ihm alles zu erklären, der eine Anwalt aus der Sicht von Fernande, der andere aus der Sicht von Fonsine, aber jeder stellte seiner Rolle gemäß die Sache auf seine Weise dar, ohne weit genug zurückzugreifen.

Eigentlich hätte man bis zur Ersten Kommunion der beiden Schwestern zurückgehen müssen, denn sie hatten sie zusammen begangen. Fernande, die um zwei Jahre älter war, hatte auf Alphonsine warten müssen, da ihr ungewöhnlich dickschädeliger Vater beschlossen hatte, es bei einer einzigen Feier bewenden zu lassen.

Fernande war wütend, erst während der zweijährigen Wartezeit, dann in den nachfolgenden Monaten bis hin zur Kommunion. Darauf war es an Fonsine, aufgebracht zu sein, denn sie war kokett geworden, und man schneiderte ihre Kleider und Mäntel aus den alten Kleidungsstücken ihrer Schwester.

Die Mutter starb, und Fernande wurde als der älteren die Haushaltsführung für Vater Sirouet übertragen, während Fonsine in Fontenay den Beruf der Schneiderin erlernte, was einfach ungerecht war.

Es ging ihnen gut. Der alte Sirouet war Viehgroßhändler und hatte eine besondere Vorliebe für Weißwein und fürs Essen. Er hat nie damit gerechnet, daß seine beiden Töchter eines Tages heiraten könnten, denn seit er Witwer war, brauchte er mindestens eine von ihnen, die ihm den Haushalt führte. Das war klar wie das Amen in der Kirche. Als es darum ging, welche von beiden das tun sollte, war es ihm gleichgültig, er zog keine der anderen vor. Sie sollten das unter sich ausmachen!

Aber gerade darin konnten sie sich nicht einig werden.

»Es ist immer die ältere, die zuerst heiratet. Also bin ich es, die ...«

»Verzeih, wenn die Mutter stirbt, übernimmt die ältere ihre Stellung im Haus und bleibt da. Also bin ich es, die ...«

Sie heirateten beide nicht, und zwar aus dem einfachen Grund, weil sich niemand fand, der um ihre Hand anhielt.

Fernande war dreißig Jahre alt und Alphonsine achtundzwanzig, als ein neuer Lehrer nach Saint-Mesmin kam. Er war gut fünfundvierzig, vernachlässigte insbesondere seine Kleidung und setzte sich über die grundsätzlichsten Regeln der Reinlichkeit hinweg. Er hieß Brécard, Antonin Brécard, und von Anfang an schien er es auf eine der Töchter Sirouet abgesehen zu haben. Welche? Man wußte es nicht.

Schließlich heiratete er Fonsine. Auf gut Glück, wie behauptet wurde. Nach niedrigen Machenschaften der jüngeren Tochter, versicherte Fernande.

Festzuhalten ist jedenfalls, daß Fonsine für zwei Jahre das Elternhaus verließ, um mit ihrem Mann im Schulgebäude zu wohnen.

Hatte sie das Haus freiwillig verlassen, ja oder nein? Ja!

Nun, ihr Mann starb, fast zur gleichen Zeit wie Vater Sirouet, über den der weiße Landwein am Ende gesiegt hatte.

Was machte darauf Fonsine, *die ihr elterliches Haus aus freien Stücken verlassen hatte und die ihren Vater, den sie sozusagen aufgegeben hatte, in seinen letzten Stunden nicht hatte pflegen müssen*? Sie wollte an den heimischen Herd zurückkehren und dort als Hausherrin herrschen, zumindest gleichberechtigt neben Fernande!

Wie lange war das her? Beinahe zwanzig Jahre. Genau: achtzehn.

Seither lebten die beiden Schwestern also innerhalb der Wände, die gesehen hatten, wie sie zur Welt gekommen waren. Nur war das Haus glücklicherweise in seiner Länge geteilt worden. Die Teilung war in Gegenwart von zwei Fachleuten vollzogen worden, von denen jeder eine Partei vertrat. Es gab Räume, an denen beide

Schwestern hingen und die nicht zweigeteilt werden konnten wie die Küche, wegen des steinernen Kamins. Man hatte sie ausgelost, mit Hilfe eines silbernen Fünf-Francs-Stücks. Es wurden Wände eingezogen, man hatte einen zweiten Eingang geschaffen und eine Treppe gebaut.

Kurz, es waren jetzt zwei Häuser, und damit darüber kein Zweifel bestand, hatte Fonsine ihre Fassadenhälfte hellblau getüncht, während Fernande bei ihrem Teil die Natursteinfarbe beibehielt.

Natürlich redeten sie nie wieder miteinander. Sie kannten sich nicht mehr. Sie begegneten sich täglich zwanzigmal, und jede tat, als ob die andere Luft sei.

Fernande hatte ihren Anwalt in Pouzauges, Fonsine ihren Rechtsberater in Fontenay, und über die wurden die noch notwendigen Verbindungen aufrechterhalten.

Wie viele Geschichten hatte es seitdem gegeben! Man konnte die vergifteten Katzen kaum noch zählen, die alle Gegenstand von Streitfällen vor dem Friedensrichter waren. Etwa zwei Jahre zuvor hatte dann die Flut der anonymen Briefe eingesetzt. Ganz Saint-Mesmin erhielt welche, und der Pfarrer hatte deshalb ernsthaft von der Kanzel wettern müssen, denn nun wurden Dritte einbezogen, verheiratete Männer wurden beschuldigt, an schändlichen Ausschweifungen teilzunehmen, die in der einen oder anderen Hälfte jenes Hauses stattfinden sollten.

Die Schwestern Sirouet hätten sich entehrt geglaubt, wenn sie zum selben Lieferanten gegangen wären, und jede hatte ihren Kolonialwarenladen, ihren Bäcker und Fleischer.

»Ich gehe nicht zu Händlern, die sich herablassen, jedermann zu bedienen!«

Die Geschichte mit dem Waschhaus schließlich... Hinten in dem nun zweigeteilten Garten floß ein Bach vorbei. In jedem Garten war aus wenigen Planken ein Waschhaus errichtet worden. Aber an Gleichheit war nicht zu denken, der Bach ließ sich nicht davon abbringen, immer in die gleiche Richtung zu fließen. Kurz, Fonsine bekam das Wasser erst, nachdem es durch das Grundstück ihrer Schwester geflossen war.

Auch lag Fernande auf der Lauer, richtete es so ein, daß sie am selben Tag Wäsche hatte wie ihre Nachbarin, so daß Fonsine an ihrem Waschplatz nur das Wasser vorbeiströmen sah, das von der schmutzigen Wäsche »dieses Weibes« verseucht war.

Manchmal stand sie schon in der Nacht auf, um sicher zu sein, ihre Wäsche in sauberem Wasser waschen zu können. Um sich zu rächen, kaufte Fernande bei der Kurzwarenhändlerin, die alle möglichen Artikel führte, riesige Flaschen Tinte, die sie in den Bach goß, wenn die Wäsche ihrer Schwester zum Einweichen im Wasser lag. Das war nachgewiesen. Auch daß sie die Händlerin gefragt hatte:

»Haben Sie nicht alte Tinte? Es macht nichts, wenn sie ein bißchen verdorben ist. Ich brauche sie nicht zum Schreiben.«

Was die Mauer betraf, so wurde sie trotz ihrer zwei Meter zehn täglich von den unterschiedlichsten Gegenständen überflogen, und zwar vorzugsweise von höchst widerlichen Dingen, alten Pantoffeln, schmutziger Watte, Innereien von Kaninchen, krepierten Ratten, angeschlagenen Nachttöpfen ... Gott weiß, wo sie das alles aufsammelten, wahrscheinlich im Dunkel der Nacht!

Jetzt saßen die beiden Frauen nebeneinander, die blasse und harte Fernande, die magere und leidende Fonsine, jede von ihren Zeugen flankiert, und als der Gerichtsvorsitzende dem Feldhüter die Wahrheit zu entlocken versuchte, erklärte der mit liebenswürdiger Einfachheit:

»Es macht vielleicht nicht den Eindruck, aber ich frage mich, ob nicht Fonsine die wildere ist ...«

Fonsine, die zum Steinerweichen hustete und die eine so bescheidene Art hatte, die Schultern zurückzunehmen, als wolle sie in einen Beichtstuhl schlüpfen! Und tatsächlich gehörte der Feldhüter ja der Partei von Fernande an!

»Hören wir weiter! Sie waren also in Ihrem Garten, als Ihre Schwester besagten Gegenstand ...«

»Ja, Herr Präsident.«

»Nein, Herr Präsident«, berichtigte Fonsine ruhig. »In diesem Augenblick stand sie vorne vor ihrer Tür und hat sogar mit der Metzgerin, die ich als Zeugin mitgebracht habe, gesprochen.«

»Das ist nicht wahr! Der Klempner, der im Garten arbeitete, hat mich an der Mauer gesehen und ...«

»Jedermann weiß, daß sie noch krank wird vor lauter Lügen. Und was den Klempner betrifft, wenn ich mich nicht zurückhalten würde, da könnte ich Dinge erzählen ...«

»Soll man doch die Frau des Feldhüters vernehmen. Man wird schon sehen, ob ...«

Sie war verlegen, die Frau des Feldhüters. Sie hätte gerne aussagen wollen, aber sie hätte auch schweigen mögen.

»Was wissen Sie von der Sache?«

»Ich weiß sozusagen nichts, Herr Präsident.«

Sie wußte nichts, doch sie hatte gehört, daß Fernande zu jemandem gesagt hatte... Was hatte sie nur genau gesagt?

»Daß ihr ihre Schwester die Geschichte mit dem Henkeltopf und all ihre anderen Gemeinheiten teuer bezahlen werde und daß sie jetzt im Vorteil sei...«

»Weshalb?«

»Ich weiß es nicht.«

»War das, nachdem der Topf geschmissen worden ist?«

»Das war um fünf Uhr nachmittags...«

»Also *nachher*, da der Topf gegen vier Uhr geworfen worden ist...«

»Sagt sie!«

»War Fernande Sirouet zu diesem Zeitpunkt verletzt?«

Schweigen.

»Wissen Sie, ob sie verletzt war?«

»Das konnte man nicht sehen...«

Kurz, nach den Aussagen einiger Zeugen war Fernande Sirouet keineswegs von dem Henkeltopf – oder der Kasserolle – getroffen worden, sondern hatte in ihrer Wut die Gelegenheit ergriffen, war ins Haus gegangen und hatte sich selbst verletzt, um ihre Schwester vor Gericht zu ziehen.

»Sie brauchen nur den Doktor zu fragen. Er ist hier.«

Allerdings war der noch verlegener als alle anderen, denn wenn die Schwestern auch jede ihren Kolonialwarenhändler und ihren Fleischer hatten, waren sie doch gezwungen, denselben Arzt aufzusuchen.

»Sie haben Fernande Sirouet behandelt, als sie verletzt war. Können Sie uns sagen, ob ...«

Nein, er wußte es nicht. Die Wunde konnte von dem Kochtopf verursacht worden sein, sie konnte aber auch von irgendeinem anderen Instrument herrühren, von einem Hammer zum Beispiel oder von einem Aufprall an einer Mauerecke.

Wie? ... Konnte die Klägerin sich selbst auf diese Art und Weise verletzt haben? ... Das war faktisch nicht unmöglich ... Alles war möglich ... Schmerzhaft? ... Ein bißchen, ja ... Ziemlich ... Aber letztlich ...

Was bedeutete am Ende für eine Sirouet dieser kleine vorübergehende Schmerz im Vergleich zu dem Triumph, die andere zu einer Ordnungsstrafe verurteilt zu sehen?

Sie verstehen das nicht, Herr Präsident? Sie kommen aus Poitiers, das sieht man. Sie haben in Saint-Mesmin nicht gelebt. Sie wissen nicht, daß die beiden Schwestern seit zwanzig Jahren – Verzeihung, achtzehn – den lieben langen Tag nichts anderes zu tun haben, als ihren Haß zu schüren.

Einen innigen Haß, wissen Sie! Einen Haß, der eine Art Liebe ist, eine umgekehrte Liebe zwar, aber dennoch Liebe.

Und dann das Gerede der Leute! Der ganze Marktflecken, der von den Taten und Gesten dieser zwei

Frauen in Atem gehalten wird, der für die eine oder die andere Schwester Partei ergreift, Beifall zollt oder entrüstet ist!

Wer von den beiden hat angefangen und die andere vor Gericht gezerrt? Fonsine, nicht wahr? Doch sie hatte nur die banale Anklage wegen Überschreitung der Einfriedung erheben können. Sie hatte auch vage, ohne Beweise, von Lauch gesprochen, der in ihrem Garten gestohlen worden war, von Kaninchen, die nacheinander eingegangen waren, weil man ihnen Unkraut in ihren Stall gesteckt hatte.

Ihr Vorgänger, Herr Präsident, hat Fernande freigesprochen und einfach einen Vergleich vorgeschlagen, denn er blickte ebenfalls nicht durch. Und Fernande hat die darin liegende Beleidigung noch grausamer empfunden. Sie wäre lieber verurteilt worden, stellen Sie sich vor!

»Ach, du willst bestraft werden?... Warte, bis sich die Gelegenheit findet, dann werde ich es dir aber geben!«

Und nun die Gelegenheit mit dem Henkeltopf, der vielleicht nur eine Kasserolle war, jedoch schwer genug, um eine Verletzung der Kopfhaut zu verursachen, selbst wenn niemand getroffen worden war...

Was sagten Sie? Sie kommen da nicht mit? Sie stammeln, sind nicht stolz auf Ihr Urteil, nachdem Sie sich zu Ihren Beisitzern hinübergebeugt haben:

»Fünfhundert Francs Geldstrafe...«

Und Sie glauben, daß es damit beendet sei?

Es hat tatsächlich aufgehört, aber nicht dank dem Eingreifen des Richters von Fontenay und vielleicht auch nicht dank dem des Arztes, der wenig später sechsmal in der Woche das Haus betrat.

Fonsine, die etwas schwach auf der Brust war, starb vierzehn Tage vor Ostern an Lungenentzündung.

Ihre Schwester ignorierte sie. Nachbarinnen kamen und wachten bei ihr. Ihr Rechtsberater kümmerte sich um die Beerdigung. Fernande ließ sich nicht blicken und nutzte den Augenblick, da der Trauerzug sich formierte, um tüchtig vor ihrer Haustür zu schrubben. Man konnte es nicht klarer ausdrücken:

»Eine Erlösung!«

Ihre Augen blieben trocken, an den Rändern kaum gerötet, aber den etwas blutigen Rand der Lider hatte sie schon lange. Es war sogar der einzige Farbfleck in ihrem aus Stein geschnittenen Gesicht.

Manchmal fragten die Nachbarinnen sie:

»Trägst du nicht Trauer um Fonsine?«

»Ich? Kenne ich sie überhaupt?«

Sie hätte sich eher rot gekleidet. Sie fragte sich, wer das Haus ihrer Schwester kaufen würde. Denn vom Erben konnte keine Rede sein. Das wußten beide seit langem. Wenn man einen solchen Haß nährt, gebietet die erste Vorsichtsmaßnahme, sich zu versichern, daß der Gegenstand dieses Hasses nicht einmal dein Eigentum erbt.

Deshalb hatten die beiden Schwestern, jede für sich, ihren Besitz zur Nutznießung auf Lebenszeit angelegt, einschließlich ihres Hausanteils. So daß Fernande jetzt über kein Geld verfügte, um die Hälfte des Hauses zu kaufen, die ihrer Schwester gehört hatte und an der bereits ein Schild angebracht war mit dem Hinweis, daß sie zum Verkauf stehe.

Und selbst das nützte ihr. Alles nützte ihr. Man sah sie recht häufig besorgt, ohne Schwung, wie jemand, den innerlich der Kummer zerfrißt. Dann sagte man zu ihr:

»Da siehst du, daß es dir trotz allem etwas ausmacht!«

»Mir? ... Ha! Ha! ...«

»Du bist nicht mehr die gleiche, seit Fonsine ...«

»Wollt ihr wohl still sein ... In meinem ganzen Leben bin ich nicht so glücklich gewesen ... Endlich kann ich aufatmen!«

»Du quälst dich ...«

»Ich quäle mich, weil ein Teil meines elterlichen Hauses bald fremden Leuten gehören wird, und ich mich frage, wer meine Nachbarn sein werden ...«

Das quälte sie so, daß sie abmagerte, daß ihr weißer Teint schmutziggrau wurde, daß ihr oft Haarsträhnen über die Wangen fielen. Sie fand an nichts mehr Gefallen. Sie war untätig. Zehnmal am Tag überquerte sie die Straße, um in das Kolonialwarengeschäft zu gehen, nicht, weil sie irgend etwas gebraucht hätte, sondern weil man dort immer jemanden traf, mit dem man sich unterhalten konnte.

Wie viele schöne Sommer hatte sie in ihrem Garten verbracht, den sie nun gar nicht mehr betrat. All das Unkraut, die Ackerschnecken, diese Steine, Flaschenscherben und Maulwurfsgrillen, die sie voller Freuden über die Mauer geworfen hatte!

Das Nachbarhaus wurde gegen Ende des Sommers verkauft, und schon zu Allerheiligen zogen die neuen Besitzer ein, einfache Rentner aus der Stadt, ruhige

Leute, die keinen Lärm machten, die Ortsansässigen höflich grüßten, aber mit ihnen nicht ins Gespräch zu kommen versuchten.

Über sie gab es nichts zu sagen.

Das war trostlos.

Das war tödlich.

»Am Totensonntag wenigstens, Fernande! ... Ich weiß ja, daß du wegen Fonsine keine Trauer trägst... Aber da es doch einen lieben Gott gibt...«

»Ich will nicht einmal wissen, wo sie begraben liegt...«

Und um zu vermeiden, daß sie, wenngleich unbeabsichtigt, an einem Kreuz vorbeikam, das den verabscheuten Namen trug, begab sie sich nicht zum Grab ihrer Eltern, das in diesem Jahr ohne Blumen blieb.

Überdies fehlte es ihr an jeglicher Energie.

»Soll ich dir was sagen? Du langweilst dich...«

Sie und sich langweilen!

Man schenkte ihr eine junge Katze, die nicht mehr Gefahr lief, vergiftet zu werden, und sie vergaß oft, ihr Futter zu geben.

Das war also aus ihr geworden! Der trübe Blick. An vielen Abenden hatte sie nicht den Mut, sich etwas zu essen zu machen oder die Lampe anzuzünden. Die Nachbarn hatten sich einen Radioempfänger angeschafft, so daß die Wände gleichsam einen fremden Schweiß ausströmten.

Trauer um Fonsine? Gab es Leute, die sich darüber wunderten, daß sie um Fonsine nicht trauerte?

Wie lange dauert die Zeit der Trauer um eine Schwester? Ein Jahr, nicht wahr?

Sie hätte ihre Trauer nicht bis zum Ende tragen können! Sie starb an Lichtmeß, ganz allein, abends, ohne Licht, während die Nachbarn die Musik abgestellt hatten, da sie wußten, daß sie müde war, und dabei waren, Crêpes zu backen.

Sie starb nicht an einer bestimmten Krankheit, sondern an allen und keiner, wie die Tiere sterben, die sich langweilen, und da sie ihren Besitz auf Lebenszeit angelegt hatte, gab es niemanden, der sie beerben konnte, auch niemanden mehr, der in Saint-Mesmin den Haß nährte, der die Schwestern Sirouet am Leben erhalten hatte.

Die Aussage des Ministranten

I

Das Läuten zur Sechs-Uhr-Messe

Ein feiner kalter Regen fiel. Es war dunkel. Nur am Ende der Straße, auf der Seite der Kaserne, von wo man um halb sechs Trompetensignale gehört hatte und von wo nun das Getrappel von Pferden herüberklang, die zur Tränke geführt wurden, sah man das schwach erhellte Rechteck eines Fensters: wohl jemand, der früh aufstand, oder vielleicht ein Kranker, der die ganze Nacht wach gelegen hatte.

Sonst schlief die Straße. Es war eine ruhige, breite, praktisch neue Straße, mit Häusern, die sich alle glichen, ein-, höchstens zweistöckig, wie man sie in den Vororten der meisten großen Provinzstädte sieht. Das ganze Viertel war neu, ohne Geheimnis, die Bewohner waren ruhige, bescheidene Leute, Angestellte, Handelsvertreter, Kleinrentner, friedfertige Witwen.

Maigret stand mit hochgeschlagenem Mantelkragen in der Ecke zur Einfahrt der Knabenschule und wartete, seine Pfeife rauchend, mit der Uhr in der Hand.

Genau um Viertel vor sechs läuteten die Glocken der Pfarrkirche hinter ihm, und er wußte, daß das das erste Läuten zur Sechs-Uhr-Messe war, wie der Junge es erklärt hatte.

Der Klang der Glocken schwang noch in der feuchten Luft, als er mehr erriet als hörte, wie im Haus gegenüber ein Wecker losging und entnervend rasselte. Das dauerte nur ein paar Sekunden. Der Junge hatte wohl schon die Hand aus dem warmen Bett gestreckt und im Dunkeln tastend den Wecker abgestellt. Kurz darauf wurde das Mansardenfenster im zweiten Stockwerk hell.

Es spielte sich genau so ab, wie der Junge gesagt hatte. Leise stand er als erster auf, während im Hause alles weiterschlief. Nun zog er wohl seine Kleider und die Socken an, wusch sich das Gesicht und die Hände und fuhr mit dem Kamm durch das Haar.

»Die Schuhe«, hatte er gesagt, »trage ich hinunter und ziehe sie erst auf der letzten Treppenstufe an, um die Eltern nicht zu wecken.«

So ging es Tag für Tag, Sommer und Winter, seit bald zwei Jahren schon, seit Justin begonnen hatte, bei der Sechs-Uhr-Messe im Krankenhaus zu ministrieren.

Er hatte auch gesagt:

»Die Uhr des Krankenhauses geht immer drei oder vier Minuten hinter der der Pfarrkirche nach.«

Und dafür hatte der Kommissar den Beweis. Die Inspektoren der Kriminalpolizei, zu der er vor einigen Wochen beordert worden war, hatten mit den Achseln gezuckt, als sie am Abend zuvor diese detaillierten Geschichten von den Glocken, vom ersten und vom zweiten Läuten gehört hatten.

Hatte Maigret deshalb nicht gelächelt, weil er selbst lange Zeit Ministrant gewesen war?

Zuerst läuteten um Viertel vor sechs die Glocken der Pfarrkirche, dann rasselte der Wecker in der Mansarde, in der Justin schlief, kurz darauf erklangen die helleren Kapellglocken des Krankenhauses, die an Klosterglokken erinnerten.

Er hielt immer noch die Uhr in der Hand. Der Junge brauchte kaum mehr als vier Minuten zum Anziehen. Das Licht ging aus. Wahrscheinlich tappte er jetzt im Dunkeln die Treppe hinunter, um die Eltern nicht zu wecken, setzte sich auf die unterste Stufe, um die Schuhe anzuziehen, und nahm Mantel und Mütze vom Kleiderständer aus Bambusrohr, der rechts im Flur stand.

Die Tür ging auf. Der Junge schloß sie lautlos, schaute sich ängstlich nach beiden Seiten um und sah die große Silhouette des Kommissars auf sich zukommen.

»Ich hab Angst gehabt, Sie seien nicht da.«

Dann marschierte er schnell los. Der Junge war zwölf Jahre alt, blond, mager und schon eigenwillig.

»Sie wollen, daß ich es genau gleich mache wie immer, nicht wahr? Ich gehe immer schnell, einmal, weil ich ausgerechnet habe, wieviel Minuten ich brauche, und dann, weil ich im Winter in der Dunkelheit Angst habe. In einem Monat beginnt es um diese Zeit schon zu tagen.«

Er bog in die erste Straße rechts ab; sie war noch ruhig, etwas kürzer und führte auf einen runden, mit Ulmen bepflanzten Platz, über den Straßenbahnschienen liefen.

Maigret fielen winzige Einzelheiten auf, die ihn an seine Kindheit erinnerten. Etwa, daß der Junge nicht an den Häusern entlang ging, wahrscheinlich aus Angst, plötzlich jemanden aus dem Dunkel einer Tür auftauchen zu sehen. Beim Überqueren des Platzes wich er auch den Bäumen aus, weil sich dahinter ein Mann hätte verstecken können.

Er war eigentlich tapfer, denn zwei Winter hindurch, bei jedem Wetter, manchmal in mondloser, schwärzester Nacht oder in dichtem Nebel, hatte er jeden Morgen ganz allein denselben Weg zurückgelegt.

»Wenn wir in der Mitte der Rue Sainte-Catherine sind, werden Sie das zweite Läuten der Pfarrkirche hören . . .«

»Um wieviel Uhr kommt die erste Straßenbahn?«

»Um sechs Uhr. Ich hab sie nur zwei- oder dreimal gesehen, als ich zu spät war . . . Einmal, weil der Wecker nicht geläutet hatte, ein andermal, weil ich wieder eingeschlafen war. Deshalb springe ich jetzt sofort aus dem Bett, wenn er läutet.«

Ein kleines, bläßliches Gesicht in der regnerischen Nacht, etwas schlaftrunkene Augen, ein nachdenklicher und ganz leicht ängstlicher Ausdruck.

»Ich werde nicht mehr ministrieren. Heute bin ich nur gekommen, weil Sie darauf bestanden haben . . .«

Sie gingen nach links in die Rue Sainte-Catherine; wie in den anderen Straßen in jenem Viertel stand dort alle fünfzig Meter eine Straßenlaterne, die ihren runden Lichtschein aufs Pflaster warf. Zwischen diesen Lichtflecken ging der Junge unbewußt schneller, als wenn er sich in ihrer beruhigenden Zone befand.

Immer noch vernahm man von weither die Geräusche aus der Kaserne. Einige Fenster wurden hell. Irgendwo in einer Querstraße hörte man Schritte, wahrscheinlich ein Arbeiter, der zur Arbeit ging.

»Hast du nichts gesehen, als du zu der Straßenecke kamst?«

Das war der heikelste Punkt, denn die Rue Sainte-Catherine verlief gerade, war zu der Zeit menschenleer, hatte schnurgerade Gehsteige, und die Straßenlaternen standen in so kurzen Abständen, daß man im Halbschatten zwischen ihnen zwei sich streitende Männer sehen mußte, selbst auf hundert Meter Distanz.

»Vielleicht hab ich nicht geradeaus geschaut. Ich sprach vor mich hin, daran erinnere ich mich... Es kommt oft vor, daß ich am Morgen unterwegs halblaut vor mich hin rede... Ich wollte zu Hause meine Mutter um etwas bitten und wiederholte, was ich ihr sagen wollte...«

»Was wolltest du ihr sagen?«

»Ich wünsche mir schon lange ein Fahrrad... Ich hab schon dreihundert Francs mit Ministrieren verdient.«

War es Einbildung? Es schien Maigret, als entferne sich der Junge weiter von den Häusern. Er verließ sogar ein Stück weit den Gehsteig.

»Hier ist's... Hören Sie!... Jetzt läutet die Pfarrkirche zum zweiten Mal.«

Maigret versuchte, sich in die Welt des Jungen hineinzudenken, ohne zu fürchten, daß er sich lächerlich machen könnte.

»Ich muß aufgeschaut haben... Wissen Sie, so, wie wenn man blindlings läuft und plötzlich vor einer Mauer steht... Genau hier war es...«

Er zeigte auf dem Gehsteig auf die Linie, die das Dunkel vom Lichtschein einer Laterne trennte, in dem der feine Regen wie heller Staub aussah.

»Zuerst hab ich einen Mann ausgestreckt am Boden liegen sehen, und er kam mir so groß vor, daß ich hätte schwören können, er nehme die ganze Breite des Gehsteigs ein.«

Das war unmöglich, denn der Gehsteig war mindestens zweieinhalb Meter breit.

»Was ich dann gemacht habe, weiß ich nicht mehr genau ... Ich muß zur Seite getreten sein ... Ich bin nicht sofort geflohen, weil ich in seiner Brust das Messer mit dem braunen Horngriff gesehen habe. Es ist mir aufgefallen, weil mein Onkel Henri fast dasselbe Messer hat und er mir gesagt hatte, es sei Hirschhorn ... Ich bin sicher, daß der Mann tot war ...«

»Warum?«

»Ich weiß nicht. Er sah aus wie ein Toter.«

»Waren seine Augen geschlossen?«

»Ich hab nicht auf seine Augen geachtet. Ich weiß nicht mehr ... Aber ich hab das Gefühl gehabt, er sei tot ... Wie ich Ihnen gestern in Ihrem Büro gesagt habe, ging alles sehr schnell ... Ich hab all dies gestern den ganzen Tag lang so oft wiederholen müssen, daß ich mich nicht mehr zurechtfinde. Schon gar nicht, wenn ich merke, daß man mir nicht glaubt ...«

»Und der andere Mann?«

»Als ich aufgeschaut habe, hab ich vielleicht fünf Meter weiter weg jemanden mit sehr hellen Augen stehen sehen. Er hat mich eine Sekunde lang angeblickt und ist dann davongelaufen. Es war der Mörder.«

»Woher weißt du das?«

»Weil er geflohen ist, so rasch er konnte.«

»In welche Richtung?«

»Geradeaus.«

»In Richtung Kaserne also?«

»Ja.«

Tags zuvor war Justin tatsächlich mindestens zehnmal vernommen worden. Bevor Maigret ins Büro gekommen war, hatten die Inspektoren eine Art Spiel daraus gemacht. Aber Justin war nie auch nur im geringsten von seiner ersten Aussage abgewichen.

»Und was hast du gemacht?«

»Ich bin auch losgerannt. Es ist schwer zu erklären... Ich glaube, ich bekam Angst, als ich den Mann fliehen sah... Und dann bin ich davongerannt, so schnell ich konnte...«

»In die entgegengesetzte Richtung?«

»Ja.«

»Ist dir nicht eingefallen, um Hilfe zu rufen?«

»Nein... Ich hab zu sehr Angst gehabt. Ich fürchtete vor allem, daß meine Knie plötzlich nachgeben würden, denn ich spürte sie sozusagen nicht mehr... Ich bin zur Place du Congrès zurückgekehrt... Dann bin ich in eine andere Straße eingebogen, die auf einem Umweg ebenfalls zum Krankenhaus führt.«

»Gehen wir.«

Die hellen Kapellglocken bimmelten wieder. Nach fünfzig Metern kam eine Kreuzung; links sah man die Kasernenmauern mit den Schießscharten, rechts ein schwach beleuchtetes riesiges Portal und darüber eine Uhr mit einem graublauen Zifferblatt. Es war drei Minuten vor sechs.

»Ich bin eine Minute zu spät... Gestern war ich trotzdem pünktlich, weil ich gelaufen bin.«

An der Eichentür war ein schwerer Klopfer. Der Junge hob ihn an, und der Lärm widerhallte im Innern. Ein Pförtner in Pantoffeln öffnete die Tür; er ließ Justin herein, versperrte aber Maigret den Weg und musterte ihn mißtrauisch.

»Was wollen Sie?«

»Polizei.«

»Haben Sie einen Ausweis?«

Sie gingen durch eine Vorhalle, wo es schon nach Krankenhaus roch, und durch eine zweite Tür gelangten sie in einen großen Hof und zu den Pavillons. Von weitem gewahrten sie im Dunkeln die weißen Hauben der Krankenschwestern, die zur Kapelle gingen.

»Warum hast du gestern dem Pförtner nichts gesagt?«

»Ich weiß nicht... Ich hatte es eilig.«

Maigret verstand das. Justin wollte nicht beim Hauptportal, beim mißtrauischen und mürrischen Pförtner Zuflucht suchen, auch nicht im kalten Hof, über den lautlos Tragbahren getragen wurden, sondern in der warmen Sakristei neben der Kapelle, wo eine freundliche Schwester die Altarkerzen anzündete.

Der Junge mußte sich jeden Morgen sozusagen von einem Pol zu einem anderen durchkämpfen, von seinem Dachzimmer, aus dem ihn der Wecker vertrieb, zur Sakristei der Kapelle. Die Leere dazwischen wurde nur von den Glocken belebt.

»Kommen Sie mit hinein?«

»Ja.«

Justin schien beunruhigt, ja entsetzt zu sein beim Gedanken, daß der Kommissar, der vielleicht ungläubig war, in sein Heiligtum eindringen wollte.

Gerade dies erklärte Maigret, warum das Kind jeden Morgen den Mut aufbrachte, so früh aufzustehen und die Angst zu überwinden.

In der warmen Kapelle fühlte es sich geborgen. In den Bänken des Kirchenschiffs saßen schon graublau gekleidete Kranke, einige mit Kopfverbänden, andere mit Armschlingen oder Krücken.

Auf der Empore bildeten die Schwestern eine einheitliche Gruppe, und alle weißen Hauben senkten sich gleichzeitig in hingebungsvoller Andacht.

»Kommen Sie.«

Sie mußten ein paar Stufen emporsteigen und neben dem Altar, auf dem schon die Kerzen brannten, nach rechts gehen.

In der dunkel getäfelten Sakristei stand ein sehr großer, hagerer Priester, der soeben das Meßgewand angezogen hatte. Ein Chorhemd aus feinen Spitzen wartete auf den Ministranten, und eine Nonne füllte gerade die Meßgefäße.

Erst hier war Justin am Tag zuvor keuchend, außer Atem, mit zitternden Beinen stehengeblieben.

Hier hatte er geschrien:

»In der Rue Sainte-Catherine ist ein Mann umgebracht worden...«

Eine kleine, in das Getäfer eingebaute Uhr zeigte genau sechs an. Die Glocken läuteten wieder, aber in der Sakristei hörte man sie nicht so deutlich wie draußen. Justin sagte zur Nonne, die ihm das Chorhemd gab:

»Das ist der Polizeikommissar...«

Maigret blieb dort, während der Junge hastig zu den

Altarstufen schritt, gefolgt vom Priester mit seiner roten Soutane, deren Falten sich hin und her bewegten.

Die Mesnerin hatte gesagt:

»Justin ist ein lieber, sehr frommer Junge, der uns nie angelogen hat. Ein paarmal ist er nicht zur Messe gekommen. Er hätte nachher behaupten können, er sei krank gewesen. Doch das hat er nicht getan! Er hat offen zugegeben, daß er sich nicht aufzustehen getraut hatte, weil es zu kalt war oder weil er in der Nacht Alpträume gehabt hatte und müde war...«

Und nach der Messe hatte der Priester den Kommissar angeschaut, mit seinen hellen Augen, die an die der Heiligen auf den Kirchenfenstern erinnerten:

»Warum sollte das Kind eine solche Geschichte erfunden haben?«

Maigret wußte nun, was tags zuvor in der Krankenhauskapelle geschehen war. Justin war am Ende seiner Kräfte gewesen. Er hatte mit den Zähnen geklappert und schließlich einen richtigen Weinkrampf gehabt. Die Messe konnte nicht verschoben werden. Die Mesnerin hatte die Oberin benachrichtigt und anstelle des Kindes ministriert, das unterdessen in der Sakristei gepflegt wurde.

Erst zehn Minuten später fiel es der Oberin ein, die Polizei zu alarmieren. Sie mußte durch die Kapelle gehen. Alle hatten gemerkt, daß etwas los war.

Auf dem Polizeirevier des Viertels begriff der diensttuende Wachtmeister zunächst nicht:

»Wie?... Oberin?... Oberin wovon?...«

Eine gedämpfte Stimme, wie man sie in Klöstern hört,

wiederholte, in der Rue Sainte-Catherine sei ein Verbrechen verübt worden. Die Polizisten fanden aber nichts, weder ein Opfer noch einen Mörder...

Als wäre nichts geschehen, war Justin wie jeden Tag um halb neun zur Schule gegangen. Nachdem die Kriminalpolizei benachrichtigt worden war, holte ihn Inspektor Besson um halb zehn aus dem Klassenzimmer. Besson war ein untersetzter Mann, der wie ein Boxer aussah und den harten Mann spielte.

Armer Junge! In einem düsteren, nach Pfeifenrauch und einem qualmenden Ofen riechenden Büro war er geschlagene zwei Stunden nicht wie ein Zeuge, sondern wie ein Schuldiger verhört worden.

Die drei Inspektoren Besson, Thiberge und Vallin hatten der Reihe nach versucht, ihn hereinzulegen und ihn in Widersprüche zu verwickeln.

Und obendrein hatte man dann noch die Mutter geholt. Sie hatte im Vorzimmer gesessen, geweint oder sich geschneuzt und immer wieder beteuert:

»Wir sind rechtschaffene Leute und hatten noch nie mit der Polizei zu tun.«

Maigret hatte am Abend zuvor lange mit einer Rauschgiftaffäre zu tun gehabt und war deshalb erst gegen elf Uhr ins Büro gekommen.

»Was ist los?« hatte er gefragt, als er den Jungen sah, der ohne zu weinen, aber wütend auf seinen mageren Beinen dastand.

»Ein Flegel, der uns einen Streich spielen will. Er behauptet, auf der Straße eine Leiche und sogar einen Mörder gesehen zu haben, der geflohen sei, als er hinzukam. Vier Minuten später aber fuhr eine Straßenbahn durch diese Straße, und der Fahrer hat nichts gesehen. Es ist eine stille Straße, und niemand hat etwas gehört. Als nach einer Viertelstunde die Polizei, von irgendeiner Nonne benachrichtigt, erschien, war überhaupt nichts auf dem Gehsteig zu sehen, nicht der kleinste Blutstropfen...«

»Kommen Sie in mein Büro, mein Junge.«

Maigret war an jenem Tag der erste, der Justin nicht wie einen tückischen Lausbuben mit zuviel Einbildungskraft, sondern wie einen jungen Mann behandelte.

Er ließ sich die Geschichte nochmals schildern und hörte gelassen und ruhig zu, ohne zu unterbrechen und ohne sich Notizen zu machen.

»Wirst du weiterhin bei der Messe im Krankenhaus ministrieren?«

»Nein. Ich will nicht mehr hingehen. Ich fürchte mich zu sehr.«

Das war ein großes Opfer. Sicher war das Kind fromm. Sicher gefiel ihm die Poesie der Frühmesse in der warmen und etwas geheimnisvollen Atmosphäre der Kapelle.

Zudem verdiente es etwas dabei, zwar nicht viel, doch immerhin genug, um sich eine kleine Summe zusammensparen zu können. Der Junge wünschte sich ja sehnlichst ein Fahrrad, und die Eltern konnten ihm keines geben!

»Ich möchte dich bitten, morgen früh noch ein letztes Mal hinzugehen.«

»Ich traue mich nicht.«

»Ich gehe mit dir. Ich warte vor deinem Haus auf dich. Du wirst dich genau gleich verhalten wie immer...«

Das war nun geschehen, und Maigret stand um sieben Uhr früh allein vor dem Portal des Krankenhauses, in einem Viertel, das er bis anhin nur vom Vorbeifahren mit Straßenbahn oder Auto gekannt hatte.

Der Himmel war jetzt blaugrün. Es fiel immer noch ein eisiger Sprühregen, der schließlich an den Schultern des Kommissars haften blieb, und er mußte zweimal niesen. Einige Fußgänger gingen mit hochgestellten Mantelkragen und mit den Händen in den Taschen den Häusern entlang. Metzger und Krämer öffneten die Läden vor ihren Schaufenstern.

Ein friedlicheres, ruhigeres Viertel hätte man kaum finden können. Allerdings, daß zwei Männer, etwa zwei Betrunkene, morgens um fünf vor sechs auf dem Gehsteig der Rue Sainte-Catherine miteinander stritten, wäre zur Not vorstellbar gewesen.

Unter Umständen wäre es auch möglich gewesen, daß ein Landstreicher, irgendein Tunichtgut, in der Frühe einen Fußgänger auf dem Gehsteig überfallen, ausgeraubt und ihm einen Messerstich versetzt hätte.

Aber das war ja nicht alles. Laut Angaben des Jungen floh der Mörder, als Justin kam, und das war um fünf vor sechs gewesen.

Um sechs Uhr fuhr die erste Straßenbahn vorbei, und der Fahrer behauptete, nichts gesehen zu haben.

Er war vielleicht zerstreut oder hatte in die entgegengesetzte Richtung geschaut.

Aber um fünf nach sechs kamen zwei Polizisten auf ihrer Runde vorbei, über denselben Gehsteig. Sie hatten nichts gesehen!

Drei Häuser von der von Justin bezeichneten Stelle

entfernt wohnte ein Rittmeister. Sieben oder acht Minuten nach sechs hatte er wie jeden Tag das Haus verlassen, um in die Kaserne zu gehen.

Auch er hatte nichts gesehen!

Um zwanzig nach sechs schließlich fanden Polizisten auf Fahrrädern, die vom Kommissariat des Viertels losgeschickt worden waren, auch keine Spur von einem Opfer.

War inzwischen jemand gekommen und hatte die Leiche mit einem Auto oder mit einem Lieferwagen weggeschafft?

Maigret bemühte sich, nüchtern und besonnen alle Hypothesen in Betracht zu ziehen, und diese erwies sich als ebenso falsch wie die anderen. Im Haus Nr. 42 wohnte eine kranke Frau. Ihr Mann hatte die ganze Nacht bei ihr gewacht. Er sagte folgendes:

»Wir hören das kleinste Geräusch von draußen. Ich achte ganz besonders darauf, weil meine Frau sehr leidet und beim geringsten Lärm zusammenzuckt. Doch halt ... Kaum war sie endlich eingeschlafen, wurde sie von der Straßenbahn geweckt. Ich kann bestätigen, daß vor sieben Uhr früh kein Wagen vorbeigefahren ist. Zuerst ist die Kehrichtabfuhr gekommen.«

»Und sonst haben Sie nichts gehört?«

»Einmal ist jemand durch die Straße gelaufen ...«

»Vor der Straßenbahn?«

»Ja, denn meine Frau schlief. Ich war gerade am Kaffeekochen.«

»War es nur eine Person?«

»Eher zwei ...«

»Wissen Sie nicht, in welche Richtung?«

»Der Rolladen war hinuntergelassen. Da er beim Hochziehen quietscht, hab ich nicht hinausgeschaut.«

Dies war die einzige Zeugenaussage zugunsten Justins. Zweihundert Meter von dem Haus entfernt war eine Brücke. Der Polizist, der dort auf Posten stand, hatte kein Auto vorbeifahren sehen.

Mußte man demnach annehmen, daß der Mörder, kurz nachdem er geflohen war, umkehrte, sein Opfer auf die Schultern nahm und weiß Gott wohin trug, ohne Aufmerksamkeit auf sich zu lenken?

Es gab noch Schlimmeres, es gab eine Zeugenaussage, die Achselzucken hervorrufen mußte, wenn von der Geschichte des Jungen die Rede war. Die Stelle, die Justin angegeben hatte, lag genau vor dem Haus Nummer 61. Inspektor Thiberge hatte tags zuvor dort vorgesprochen, und Maigret, der nichts dem Zufall überließ, klingelte nun selbst dort.

Es war ein fast neues Haus aus rotem Backstein; drei Stufen führten zu einer lackierten Tür aus Kiefernholz mit einem glänzenden kupfernen Briefkasten.

Es war erst ein Viertel nach sieben in der Früh, man hatte dem Kommissar jedoch gesagt, er dürfe schon zu dieser Zeit dort vorsprechen.

Eine hagere alte Frau mit einem Anflug von Schnurrbart öffnete vorerst ein kleines Türfenster und verhandelte mit Maigret, ehe sie ihn in den Vorraum eintreten ließ. Dort duftete es nach frischem Kaffee.

»Ich schaue gleich, ob der Herr Richter Sie empfängt.«

In dem Haus wohnte nämlich ein pensionierter Friedensrichter, von dem es hieß, daß er eine Rente beziehe, und der allein mit seiner Haushälterin lebte.

Im vorderen Zimmer, das normalerweise das Wohnzimmer hätte sein sollen, wurde geflüstert. Dann kam die Alte zurück und sagte böse:

»Treten Sie ein ... Wischen Sie gefälligst die Schuhe ab ... Sie sind hier nicht in einem Stall.«

Es war kein Wohnzimmer, überhaupt kein Zimmer, wie man es sich vorzustellen pflegt. Der recht große Raum hatte etwas von einem Schlafzimmer, Arbeitszimmer, von einer Bibliothek oder gar einem Estrich, denn er war voll von den merkwürdigsten Dingen.

»Suchen Sie die Leiche?« kicherte jemand, so daß der Kommissar zusammenfuhr.

Da ein Bett im Zimmer stand, hatte er natürlich in diese Richtung geschaut, es war aber leer. Die Stimme kam vom Kamin, wo ein magerer Greis mit einer Decke um die Beine in einem Sessel saß.

»Ziehen Sie den Mantel aus, ich habe nämlich gerne warm, und Sie würden es hier nicht lange aushalten.«

Das stimmte. Der Alte hatte eine Feuerzange in Griffnähe und versuchte, im Holzfeuer möglichst hohe Flammen zu entfachen.

»Ich hatte geglaubt, die Polizei habe seit meiner Zeit Fortschritte gemacht und gelernt, den Aussagen von Kindern zu mißtrauen. Kinder und Mädchen sind die gefährlichsten Zeugen, und als ich noch Richter war ...«

Er trug einen dicken Morgenrock und hatte trotz der Wärme im Zimmer einen breiten Schal um den Hals geschlungen.

»Das Verbrechen soll also vor meinem Haus verübt worden sein, nicht wahr? ... Und wenn ich nicht irre, sind Sie der berühmte Kommissar Maigret, den man in unsere Stadt zu schicken geruhte, um die Kriminalpolizei zu reorganisieren?...«

Seine Stimme war krächzend. Er war der Typus des grimmigen, aggressiven, boshaft ironischen Greises.

»Nun, mein lieber Kommissar, sofern Sie mich nicht etwa beschuldigen, mit dem Mörder unter einer Decke zu stecken, muß ich Ihnen leider sagen, wie ich schon gestern Ihrem jungen Inspektor erklärte, daß Sie auf dem Holzweg sind.

Gewiß haben Sie schon gehört, daß Greise recht wenig Schlaf brauchen... Es gibt auch Leute, die zeitlebens sehr wenig schlafen. So zum Beispiel Erasmus, ebenso ein unter dem Namen Voltaire bekannter Herr.«

Mit Genugtuung ließ er seinen Blick über die Bücherborde gleiten, die bis zur Decke hinauf voll waren.

»Ich könnte Ihnen noch mehr Namen nennen, die Sie aber wohl auch nicht kennen... Kurz, das ist auch bei mir der Fall, und ich rühme mich, während der letzten fünfzehn Jahre keine Nacht länger als drei Stunden geschlafen zu haben. Da mich meine Beine seit zehn Jahren nicht mehr tragen und ich übrigens auch keine Lust habe, irgendwohin zu gehen, verbringe ich Tag und Nacht in diesem Zimmer, das, wie Sie sehen, direkt auf die Straße geht.

Ab vier Uhr früh sitze ich in diesem Sessel, bei klarstem Bewußtsein, das können Sie mir glauben... Ich könnte Ihnen das Buch zeigen, in das ich gestern morgen vertieft war, aber es handelt sich um einen griechischen Philosophen, und das interessiert Sie vermutlich nicht.

Trotzdem kann ich Ihnen versichern, daß ich es

bemerkt hätte, wenn vor meinem Fenster so etwas, wie es der Junge mit seiner allzu blühenden Phantasie erzählt, geschehen wäre. Meine Beine sind zwar schwach geworden, wie gesagt, aber ich hab immer noch gute Ohren.

Ich habe auch noch so viel natürliche Neugierde, daß mich alles interessiert, was auf der Straße vor sich geht, und es mag Ihnen Spaß machen zu hören, daß ich von jeder Hausfrau im Viertel sagen kann, wann sie einkaufen geht.«

Er schaute Maigret mit triumphierendem Lächeln an.

»Sie haben also immer gehört, wie Justin an Ihrem Haus vorbeigegangen ist?« fragte der Kommissar mit engelhafter Milde.

»Natürlich.«

»Sie haben ihn gehört und gesehen?«

»Ich verstehe nicht.«

»Während mehr als der Hälfte, während nahezu zwei Dritteln des Jahres ist es morgens um sechs schon taghell. Das Kind ministrierte im Sommer und im Winter bei der Sechs-Uhr-Messe.«

»Ich sah es vorübergehen.«

»Da es sich um etwas so Alltägliches und Regelmäßiges handelte wie die erste Straßenbahn, müssen Sie darauf geachtet haben.«

»Was wollen Sie damit sagen?«

»Wenn zum Beispiel eine Fabriksirene jeden Tag zur selben Zeit heult, wenn jemand pünktlich wie eine Uhr an Ihrem Fenster vorübergeht, so sagen Sie sich natürlich: ›Aha! Es ist soundsoviel Uhr.‹ Und wenn die Sirene nicht heult, so stellen Sie fest: ›Heute ist also Sonntag ...‹

Wenn der Fußgänger nicht kommt, fragen Sie sich: ›Was ist wohl mit ihm los? Ist er etwa krank?‹ «

Der Richter warf Maigret einen lebhaften, irgendwie heimtückischen Blick zu. Er schien Maigret böse zu sein, weil er ihn belehrt hatte.

»Das weiß ich doch alles«, brummte er und knackte mit seinen dürren Fingern. »Ich war schon Richter, ehe Sie bei der Polizei waren.«

»Wenn der Ministrant vorüberging ...«

»Hörte ich ihn, wenn es das ist, was Sie von mir hören wollen!«

»Und wenn er nicht vorüberging?«

»Das wäre mir vielleicht aufgefallen, aber es hätte mir ebensogut entgehen können. Wie bei der Sirene, die Sie eben erwähnten. Man ist nicht jeden Sonntag überrascht, wenn die Sirene nicht heult ...«

»Und gestern?«

Täuschte sich Maigret? Er hatte den Eindruck, der alte Richter mache ein ablehnendes Gesicht und es liege etwas Verdrießliches, etwas Verstocktes in seinen Gesichtszügen. Schmollen Greise nicht wie Kinder? Sind sie nicht oft ebenso eigensinnig wie Kinder?

»Gestern?«

»Ja, gestern ...«

Warum wiederholte er die Frage, wenn nicht, um Bedenkzeit zu gewinnen?

»Es ist mir nichts aufgefallen.«

»Weder, daß er vorbeiging ...«

»Nein ...«

»Noch, daß er nicht vorbeiging ...«

»Nein ...«

Einmal log er, davon war Maigret überzeugt. Er wollte der Sache noch weiter nachgehen und fragte: »Ist niemand vor Ihren Fenstern vorbeigelaufen?«

»Nein.«

Diesmal kam das Nein sofort; der Greis log sicher nicht.

»Haben Sie nichts Außergewöhnliches gehört?«

»Nein.«

Wieder dasselbe, fast triumphierende »Nein«.

»Keine Schritte, kein Fallen, kein Röcheln?«

»Überhaupt nichts ...«

»Vielen Dank.«

»Nichts zu danken.«

»Da Sie Richter gewesen sind, frage ich Sie selbstverständlich nicht, ob Sie bereit wären, Ihre Aussagen unter Eid zu wiederholen.«

»Wann immer Sie es wünschen ...«

Der Greis sagte dies mit einer Art freudiger Ungeduld.

»Entschuldigen Sie, daß ich Sie gestört habe, Herr Richter.«

»Ich wünsche Ihnen viel Erfolg bei Ihrer Untersuchung, Herr Kommissar.«

Die alte Haushälterin mußte hinter der Türe gestanden haben, denn sie kam gerade im rechten Augenblick, um den Kommissar hinauszugeleiten und hinter ihm zu schließen.

Maigret hatte ein sonderbares Gefühl, als er wieder in den Alltag zurückkehrte, in diese stille Vorstadtstraße, wo die Hausfrauen auf dem Weg zu den Geschäften waren und die Kinder zur Schule gingen.

Es schien ihm, er sei eben hinters Licht geführt worden, und doch hätte er schwören können, daß der Richter nicht gelogen, höchstens einmal nicht alles gesagt hatte. Es war ihm, als sei er in einem bestimmten Augenblick nahe dabei gewesen, etwas sehr Merkwürdiges, Subtiles, Unerwartetes zu entdecken; als ob er sich in dem Augenblick nur hätte ein wenig anstrengen müssen, daß er aber dazu nicht imstande gewesen war.

Wieder sah er den Jungen; wieder sah er den Greis. Er suchte eine Verbindung.

Er stand am Gehsteigrand und stopfte langsam seine Pfeife. Da er noch nicht gefrühstückt, nicht einmal beim Aufstehen eine Tasse Kaffee getrunken hatte und da sein durchnäßter Mantel an seinen Schultern klebte, ging er zur Place du Congrès, wartete auf die Straßenbahn und fuhr nach Hause.

II

Madame Maigrets Tee und die Pfeife des Kommissars

Die Laken und Bettdecken hoben sich wie eine Dünung, ein Arm kam zum Vorschein, auf dem Kopfkissen sah man ein gerötetes und von Schweiß glänzendes Gesicht; eine mürrische Stimme brummte:

»Gib mir das Fieberthermometer.«

Madame Maigret saß am Fenster und nähte. Sie hatte den Spitzenvorhang zurückgezogen, um trotz der Dämmerung genug zu sehen. Seufzend stand sie auf und drehte den Lichtschalter.

»Ich hab geglaubt, daß du schläfst. Du hast doch erst vor einer knappen halben Stunde Fieber gemessen.«

Sie wußte aus Erfahrung, daß es sinnlos war, ihrem dickköpfigen Mann zu widersprechen, schüttelte resigniert das Fieberthermometer und schob es ihm zwischen die Lippen.

Vorher hatte er sich noch erkundigt:

»Ist niemand gekommen?«

»Das solltest du wissen, du hast ja nicht geschlafen.«

Er mußte doch eingenickt sein, wenn auch nur für einige Minuten. Aber dieses verflixte Gebimmel riß ihn immer wieder aus seinem Dämmerzustand ins volle Bewußtsein zurück.

Sie waren nicht daheim. Der Aufenthalt von Maigret in der Provinzstadt sollte ungefähr sechs Monate dauern. Für Madame Maigret war der Gedanke unerträglich gewesen, daß ihr Mann so lange auswärts essen mußte; deshalb war sie mit ihm gegangen, und sie hatten in der Oberstadt eine möblierte Wohnung gemietet.

Es war zu hell in dieser Wohnung mit den geblümten Tapeten, den Warenhausmöbeln und einem Bett, das unter dem Gewicht des Kommissars ächzte. Sie hatten wenigstens eine ruhige Straße ausgesucht, in der, wie Madame Danse, die Vermieterin, sagte, keine Menschenseele vorbeikam.

Daß es im Erdgeschoß einen Milchladen gab und es deshalb im ganzen Haus fade nach Käse roch, hatte sie nicht erwähnt.

Da Maigret zum ersten Mal tagsüber im Bett lag, fand er nun heraus, daß sie noch etwas verschwiegen hatte: An der Ladentür war anstelle einer Glocke oder einer

Klingel eine seltsame Vorrichtung aus Metallröhren angebracht, die jedesmal, wenn eine Kundin eintrat, lange gegeneinanderschlugen und bimmelten.

»Wieviel?«

»Achtunddreißig fünf ...«

»Vorhin hattest du achtunddreißig acht.«

»Und am Abend werde ich über neununddreißig haben.«

Er war wütend. Wenn er krank war, war er stets schlechter Laune. Er schaute Madame Maigret verärgert an, denn sie wollte durchaus nicht weggehen, und er hätte sich doch so gerne eine Pfeife gestopft.

Es regnete immer noch, immer noch das gleiche leise und trübe Nieseln; die Tropfen klebten an den Fensterscheiben; man kam sich vor wie in einem Aquarium. Das Licht der Glühlampe, die ohne Schirm am Kabel hing, war viel zu grell. In Gedanken sah man leere Straßen, Fenster, die nacheinander hell wurden, Leute, die wie Fische im Glas in ihrem Käfig hin und her gingen.

»Trink nun noch eine Tasse Tee.«

Es war ungefähr die zehnte seit Mittag, und das Getränk trieb ihm jeweils den lauen Schweiß aus allen Poren, so daß die Laken zu feuchten Kompressen wurden.

Maigret mußte eine Grippe oder eine Angina erwischt haben, als er am Morgen im kalten Regen vor der Knabenschule auf den Jungen gewartet hatte, oder später, als er in den Straßen umhergeirrt war. Er war gegen zehn Uhr in seinem Büro bei der Kriminalpolizei gewesen, hatte das Feuer mit Bewegungen, die beinahe schon zu einem Ritual geworden waren, geschürt und hatte gleich darauf zu frösteln begonnen. Dann war es ihm heiß geworden. Seine Augenlider hatten gebrannt, und als er auf der Toilette in den Spiegel geschaut hatte, hatte er gesehen, daß seine Augen groß und glänzend waren.

Die Pfeife hatte zudem auch nicht wie gewohnt geschmeckt, und das war ein sicheres Zeichen.

»Sagen Sie, Besson, könnten Sie, falls ich am Nachmittag nicht kommen sollte, dem Fall des Ministranten weiter nachgehen?«

Besson, der sich stets schlauer vorkam als die anderen, fragte:

»Glauben Sie im Ernst, Chef, daß es diesen Fall des Ministranten gibt? Ließe sich das Ganze nicht mit einer tüchtigen Tracht Prügel erledigen?«

»Lassen Sie trotzdem die Rue Sainte-Catherine von einem Ihrer Kollegen überwachen, von Vallin zum Beispiel...«

»Für den Fall, daß die Leiche zurückkommen und sich vor dem Haus des Richters auf den Boden legen sollte?«

Maigret war wegen des beginnenden Fiebers so matt, daß er nicht auf die Bemerkung eingehen mochte. Umständlich gab er weitere Anweisungen.

»Erstellen Sie mir eine Liste von allen Anwohnern der Straße. Das gibt nicht viel zu tun, weil sie nicht lang ist.«

»Soll ich den Jungen nochmals verhören?«

»Nein...«

Seither hatte er Fieber, er fühlte, wie der Schweiß ihm aus den Poren trat; er hatte einen faden Geschmack im Mund. Er hoffte immer wieder, einschlummern zu können, doch dann hörte er wieder das lächerliche Gebimmel der Kupferröhren im Milchladen.

Krank zu sein war schrecklich für ihn; es demütigte ihn, und zudem war Madame Maigret stets um ihn herum, so daß er keine Pfeife rauchen konnte. Wenn sie doch nur in die Apotheke hätte gehen müssen, um etwas zu besorgen: Aber sie hatte vorsorglicherweise eine Schachtel voll Medikamente mitgenommen.

Krank zu sein war schrecklich, und dennoch gab es Augenblicke, in denen er es beinahe genoß, die Augen schloß und sein Alter vergaß, weil sich Empfindungen einstellten, die er als Kind gehabt hatte.

Dann sah er auch Justin wieder, mit dem blassen und doch schon energischen Gesicht. Was er am Morgen gesehen hatte, tauchte auf, unwirklicher, undeutlicher, aber mit der Intensität von Gefühlserlebnissen.

So hätte er zum Beispiel jene Mansarde, in der er nie gewesen war, genau beschreiben können, das Bett, wahrscheinlich ein eisernes, den Wecker auf dem Nachttisch, das Kind, das den Arm ausstreckte, sich leise und immer mit den gleichen Bewegungen anzog...

Immer mit den gleichen Bewegungen! Das schien etwas Augenscheinliches, Bedeutsames zu sein. Wenn jemand zwei Jahre lang immer zur selben Zeit ministriert, tut er schließlich nahezu alles völlig automatisch...

Das erste Läuten um ein Viertel vor sechs... der Wekker... die Kapellglocken, etwas heller... Die Schuhe auf der untersten Treppenstufe, das Kind, das die Tür einen Spaltbreit öffnet und in die kalte Morgenluft der Stadt hinaustritt.

»Weißt du, Madame Maigret, er hat nie Kriminalromane gelesen.«

Sie sagten stets Maigret und Madame Maigret zueinander, wahrscheinlich, weil sie sich einmal zum Spaß so genannt hatten, und schließlich hatten sie beinahe vergessen, daß sie wie jedermann einen Vornamen hatten.

»Zeitungen liest er auch nicht...«

»Du würdest besser schlafen...«

Sehnsüchtig schaute er nach der Pfeife auf dem Kamin aus schwarzem Marmor, dann schloß er die Augen.

»Ich hab seine Mutter lange befragt. Sie ist eine brave Frau, aber vor der Polizei hat sie einen Heidenrespekt...«

»Schlaf jetzt.«

Eine Zeitlang schwieg er. Er begann tiefer zu atmen.

Er schien endlich einzuschlummern.

»Sie hat mir beteuert, er habe nie einen Toten gesehen... Dieser Anblick wird Kindern möglichst erspart.«

»Ist das wichtig?«

»Er hat mir gesagt, die Leiche sei so groß gewesen, daß sie den ganzen Gehsteig zu versperren schien. Diesen Eindruck hat man tatsächlich, wenn ein Toter auf dem Boden liegt. Ein Toter wirkt immer größer als ein Lebender... Verstehst du?«

»Ich sehe nicht ein, warum du dich abquälst, Besson befaßt sich ja damit.«

»Besson glaubt nicht daran.«

»Woran?«

»An den Toten...«

»Soll ich das Licht auslöschen?«

Er protestierte, doch sie stieg trotzdem auf einen Stuhl und umhüllte die Lampe mit Ölpapier, um das Licht zu dämpfen.

»Versuch, eine Stunde zu schlafen. Nachher kriegst du noch eine Tasse Tee. Du schwitzt nicht genug.«

»Meinst du, wenn ich eine Pfeife rauchte – nur ein paar Züge...«

»Bist du verrückt?«

Sie ging in die Küche, um nach der Gemüsesuppe zu sehen; er hörte sie leise umhergehen; immer wieder sah er die Rue Sainte-Catherine vor sich und alle fünfzig Meter eine Laterne.

»Der Richter behauptet, nichts gehört zu haben...«

»Was sagst du?«

»Wetten, daß sie sich hassen?...«

Von der Küche her tönte es:

»Von wem sprichst du? Du siehst doch, daß ich zu tun habe.«

»Vom Richter und vom Ministranten... Sie haben nie miteinander gesprochen, aber ich könnte schwören, daß sie sich hassen. Du weißt ja, sehr alte Leute, besonders alleinstehende, werden mit der Zeit wie Kinder.

Justin ging jeden Morgen vorbei, und jeden Morgen saß der alte Richter am Fenster... Er sieht aus wie eine Eule...«

»Ich verstehe nicht, was du meinst...«

Sie stand mit einem dampfenden Suppenlöffel in der Hand unter der Tür.

»Paß mal auf! Der Richter behauptet, nichts gehört zu haben. Vermutlich lügt er nicht, die Sache ist zu ernst.«

»Siehst du! Versuch, nicht mehr daran zu denken.«

»Ob er gestern morgen Justin vorbeigehen gehört hat oder nicht, wagt er allerdings nicht zu sagen.«

»Vielleicht war er wieder eingeschlafen?«

»Nein ... Er traut sich nicht zu lügen und sagt absichtlich nichts Genaues. Und der Mann, der in Nr. 42 bei seiner kranken Frau wachte, hatte jemand auf der Straße laufen hören.«

Darauf kam er immer wieder zurück. Er fieberte, seine Gedanken drehten sich im Kreise.

»Was ist dann mit der Leiche passiert?« wandte Madame Maigret mit dem gesunden Menschenverstand einer reifen Frau ein. »Komm, denk nicht mehr daran! Besson versteht sich auf sein Handwerk, das hast du selbst schon oft gesagt.«

Entmutigt wickelte er sich in seine Decken und gab sich ernstlich Mühe einzuschlafen, doch bald sah er wieder das Gesicht des Ministranten und die blassen Beine über den schwarzen Socken.

»Etwas stimmt nicht ...«

»Was sagst du? Was stimmt nicht? Fühlst du dich schlechter? Soll ich den Arzt rufen?«

»Aber nein!«

Er kehrte nochmals zum Ausgangspunkt zurück, begann stur wieder beim Eingang der Knabenschule, überquerte die Place du Congrès.

»*Voilà*. Da hat die Sache einen Haken ...«

Einmal darum, weil der Richter nichts gehört hatte. Auch wenn man ihn beschuldigte, falsch ausgesagt zu haben, war nicht anzunehmen, daß wenige Meter vor seinem Fenster ein Kampf ausgetragen worden war, daß ein Mann in Richtung Kaserne und Justin in die entgegengesetzte Richtung davongerannt war.

»Sag mal, Madame Maigret...«

»Was willst du schon wieder?«

»Wenn beide in die gleiche Richtung gerannt wären?«

Madame Maigret seufzte, nahm ihre Näharbeit wieder auf und hörte sich pflichtschuldigst den mit heiserer Stimme vorgetragenen Monolog ihres Mannes an.

»Es ist logischer...«

»Was ist logischer?«

»Daß beide in dieselbe Richtung laufen... In diesem Fall allerdings nicht zur Kaserne.«

»Der Junge hätte also den Mörder verfolgt?«

»Nein. Der Mörder hätte den Jungen verfolgt...«

»Wozu? Er hat ihn ja nicht umgebracht.«

»Um ihn zum Schweigen zu bringen, zum Beispiel.«

»Er hat ihn aber nicht zum Schweigen gebracht, denn der Junge hat erzählt...«

»Oder um ihn davon abzuhalten, eine bestimmte Einzelheit zu erwähnen... Hör zu, Madame Maigret!«

»Was willst du?«

»Ich weiß schon, du wirst es zuerst ablehnen, aber es geht nicht anders. Gib mir die Pfeife und den Tabak... Nur ein paar Züge... Mir scheint, ich verstehe jetzt bald, in einigen Minuten, wenn ich den Faden nicht verliere...«

Sie holte die Pfeife vom Kamin, gab sie ihm und seufzte resigniert:

»Ich wußte doch, daß du einen triftigen Grund finden würdest. Am Abend mache ich dir aber auf jeden Fall einen Umschlag, ob du willst oder nicht...«

Zum Glück gab es in der Wohnung kein Telefon. Man mußte in den Milchladen hinuntergehen, wo es hinter dem Ladentisch einen Apparat gab.

»Geh hinunter, Madame Maigret, und ruf Besson an. Es ist sieben Uhr. Vielleicht ist er noch im Büro. Wenn nicht, telefonier ins Café du Centre, wo er wahrscheinlich mit Thiberge Billard spielt.«

»Soll ich ihn bitten, hierherzukommen?«

»Er soll mir so schnell wie möglich die Liste bringen, und zwar nicht von allen Anwohnern der Straße, sondern nur von den Mietern in den Häusern auf der linken Seite, von der Place du Congrès bis zum Haus des Richters.«

»Aber deck dich wenigstens nicht ab in der Zwischenzeit!«

Kaum war sie auf der Treppe, sprang er mit einem Satz aus dem Bett, ging barfuß schnell zum Tabakbeutel, stopfte sich noch eine Pfeife, schlüpfte wieder unter die Laken und setzte ein unschuldiges Gesicht auf.

Durch den dünnen Fußboden hörte er ein Gemurmel; es war Madame Maigret am Telefon. Trotz der starken Halsschmerzen paffte er genießerisch. Langsam rannen Wassertropfen an den dunklen Fensterscheiben herunter, und das erinnerte ihn wieder an seine Kindheit; damals brachte ihm seine Mutter immer Karamelkrem ans Bett, wenn er die Grippe hatte.

Madame Maigret kam wieder herauf, ein wenig keuchend. Sie warf einen Blick ins Zimmer, als suchte sie etwas Ungewöhnliches, dachte aber nicht an die Pfeife.

»Ungefähr in einer Stunde ist er hier.«

»Ich muß dich noch um einen Gefallen bitten,

Madame Maigret... Mach dich zum Ausgehen bereit...«

Sie schaute ihn mißtrauisch an.

»Geh zum kleinen Justin und bitte seine Eltern um die Erlaubnis, ihn zu mir zu bringen... Sei nett zu ihm. Der Junge würde bestimmt erschrecken, wenn ich einen der Inspektoren hinschickte, und er ist ohnehin eher verstockt. Sag ihm einfach, daß ich gerne einige Minuten mit ihm plaudern möchte.«

»Und wenn seine Mutter ihn begleiten will?«

»Dann laß dir etwas einfallen, ich will sie nicht dabeihaben.«

Ganz allein, schwitzend und durchnäßt, lag er unter der Decke, und aus der Pfeife über dem Laken stieg eine dünne Rauchwolke auf. Er machte die Augen zu und sah immer wieder die Ecke der Rue Sainte-Catherine; er war nicht mehr der Kommissar Maigret, er war der Ministrant, der schnell marschierte, der jeden Morgen zur selben Zeit den selben Weg zurücklegte und halblaut vor sich hinsprach, um sich Mut zu machen.

Er bog um die Ecke der Rue Sainte-Catherine.

»Mama, kauf mir doch ein Fahrrad...«

Der Junge probte die Szene, die er vor seiner Mutter spielen wollte, wenn er vom Krankenhaus zurückkäme. Wahrscheinlich aber war die Sache komplizierter. Der Junge hatte sich bestimmt etwas Geschickteres ausgedacht.

»Weißt du, Mama, wenn ich ein Fahrrad hätte, dann könnte ich...«

Oder etwa:

»Ich hab schon dreihundert Francs gespart... Wenn

du mir den Rest leihst, verspreche ich, daß ich dir das Geld zurückgeben werde. Ich verdiene es mit Ministrieren, ich könnte auch ...«

Die Ecke der Rue Sainte-Catherine. Kurz vor dem zweiten Läuten der Glocken der Pfarrkirche. Er mußte nur noch hundertfünfzig Meter durch die verlassene dunkle Straße gehen, dann konnte er an der schützenden Krankenhauspforte anklopfen. Nur noch ein paar rasche Sprünge zwischen den Lichtflecken der Laternen ...

Der Junge wird sagen:

»Ich schaute auf und sah ...«

Da steckte das Problem. Der Richter wohnte ungefähr in der Mitte der Straße, auf halbem Weg zwischen der Place du Congrès und der Kasernenecke. Er hatte nichts gesehen, nichts gehört.

Der Mann der kranken Frau im Haus Nr. 42 wohnte näher bei der Place du Congrès, auf der rechten Straßenseite. Er hatte die hastigen Schritte eines laufenden Mannes gehört.

Fünf Minuten später lag keine Leiche und kein Verletzter auf dem Gehsteig. Kein Auto oder Lieferwagen war vorbeigefahren. Weder der Wache auf der Brücke noch den Polizisten auf Streife war etwas Außergewöhnliches aufgefallen, etwa ein Mann, der einen anderen auf dem Rücken trug.

Das Fieber stieg gewiß an, doch Maigret dachte nicht mehr daran, es zu messen. Es war sehr gut so. Es war sogar besser so. Die Wörter schufen Bilder, und diese wurden überraschend deutlich.

Es war wie damals, als er klein war. Wenn er krank im

Bett lag und seine Mutter sich über ihn beugte, erschien sie ihm größer und größer, größer als das Haus.

Quer auf dem Gehsteig lag ein Körper, der so lang schien, weil es ein Toter war mit einem Messer mit braunem Griff in der Brust.

Und wenige Meter weiter hinten stand ein Mann mit sehr hellen Augen, der dann weglief... Er lief Richtung Kaserne, während Justin Hals über Kopf in die entgegengesetzte Richtung davonrannte.

»Das ist's!«

Was denn? Maigret hatte das laut gesagt, als enthielte diese Äußerung die Lösung des Problems, als wäre sie selbst die Lösung, und er schmunzelte zufrieden und paffte genießerisch.

So geht es Betrunkenen. Plötzlich leuchtet ihnen etwas ein, was sie nicht zu erklären vermögen und was sich im Ungefähren verliert, sobald sie wieder nüchtern sind.

Da stimmte doch etwas nicht! Und in seinem Fieber glaubte Maigret gerade hier den springenden Punkt zu sehen.

Justin hat nichts erfunden...

Als er im Krankenhaus ankam, waren seine Angst, seine Panik nicht gespielt. Auch den zu langen Körper auf dem Gehsteig hatte er nicht erfunden. Und mindestens eine Person in der Straße hatte eilige Schritte gehört.

Was hatte doch der alte Richter höhnisch lächelnd hierzu gesagt?

»Glauben Sie immer noch den Aussagen von Kindern?«

Jedenfalls etwas in diesem Sinne. Der Richter hatte aber nicht recht. Kinder können nichts erfinden, weil man nicht Wahrheiten aus dem Nichts greifen kann. Es braucht Material. Kinder gestalten vielleicht um, aber sie erfinden nicht.

»Das ist's!« Wieder dieses zufriedene »Das ist's«, das Maigret nach jedem Gedankenschritt sagte, gleichsam, um sich zu beglückwünschen ...

Auf dem Gehsteig lag ein Körper ...

Und zweifellos stand in der Nähe ein Mann. Hatte er helle Augen? Das war möglich.

Und jemand rannte davon.

Und Maigret hätte schwören können, daß der alte Richter nicht ein Mann war, der vorsätzlich log.

Ihm war heiß. Er war in Schweiß gebadet, stieg aber trotzdem aus dem Bett, um sich vor Madame Maigrets Rückkehr noch eine letzte Pfeife zu stopfen. Da er schon aufgestanden war, benutzte er die Gelegenheit, öffnete den Wandschrank und trank einen großen Schluck Rum gleich aus der Flasche. Auf etwas mehr oder weniger Fieber kam es ihm in jener Nacht nicht mehr an, dafür war der Fall bald geklärt!

Und es war doch eine ganz reizvolle Sache, eine außergewöhnliche Untersuchung, vom Bett aus durchgeführt. Madame Maigret wußte so etwas leider nicht zu schätzen.

Der Richter hatte zwar nicht gelogen, aber er hatte bestimmt versucht, dem Jungen, den er haßte, wie nur zwei gleichaltrige Kinder sich hassen können, einen Streich zu spielen.

Nanu! Es kamen weniger Kunden, denn er hörte das

lächerliche Gebimmel von unten nicht mehr so oft. Wahrscheinlich saß der Milchhändler mit seiner Frau und der rotbackigen Tochter im Hinterraum beim Abendessen.

Er hörte Schritte auf dem Gehsteig, dann auf der Treppe. Füße stolperten, Kinderfüße. Madame Maigret öffnete die Tür und schob Justin herein. Auf seinem dunkelblauen Mantel aus grober Wolle perlten Regentropfen. Er roch wie ein nasser Hund.

»Wart, mein Kleiner, ich zieh dir den Mantel aus.«

»Das mach ich schon selbst.«

Madame Maigret sah sich wieder mißtrauisch um. Sie konnte sich offensichtlich nicht vorstellen, daß er immer noch an der gleichen Pfeife rauchte. Wer weiß, ob sie nicht auch ahnte, daß er sich hinter die Rumflasche gemacht hatte?

»Setz dich, Justin«, sagte der Kommissar und wies auf einen Stuhl.

»Danke. Ich bin nicht müde.«

»Ich hab dich kommen lassen, damit wir ein paar Minuten wie Freunde miteinander plaudern können. Was hast du eben gemacht?«

»Meine Rechenaufgaben.«

»Bist du denn nach der Aufregung trotzdem zur Schule gegangen?«

»Warum hätte ich nicht gehen sollen?«

Stolz war er, der Junge. Wiederum stand er mit rabiatem Ausdruck da. Fand er wohl auch, der Kommissar sei dicker und länger, als er ihn im Bett liegen sah?

»Madame Maigret, geh doch bitte in die Küche nach der Gemüsesuppe schauen und schließ die Tür!«

Danach zwinkerte er dem Jungen zu und sagte: »Hol mir meinen Tabakbeutel auf dem Kamin... Und die Pfeife, die in der Manteltasche stecken muß... Ja, in jenem, der hinter der Tür hängt... Danke, mein Junge... Hast du Angst gehabt, als meine Frau dich abholte?«

»Nein.«

Er sagte das voller Stolz.

»Hat es dich geärgert?«

»Ja, weil alle immer wieder behaupten, ich hätte die Geschichte erfunden.«

»Und du hast sie nicht erfunden, nicht wahr?«

»Auf dem Gehsteig lag ein Toter, und ich sah einen Mann, der...«

»Pst!«

»Was ist?«

»Nicht so schnell... Setz dich doch!«

»Ich bin nicht müde.«

»Das hast du schon gesagt, aber mich stört es, wenn ich dich stehen sehe.«

Er setzte sich auf die Stuhlkante, seine Füße berührten den Boden nicht, die Beine baumelten, und die nackten Knie schauten zwischen den Socken und den kurzen Hosen hervor.

»Was für einen Schabernack hast du dem Richter gespielt?«

Die Antwort kam sofort, empört, unkontrolliert:

»Ich hab ihm nie etwas getan.«

»Weißt du, welchen Richter ich meine?«

»Den, der immer am Fenster sitzt und wie ein Kauz aussieht.«

»Wie eine Eule, würde ich sagen ... Warum mögt ihr euch nicht?«

»Ich hab nie mit ihm gesprochen.«

»Warum mögt ihr euch nicht?«

»Im Winter hab ich ihn nie gesehen, weil die Vorhänge zugezogen waren, wenn ich vorüberging.«

»Und im Sommer?«

»Da hab ich ihm die Zunge rausgestreckt.«

»Wieso?«

»Weil er mich anschaute, als machte er sich über mich lustig. Immer wenn er mich sah, grinste er höhnisch.«

»Hast du ihm oft die Zunge rausgestreckt?«

»Jedesmal, wenn ich ihn gesehen hab.«

»Und er?«

»Er brach dann in ein boshaftes Lachen aus ... Ich hab mir gedacht, er tue dies, weil ich ministriere, und daß er ein Ungläubiger sei.«

»Demnach hat er gelogen.«

»Was hat er gesagt?«

»Gestern morgen sei vor seinem Haus nichts passiert, sonst hätte er es bemerkt.«

Der Junge schaute Maigret prüfend an, dann senkte er den Kopf.

»Er hat gelogen, nicht wahr?«

»Es lag eine Leiche mit einem Messer in der Brust auf dem Gehsteig.«

»Ich weiß.«

»Woher wissen Sie es?«

»Ich weiß es, weil es wahr ist«, wiederholte Maigret leise. »Reich mir bitte die Streichhölzer ... Ich hab die Pfeife ausgehen lassen.«

»Haben Sie Fieber?«

»Nichts Schlimmes ... die Grippe ...«

»Haben Sie sie heute morgen erwischt?«

»Kann sein ... Setz dich.«

Er horchte, dann rief er:

»Madame Maigret! ... Kannst du hinuntergehen? ... Ich glaube, Besson ist gekommen, und ich will nicht, daß er heraufkommt, ehe ich fertig bin. Leiste ihm unten Gesellschaft. Mein Freund Justin wird euch rufen ...«

Dann forderte er den Jungen nochmals auf: »Setz dich ... Daß ihr beide gelaufen seid, ist auch wahr ...«

»Ich hab Ihnen schon gesagt, daß es wahr ist.«

»Davon bin ich überzeugt ... Schau mal nach, ob niemand hinter der Tür steht und ob sie richtig geschlossen ist!«

Der Junge tat dies, ohne zu verstehen, aber plötzlich davon überzeugt, daß sein Tun und Verhalten wichtig war.

»Justin, du bist ein tapferer kleiner Kerl.«

»Warum sagen Sie mir das?«

»Auch die Leiche war da, das stimmt. Und der Mann, der davongeeilt ist ...«

Das Kind hob wieder den Kopf, und Maigret sah, daß seine Lippen bebten.

»Der Richter hat nicht gelogen, denn ein Richter würde nicht zu lügen wagen, aber er hat nicht die volle Wahrheit gesagt ...«

Im Zimmer roch es nach Grippe, Rum und Tabak. Dünste von der Gemüsesuppe drangen von der Küche herein. Silbrige Regentropfen rannen immer noch an den dunklen Fensterscheiben herunter, hinter denen die

Straße menschenleer dalag. Waren es noch ein Mann und ein Kind, die sich gegenübersaßen? Waren es zwei Männer? Oder zwei Kinder?

Maigret hatte einen schweren Kopf, seine Augen glänzten. Seine Pfeife schmeckte seltsam nach Krankheit, was aber gar nicht unangenehm war. Er erinnerte sich an die Gerüche im Krankenhaus, in der Kapelle und in der Sakristei.

»Der Richter hat nicht die volle Wahrheit gesagt, weil er dich ärgern wollte ... Und du hast auch nicht ganz die Wahrheit gesagt ... Aber fang bloß nicht zu weinen an! Es brauchen nicht alle zu wissen, worüber wir jetzt miteinander sprechen. Verstehst du, Justin?«

Der Junge nickte.

»Wenn das, was du erzählt hast, überhaupt nicht passiert wäre, hätte der Mann im Haus Nr. 42 niemanden rennen hören ...«

»Ich habe nichts erfunden.«

»Eben! Wenn es sich aber so abgespielt hätte, wie du gesagt hast, dann hätte der Richter nicht versichern können, er habe nichts gehört ... Und wenn der Mörder in Richtung Kaserne gerannt wäre, hätte der Alte nicht schwören können, daß niemand an seinem Haus vorbeigerannt sei.«

Der Junge blieb ganz still und starrte auf seine Füße, die in der Luft baumelten.

»Im Grunde war der Richter ehrlich, weil er nicht gewagt hat zu behaupten, du seist gestern an seinem Haus vorbeigegangen. Aber er hätte vielleicht zugeben können, daß du nicht vorbeigegangen bist. Das ist die Wahrheit, denn du bist in die entgegengesetzte Richtung geflohen. Gewiß war er auch ehrlich, als er behauptete, niemand sei auf dem Gehsteig an seinem Fenster vorbeigerannt. Denn der Mann ist nicht in jene Richtung geflohen ...«

»Woher wissen Sie das?«

Er war ganz erstarrt und sah Maigret mit weitaufgerissenen Augen an, wie er wohl tags zuvor den Mörder und das Opfer angestarrt hatte.

»Der Mann muß in dieselbe Richtung gerannt sein wie du, sonst hätte ihn der Mann im Haus Nr. 42 nicht gehört ... Weil er wußte, daß du ihn und die Leiche gesehen hattest und ihn überführen konntest, ist er *dir nachgerannt* ...«

»Wenn Sie es meiner Mutter sagen, so ...«

»Pst! Ich hab nicht die geringste Absicht, deiner Mutter oder sonst jemandem etwas zu sagen ... Schau, Justin, ich will nun mit dir wie mit einem Mann sprechen. Ein Mörder, der so klug und so kaltblütig ist, daß er es fertigbringt, binnen weniger Minuten eine Leiche spurlos verschwinden zu lassen, hätte nicht die Dummheit begangen, dich fliehen zu lassen, nach dem, was du gesehen hattest.«

»Ich weiß nicht.«

»Aber ich weiß. Es ist mein Beruf, so etwas zu wissen. Das Schwierigste ist nicht, jemanden zu töten, sondern nachher die Leiche fortzuschaffen. Das hat der Mörder großartig gemacht. Die Leiche ist verschwunden, obwohl du sie und den Mörder gesehen hast. Mit anderen Worten, der Mörder ist äußerst geschickt, und wer so durchtrieben ist und seinen Kopf aufs Spiel setzt, hat dich sicher nicht einfach laufenlassen ...«

»Ich hab nicht gewußt...«

»Was hast du nicht gewußt?«

»Ich hab nicht gewußt, daß es so ernst ist.«

»Es ist überhaupt nicht schlimm, weil nun alles wieder in Ordnung kommt.«

»Haben Sie ihn verhaftet?«

Er fragte das voller Hoffnung.

»Er wird bald verhaftet werden... Bleib sitzen... Hör auf, mit den Beinen zu schlenkern.«

»Ich bleibe ganz ruhig.«

»Wenn sich der Mord vor dem Haus des Richters, das heißt in der Mitte der Straße, abgespielt hätte, so wärst du früher darauf aufmerksam geworden und hättest Zeit gehabt wegzulaufen. Das ist der einzige Fehler, den der Mörder gemacht hat, so durchtrieben er sonst auch sein mag.«

»Wie haben Sie das erraten?«

»Ich hab es nicht erraten, aber auch ich bin Ministrant gewesen, und auch ich habe in der Sechs-Uhr-Messe gedient. Du wärst nicht hundert Meter die Straße entlanggegangen, ohne nach vorn zu schauen. Die Leiche lag also viel näher, nämlich gleich hinter der Straßenecke.«

»Fünf Häuser weiter vorne.«

»Du hast an etwas anderes gedacht, an dein Fahrrad, und bist vielleicht zwanzig Meter weit gegangen, ohne etwas zu sehen.«

»Das können Sie unmöglich wissen...«

»Und als du den Mann und die Leiche gesehen hast, bist du zur Place du Congrès gerannt, um durch die andere Straße zum Krankenhaus zu gelangen... Der Mann ist dir nachgerannt.«

»Ich bin fast gestorben vor Angst.«

»Hat er dir die Hand auf die Schulter gelegt?«

»Er hat mich mit beiden Händen an den Schultern gepackt... Ich dachte, er wolle mich erwürgen...«

»Er hat von dir verlangt, daß du sagst...«

Der Junge weinte, aber ohne zu schluchzen. Er war leichenblaß, und Tränen rannen ihm langsam über die Wangen.

»Wenn Sie es meiner Mutter sagen, wird sie es mir mein Leben lang vorhalten. Sie macht mir immer Vorwürfe.«

»Er hat verlangt, du solltest sagen, daß sich die Sache weiter vorne abgespielt habe.«

»Ja.«

»Vor dem Haus des Richters?«

»Das war meine Idee, weil ich dem Richter jeweils die Zunge rausgestreckt habe... Er wollte nur, daß ich sage, es sei am anderen Ende der Straße geschehen und er sei in Richtung Kaserne geflohen...«

»Es wäre beinahe ein perfektes Verbrechen geworden, denn niemand hat dir geglaubt, da weder ein Mörder noch eine Leiche oder sonst eine Spur gefunden worden ist und alles unwahrscheinlich erschien...«

»Aber Sie?«

»Ich zähle nicht. Es ist ein Zufall, daß ich Ministrant gewesen bin und heute Fieber habe... Was hat er dir versprochen?«

»Er hat gesagt, wenn ich nicht sagte, was er verlange, würde er mich trotz der Polizei finden, wohin ich auch immer ginge, und er würde mir den Hals umdrehen wie einem Huhn.«

»Und dann?«

»Dann hat er mich gefragt, was ich mir wünsche ...«

»›Ein Fahrrad‹, hast du zur Antwort gegeben.«

»Woher wissen Sie das?«

»Ich hab dir doch gesagt, daß auch ich Ministrant gewesen bin.«

»Haben Sie sich denn auch ein Fahrrad gewünscht?«

»Ein Fahrrad und viele Dinge, die ich nie bekommen habe ... Weshalb hast du gesagt, er habe helle Augen?«

»Ich weiß nicht ... Ich hab seine Augen nicht gesehen. Er hat eine Brille mit dicken Gläsern getragen. Ich wollte nicht, daß er erwischt wird ...«

»Wegen des Fahrrads.«

»Vielleicht ... Sie sagen es meiner Mutter, nicht wahr?«

»Weder deiner Mutter noch sonst jemandem. Sind wir beide denn nicht gute Kameraden? ... Komm. Gib mir doch nochmals meinen Tabak und sag Madame Maigret nicht, daß ich drei Pfeifen geraucht habe, seit du hier bist ... Siehst du, die Erwachsenen sagen auch nicht immer die volle Wahrheit ... Vor welcher Tür war es, Justin?«

»Vor dem gelben Haus neben der Metzgerei.«

»Hol meine Frau!«

»Wo ist sie?«

»Unten. Sie ist mit Inspektor Besson, der so böse zu dir gewesen ist.«

»Wird er mich verhaften?«

»Öffne den Schrank.«

»Er ist offen, und jetzt?«

»Es hängt eine Hose darin.«

»Was soll ich damit tun?«

»In der Hose findest du links eine Brieftasche.«

»Ich hab sie.«

»In der Brieftasche hat es Visitenkarten.«

»Wollen Sie sie?«

»Gib mir eine davon... und dazu die Füllfeder, die auf dem Tisch liegt...«

Maigret schrieb damit auf die Visitenkarte:

Gutschein für ein Fahrrad

III

Der Mieter des gelben Hauses

»Treten Sie ein, Besson!«

Madame Maigret warf einen Blick auf die dichte Rauchwolke, die um die mit Ölpapier verhüllte Lampe hing, dann stürzte sie in die Küche, aus der es nach angebranntem Essen roch.

Besson nahm den Stuhl, von dem der Knabe eben aufgestanden war, und sagte mit einem verächtlichen Seitenblick auf Justin:

»Ich habe die Liste, die Sie von mir verlangt haben. Ich muß Ihnen aber gleich sagen...«

»Daß sie unnötig ist... Wer wohnt in Nr. 14?«

»Augenblick!«

Besson schaute in seinen Aufzeichnungen nach.

»Warten Sie... Vierzehn... Das Haus hat nur einen Mieter.«

»Das hab ich mir gedacht.«

»Ah!«

Ein kurzer, beunruhigter Blick auf den Jungen.

»Ein Ausländer, der mit Schmuck handelt. Er heißt Frankelstein ...«

Maigret sank in das Kopfkissen zurück und murmelte, als ob es unwichtig sei:

»Ein Hehler.«

»Was sagen Sie, Chef?«

»Ein Hehler... Überdies vielleicht auch Bandenchef.«

»Ich verstehe nicht.«

»Das ist unwichtig ... Seien Sie so freundlich, Besson, und reichen Sie mir die Rumflasche, die im Schrank steht. Machen Sie schnell, bevor Madame Maigret kommt. Ich wette, daß ich um die neununddreißig fünf Fieber habe und die Laken heute nacht zweimal gewechselt werden müssen... Frankelstein... Bitten Sie den Untersuchungsrichter um einen Durchsuchungsbefehl... Nein! Um diese Zeit dauert es zu lange, denn er spielt gewiß irgendwo Bridge... Haben Sie schon zu Abend gegessen?... Ich warte auf meine Gemüsesuppe... In meinem Büro gibt es Formulare für Durchsuchungsbefehle. In der linken Schublade. Füllen Sie eines aus. Durchsuchen Sie das Haus. Sie werden die Leiche finden, wenn vielleicht auch eine Kellermauer eingerissen werden muß.«

Beunruhigt schaute der arme Besson seinen Chef an, dann den Jungen, der artig in einer Ecke wartete.

»Beeilen Sie sich, mein Lieber. Wenn er erfährt, daß der Junge heute abend hierhergekommen ist, wird er ausfliegen. Er ist *mit allen Wassern gewaschen*, Sie werden es sehen!«

Er war tatsächlich *mit allen Wassern gewaschen*. Als die Kriminalpolizei bei ihm läutete, versuchte er, durch die Hinterhöfe und über die Mauern zu flüchten. Es dauerte eine ganze Nacht, bis er gefaßt wurde – man konnte ihn schließlich auf einem Dach festnehmen. Unterdessen durchstöberten andere Polizisten stundenlang das Haus, bis sie auf die mit Kalk zugedeckte, verwesende Leiche stießen.

Offensichtlich eine Abrechnung. Ein Mann, der mit seinem Chef nicht zufrieden gewesen war, sich betrogen gefühlt hatte und ihm in aller Frühe auf die Bude gestiegen war. Frankelstein hatte ihn vor seiner Haustüre erstochen, ohne zu ahnen, daß ein Ministrant im selben Augenblick um die Straßenecke biegen könnte.

»Wieviel?«

Maigret brachte den Mut nicht mehr auf, selbst auf das Thermometer zu sehen.

»Neununddreißig drei.«

»Schwindelst du nicht?«

Er wußte, daß sie schwindelte und er höheres Fieber hatte, aber er machte sich nichts daraus; er genoß es, so angenehm unbewußt dahinzudämmern, sich schwindelerregend rasch in eine verschwommene und doch erschreckend wirkliche Welt gleiten zu lassen, in der ein Ministrant, der dem jungen Maigret von einst glich, zu Tode erschrocken durch die Straße lief, voller Angst, erwürgt zu werden, und voller Hoffnung, ein vernickeltes Fahrrad zu bekommen.

»Was sagst du?« fragte Madame Maigret. Sie hielt

einen heißen Umschlag in den rundlichen Händen und wartete darauf, ihn ihrem Mann um den Hals wickeln zu können. Er stammelte wirres Zeug, wie ein fieberndes Kind, sprach vom »ersten Läuten« und vom »zweiten Läuten« ...

»Ich komme zu spät.«

»Wohin zu spät?«

»Zur Messe ... Die Nonne ... Die Nonne ...«

Es gelang ihm nicht, das Wort »Mesnerin« auszusprechen.

»Die Nonne ...«

Endlich schlief er ein, einen dicken Wickel um den Hals, und träumte von den Messen in seinem Dorf und von Marie Titins Gasthaus, an dem er vorbeirannte, weil er Angst hatte.

Angst wovor? ...

»Den habe ich aber doch durchschaut ...«

»Wen?«

»Den Richter.«

»Welchen Richter?«

Es war kompliziert zu erklären. Der Richter glich jemandem in seinem Dorf, dem er die Zunge herausgestreckt hatte ... Dem Schmied? ... Nein ... Dem Schwiegervater der Bäckersfrau ... Das spielte aber keine Rolle. Es war einfach jemand, den er nicht mochte ... Der Richter hatte alles verfälscht, um sich am Ministranten zu rächen und die Leute zu ärgern. Er hatte gesagt, er habe keine Schritte *vor seinem Haus* gehört.

Er hatte aber verschwiegen, daß er weiter weg das Geräusch von Schritten gehört hatte.

Die Greise werden wieder Kinder... Und sie zanken sich mit den Kindern... Wie Kinder...

Maigret war trotz allem zufrieden. Heimlich hatte er drei oder vier Pfeifen geraucht. Vom Tabak hatte er einen guten Geschmack auf der Zunge und konnte nun schlafen.

Und morgen würde ihm Madame Maigret eine Karamelkrem machen, weil er die Grippe hatte.

Der Kapitän der ›Vasco‹

Ich muß Ihnen sagen, Verbe, Sie sind zunehmend widerwärtig.«

Der diese Worte mit lauter und deutlicher Stimme aussprach, war nicht betrunken, und nichts ließ darauf schließen, daß er nicht im Vollbesitz seiner geistigen Kräfte war.

Und der, dem diese Aussage galt, war weder ein Junge noch ein Trunkenbold. Er war ein Mann im besten Alter, ein Mann, der sogar die besten Jahre bereits überschritten hatte, denn die fünfziger hatten seinen dichten Haarwuchs ergrauen lassen, sein kurzgeschnittenes Haupthaar, seinen kleinen Schnurrbart und schließlich die Barthaare, die den seit zwei oder drei Tagen nicht rasierten Wangen eine häßliche Kreidefarbe verliehen.

Unmöglich, daß ein anderer mit dem Ausspruch gemeint war, da sie nur zu zweit auf der Kommandobrücke der ›Vasco‹ saßen. Und überdies hieß der eine tatsächlich Verbe, nach dem Namen seines Vaters, der in La Tremblade verstorben war, und nach einer ganzen Reihe dunkler Ahnen.

»Wirklich widerwärtig!« beharrte Kapitän Josse nach einem Schweigen.

Und als wolle er diese Behauptung noch unterstreichen, schob der Kapitän seinen Teller zurück wie jemand, der nicht in der Lage ist, angesichts des Schauspiels, das sich ihm bietet, weiterzuessen.

Nun, Monsieur Verbe zuckte nicht mit der Wimper. Die Wörter verhallten in den Geräuschen des Flusses und dem Summen der dicken Fliegen, unter denen sicher eine Anzahl Tsetsefliegen war.

Was hätte der Kapitän anderes äußern können, um seinen Obermaschinisten aus seiner verkrusteten Gleichgültigkeit zu rütteln? Nichts! Und so reagierte er denn auch: Er sagte nichts. Josse kippte einen Stuhl etwas nach hinten und zündete sich eine Zigarette an. Dann lüftete er seinen Helm, den er sozusagen losschrauben mußte, derart fest war er an seinen Schädel genietet, und ließ einen warmen Lufthauch unter den Kork dringen.

Vor dem Mittagessen zeigte das Thermometer sechsundvierzig oder siebenundvierzig Grad im Schatten an. Der Fluß, der gewissermaßen keine Ufer hatte, so flach und verschwommen waren sie, hatte die gleiche Farbe wie der Himmel, das heißt gar keine, und bildete eine riesige schimmernde Fläche, auf der man ein Stück Holz oder irgendeinen Abfall lange in der Strömung verfolgen mußte, um sich zu vergewissern, daß sie aus Flüssigkeit bestand und sich bewegte.

Seit drei Wochen lag die ›Vasco‹ mit ihrem roten Streifen am Schornstein an dieser Flußmündung vor Anker, einem dieser vier oder fünf Ströme Äquatorialafrikas zwischen Matadi und Kamerun, drei Wochen, in denen es nichts zu tun gab, so daß die Mannschaft, aus Grundsatzerwägungen, damit beschäftigt wurde, das Schiff zu überholen, und man vom Morgen bis zum Abend in dem Lärm der Hammerschläge lebte, die wie unter einer Glocke widerhallten.

Man wartete auf eine Holzladung, Mahagoni- und Okume-Stämme, die irgendwann mit der Strömung aus dem Inneren des Landes herangetrieben werden sollten. Anschließend sollte man eine weitere Ladung in einer anderen Flußmündung an Bord nehmen.

Doch das war nicht so wichtig. Seit zwanzig Jahren übte Kapitän Josse diesen Beruf aus, und er hatte sich daran gewöhnt. Wichtig war, daß Verbe allein durch seine Gegenwart das Leben unerträglich machte, vor allem, wenn man bedenkt, daß wie auf den meisten Frachtern der Kapitän und der Ingenieur die Mahlzeiten gemeinsam einnahmen, und wenn man auch berücksichtigt, daß die beiden anderen Offiziere und der Funker junge Leute waren, die ihre Zeit mit Lesen oder Bridgespielen verbrachten.

Wirklich widerwärtig ...

»Bille!« rief Verbe mit vollem Mund und fettem Kinn.

Der Vietnamese, der Steward und Koch zugleich war und den man weiß Gott warum Bille getauft hatte, kam aus seiner Küche.

»Gibt es keine Bouillabaisse mehr?«

Widerwärtig! Wenn es wenigstens Bouillabaisse gewesen wäre! Aber nein! Es war ein schändliches Gemisch aus allen Fischen, die Verbe selbst gefangen hatte, denn er angelte nicht nur, sondern saß auch ganze Tage da und entwickelte hochperfektionierte Fanggeräte. Ihm kam es nicht darauf an, ob die Fische blau, rot oder grün waren, mit merkwürdigen Mäulern von Ungeheuern und Stacheln am ganzen Körper, so daß sie so wenig wie möglich den Eindruck der Eßbarkeit erweckten. Ihm war alles recht, selbst die behaarten

Krabben oder die Muscheln, von denen eine ganze Mannschaft Typhus bekommen konnte. Büchsen mit Tomatensauce wurden darübergegossen, Nelkenpfeffer hinzugegeben und was noch?

Und er aß! Die Ellbogen auf den Tisch gestützt, stopfte er sich voll! Und er war zufrieden! Seit zehn, fünfzehn Jahren fraß er sich so vor Kapitän Josses Augen voll, der ihm beim erstenmal, allerdings höflicher, denn sie kannten sich noch nicht so gut, seinen Abscheu ausgedrückt hatte.

Verbe trug keinen Helm. Ihm machte die Sonne nichts, die seinen Negerschädel erglänzen ließ. Er trug keinen weißen Anzug wie jeder Europäer, der etwas auf sich hält, sondern lief von morgens bis abends in einem gestreiften Pyjama herum, dessen Hose über den Bauch rutschte und einen tiefen Nabel entblößte, während seine Jacke sich über der behaarten Brust öffnete.

Wirklich widerwärtig! Widerwärtig in Ihrer Ruhe, Unbekümmertheit und Harmlosigkeit, hätte man hinzufügen mögen! Lammfromm. Ergeben, daß man mit den Zähnen hätte knirschen mögen.

Wenn jemand jetzt irgendeinen Meeresvogel getötet hätte, hätte er ihn zum Abendessen verspeist. Und wäre ein Neger mit einem ungestalten Tier aus dem Wald getreten, mit einem dieser Biester, deren Namen man nicht einmal kennt, dann wäre Bille beauftragt worden, es sofort zuzubereiten!

Trotzdem hatte die Gesellschaft, die nicht weniger als dreißig Schiffe wie die ›Vasco‹ besaß, nie eingewilligt, Kapitän Josse von Monsieur Verbe zu trennen. Eheleute könnten sich scheiden lassen. Sie nicht!

Und Eheleute sind im allgemeinen selbst in den Flitterwochen nicht die ganze Zeit auf der Kommandobrücke eines Schiffs in einer Flußmündung Äquatorialafrikas sich selbst überlassen.

Die Besatzung, die mit dem Essen längst fertig war, begann wieder, die Schiffswände zu bearbeiten, und man hatte den Eindruck, bei jedem Schlag die drückende Luft erzittern zu sehen. Bille hatte lautlos einen Fruchtsalat aufgetischt, den der Kapitän zurückwies.

Verbe aß immer noch, den Kopf über seinen Teller gebeugt, mit gerunzelter Stirn, als ob es sich um die Hauptbeschäftigung seines Lebens handelte. Er verzehrte auch den ganzen Fruchtsalat, und der Saft rann ihm am Kinn herab. Um das alles hinunterzuspülen, trank er eine halbe Flasche roten oder vielmehr violetten Weins.

Dann zog er eine dreckige, vom Ausschaben mit dem Taschenmesser abgenutzte Pfeife aus der Jackentasche und stopfte den Tabak mit gebräunter Zeigefingerkuppe hinein.

Er war glücklich! Er war vollgepfropft! Er konnte sich bestimmt nicht vorstellen, daß auf anderen Schiffen der Kapitän und sein Maschinist zu dieser Stunde sich wie zivilisierte Menschen unterhielten, Gedanken und Eindrücke austauschten.

Er ignorierte selbst den Gestank seiner Pfeife, der stärker und beißender als der Geruch aller Tabakspfeifen der Welt war!

»Bei meiner nächsten Fahrt«, murmelte der Kapitän mehr aus Prinzip als aus Überzeugung, »werde ich beantragen, das Schiff wechseln zu können.«

Worauf der andere mit umwerfender innerer Ruhe erwiderte:

»Die ›Vasco‹ ist doch ein gutes Schiff ...«

Ein Matrose tauchte auf und verschwand in der Kombüse.

Dann trat Bille aus dieser Küche, kam zu ihnen und beugte sich über den Ingenieur.

»Schon wieder?« brüllte der Kapitän, der gar nichts zu verstehen brauchte.

Verbe antwortete nicht. Er lächelte entschuldigend. Vielleicht stammelte er etwas wie:

»Sie erlauben doch?«

Widerwärtig! Und schon bewegte er sich ruhigen Schrittes zur eisernen Leiter. Wenige Augenblicke später neigte sich der Kapitän über die Reling.

Er hatte sich nicht getäuscht. Warum sollte er sich auch täuschen? War es nicht jeden Tag das gleiche? Und dann stelle man sich vor, daß sich Monsieur Verbe, wenn sie in La Pallice an Land gingen, wie ein ehrbarer Werkmeister im Sonntagsstaat gab! Und daß er am Sonntag mit seiner Frau und seiner Tochter, die ihr Baby im Kinderwagen vor sich herschob, auf der Promenade spazierenging!

Denn er war Großvater! Bei den Zwischenhalten versäumte er nie, Spielsachen einzukaufen.

Nun gut! Während die Matrosen, die damit beschäftigt waren, das Schiff zu überholen, grinsend das Gesicht abwandten, empfing Verbe oben am Fallreep eine Negerin im Lendenschurz, die eine Piroge zu ihm gebracht hatte. Sie hatte nackte Brüste, lange, birnenförmige Brüste. Auch sie lächelte.

Ebensowenig verlegen wie überall, wo man Halt machte und er bestimmte Häuser betrat, stieß der Obermaschinist sie sanft vor sich her und seiner Kabine zu.

Wenn Kapitän Josse während dieser Zeit nur jemanden gehabt hätte, mit dem er hätte reden können! Die jüngeren Leute, das spürte er, zogen es vor, unter sich zu bleiben. Obwohl er noch nicht ganz fünfundvierzig war, steckte man ihn in die gleiche Kategorie wie Monsieur Verbe.

Er spielte weder Bridge noch Belote. Vom Lesen bekam er Kopfschmerzen, vor allem bei dieser Hitze. Er ging nicht einmal angeln!

Manchmal malte er. Er malte Aquarelle nach Postkartenvorbildern. Er hatte fast ein Dutzend davon in seinem kleinen Haus, das er sich in der Avenue Carnot hatte bauen lassen, jener schönen Straße, die von La Rochelle nach La Pallice führt. Er hatte sie selbst gerahmt. Vielmehr, um bei der Wahrheit zu bleiben, Monsieur Verbe hatte ihm, der sich nicht so gut darauf verstand, dabei geholfen, denn Monsieur Verbe vermochte mit seinen Händen alles zu vollbringen, was er wollte.

Wäre es nicht zauberhaft gewesen, wenn er einen Obermaschinisten wie alle anderen hätte? Sie säßen beide da, in Schaukelstühlen, im Schatten ... Man unterhielte sich nicht der Unterhaltung wegen ... Begänne keine ernsthafte Diskussion ... Sondern ließe einfach von Zeit zu Zeit ein paar Worte fallen ...

Er wußte sogar, wie er mit belangloser Miene beginnen würde:

»Ich frage mich, was sie zu dieser Stunde macht...«

Welcher Tag war heute? Donnerstag? Die Kinos von La Rochelle boten eine Vormittagsvorstellung. Elise war bestimmt mit ihrer Kusine im Kino.

»Sag mal, Verbe...«

Denn einen weniger widerwärtigen Mann als Verbe hätte er geduzt.

»... da oben ist ja noch Winter... Sie hat ihren Mantel mit dem Pelzkragen an... Als Leckermaul, wie ich sie kenne, wird sie nach dem Kino im Café de la Paix ein Gläschen Portwein schlürfen... Und auf dem Heimweg werden sie dann beide untergehakt auf eine Metzgerei zusteuern und Schinken für ihr Abendessen kaufen... Ich muß dir dazu sagen... In ihrem Alter ist das ganz natürlich... Für die Küche hat sie nicht allzuviel übrig...«

Wenn er eine gute Hausfrau hätte haben wollen, die von morgens bis abends geputzt und feine Mahlzeiten vorbereitet hätte, dann hätte er eine Aufwartefrau geheiratet. Davon gab es genug. Sie wäre eine strenge Frau geworden mit Haaren auf den Zähnen wie Madame Verbe.

Er aber hatte Elise erwählt, die erst... Sie war erst vierundzwanzig, so daß sie seine Tochter hätte sein können.

Frisch und lebhaft, stets parfümiert, mit ihren kleinen spitzen, sorgfältig lackierten Fingernägeln, ihren Füßchen, ihrer zarten Haut...

So hatte er sein Leben eingerichtet. Und mit dem entsprechenden Rahmen. Keine Beziehung zum Haus der Verbes, die hinter dem Bahnhof wohnten, in einem

Viertel, in dem man nur Arbeitern und Fabrikangestellten begegnete.

»Wenn du unseren Salon sehen würdest, mein lieber Verbe ...«

Verbe, dieser Schweinehund! Was trieb er in diesem Augenblick, wie? Ein Phänomen in dieser Hinsicht. Übrigens ebenso wie im Hinblick auf seinen Appetit. Einmal, als die ›Vasco‹ in Antwerpen Holz löschte, hatte er den Kapitän in eine Straße mitgeschleppt, in der Matronen auf ihren Türschwellen die Passanten anquatschten. Ein großer Salon mit Spiegeln und Sitzgelegenheiten, die mit granatfarbenem Samt bezogen waren, faden Aktfotos und kleinen Gläsern voller klebrigen Likörs. Verbe war mit drei Frauen hinaufgegangen!

»Wenn du unseren Salon sehen würdest ...«

Bei ihm war es natürlich nicht groß. Er hatte sein Häuschen sozusagen nach dem Katalog gekauft. Man hatte kaum drei Monate zu seiner Errichtung gebraucht. Aber es war neu. Es war frisch. Es war schick. Nach zwei Jahren roch es immer noch nach Putz und Anstrich. Selbst die Türen klemmten noch ein wenig, wenn es heiß war.

Elise hatte die Stoffe ausgesucht, mit vielen kleinen Blumen, seidene Vorhänge, eine Menge Kissen auf dem Sofa des Salons ...

Man fühlte sich nicht in einem »Haushalt« wie bei den Verbes. Es war auch keine Bohèmewelt. Es war etwas anderes. Wie sollte man sagen? Das hätte er gerne erklärt. Es war ›Elise‹. Die Atmosphäre von Elise ...

Zum Beispiel: Sie stand ebensogut um elf wie um acht

Uhr morgens auf, und sie war wunderbar in ihrem Morgenrock, immer irgendwo etwas Nacktes, eine Brust, ein Schenkel, der aus dem Stoff auftauchte, auf den Lippen aufgetragenes Rot.

»*Hello*, Josse!«

Sie mochte seinen Vornamen Eugène nicht, so nannte sie ihn Josse. Das war ihm übrigens nicht unangenehm. Es lag darin ein kleiner Anklang von Respekt.

»Wollen wir heute in die Pergola Mittag essen gehen?«

Ihre Kusine Colette, die achtzehn Jahre alt war, aber mit ihrem spitzen Näschen wie fünfzehn wirkte, lebte mit ihr zusammen, weil es für sie zu trübselig gewesen wäre, nicht wahr, immer allein zu sein, wenn er auf See war.

Und Colette, auch sie immer im Morgenrock, lag bäuchlings auf dem Sofa oder einem Bett, verschlang irgendwelche Schmöker und hielt sich die Ohren zu, wenn gesprochen wurde.

Man fühlte sich heimisch. Man stapelte das Geschirr in einer Ecke der Küche auf, bis die Haushälterin zu kommen und es abzuwaschen geruhte. Überall standen Gläser und Flaschen herum. Zu irgendeiner Stunde des Tages wurde gegessen, und das Radio war von morgens bis abends an.

»Verstehst du, verdammter Schweinehund, wenn du eine nette kleine Frau wie ich hättest ...«

In diesem Augenblick kam er an der Kabine von Monsieur Verbe vorbei, und beinahe hätte er einen Blick hineingeworfen. Nein! Diese Ehre würde er ihm nicht antun. Wo hatte er nur diese Negerin aufgegabelt? Wen hatte er damit beauftragt, sie für ihn aus irgendeinem Dorf zu holen? Und würde es nachher wieder eine Szene geben? Denn Verbe war ein Geizhals. Bestimmt würde er versuchen, mit einer Schachtel Zigaretten oder einem dieser billigen Schmuckstücke davonzukommen, die er für ein paar Groschen auf dem Jahrmarkt kaufte und auf jeder Reise in genügender Menge bei sich führte. Das letzte Mal war die Frau damit nicht zufrieden gewesen; sie hatte ihm die Knöpfe seines Pyjamas abgerissen und sich beim Kapitän beschwert.

In drei Stunden würde es dunkel und ein wenig kühler sein. Trotzdem würde man nicht gut schlafen. Und morgen würde man stromaufwärts blicken und wahrscheinlich nichts näherkommen sehen. Manche Leute sind glücklich dran. Sie sind in der Lage, nach dem Mittagessen zwei Stündchen zu ruhen, und das ist immerhin etwas.

»Lassen Sie sich nicht stören, meine Herren ...«

Sein Zweiter und sein Dritter Offizier, der Funker und ein drolliger Matrose mit Sommersprossen spielten in der Messe Bridge. Er setzte sich rittlings auf einen Stuhl. Das Spiel interessierte ihn nicht. Er dachte an etwas anderes. Plötzlich lächelte er breit und machte den Mund auf, um etwas zu erzählen. Am liebsten hätte er gesagt:

»Was übrigens dieses Frauenzimmer von Colette anbelangt ...«

Doch über solche Sachen spricht man gegenüber seinen Untergebenen nicht. Außerdem hätten sie ihn sicher nicht verstanden.

Als Geschichte jedoch ... Vor allem, wenn man hier

daran dachte, in dieser verflixten Mündung dieses drekkigen afrikanischen Flusses ... Und während Monsieur Verbe und seine Negerin ...

Er stieg wieder zur Kommandobrücke hinauf, stützte sich auf die Reling und ertappte sich plötzlich dabei, wie er ins Wasser spuckte.

Vorhin, als er an dieses Frauenzimmer von Colette dachte ... Nein! Er hatte sie gerne ... Natürlich nicht wie Elise ... Überdies war Colette eine Göre ... Sie war von einer Schlagfertigkeit, die einen verblüffte, und insbesondere konnte sie die Leute zum Verwechseln genau imitieren, die kleinen Verschrobenheiten der Menschen sprangen ihr sofort ins Auge ...

Sie ahmte auch die Gangart von Monsieur Verbe nach, den sie nur einmal in der Avenue Carnot hatte vorübergehen sehen, seine Angewohnheit, den Kopf zwischen die Schultern zu ziehen und gleichsam zwischen den Brauen hindurchzuschauen ...

Selbst Josse entging ihrer Ironie nicht. Hatte sie bei seiner Heimkunft nicht ausgerufen:

»Was hat denn der Kapitän seinem kleinen Liebling mitgebracht?«

Weil das eine Redewendung von Josse war. Wenigstens hatte er sie einmal gebraucht, als er hinter seinem Rücken ein spanisches Umschlagtuch hielt, das er in Teneriffa gekauft hatte.

Wie dem auch sei! Sie war ein Spaßvogel. Nicht sehr fraulich, aber genug, um von Zeit zu Zeit ... Das war nicht seine Schuld! Sie lebten zu dritt in ihrem kleinen Haus, und es konnte geschehen, daß er zum Beispiel die Badezimmertür öffnete und ...

Nein! Das würde er diesem Schwein von Verbe nicht erzählen, zumal die Dinge bei ihm sofort einen trivialen Charakter annahmen. Einem anderen schon, einem anderen, der sein Obermaschinist wäre, wenn die Reederei sich nicht in den Kopf gesetzt hätte, sie beide, Verbe und ihn, auf demselben Schiff aneinanderzuketten.

Dann hätte er gezwinkert, was ihm einen schelmischen Ausdruck verlieh, und gesagt:

»Das ist eine Göre, was!... Verstehen Sie, was ich damit sagen will?... Wenn sie sich mir auf den Schoß setzt, gibt sie sich nicht Rechenschaft darüber, daß mir dabei nicht sehr wohl ist...«

Ja, diese Göre! Es war unglaublich, aber wahr, er konnte sich nicht genug über sie wundern, er schüttelte den Kopf und blickte aufs Wasser, wo seine Spucke Kreise bildete...

Das letzte Mal, als die ›Vasco‹ in La Pallice eingelaufen war, hatte er gegenüber seinem Fahrplan mindestens vierundzwanzig Stunden weniger gebraucht, nachdem er sein Holz in Hamburg gelöscht hatte.

Gut! Kapitän Josse geht an Land, frisch rasiert, die Wangen rosig wie bei einem Ferkel, mit Rasierschaumresten hinter den Ohren und keinem einzigen Staubkörnchen auf seinem blauen Anzug.

»Ich werde ein Taxi nehmen...«, sagt er sich.

Doch es sind keine Taxis da. Er macht sich zu Fuß auf, und zwar in Begleitung von Monsieur Verbe, der den gleichen Weg hat. Von weitem, schon aus fünfhundert Meter Entfernung, erblicken sie die Villa mit ihrem rosa Dach und der Loggia im Erdgeschoß.

»Ich wette«, sagt er, »Elise ist in der Loggia und sieht uns kommen. In dem Fall wird sich die Tür öffnen, sobald ich das Haus erreicht habe, und...«

Da begegnen sie Monsieur Tissot, dem Versicherungsagenten, der von der Ungeduld der Leute, die nach vier Monaten auf See an Land kommen, nichts versteht und der sie, wie Colette es ausdrücken würde, zehn Minuten lang anquasselt.

Endlich! Er geht weiter! Die beiden Männer trennen sich vor dem Haus.

»Bis zum nächsten Mal!« sagt Verbe, ohne zu zaudern.

»Ich hoffe, daß wir die kommende Reise nicht zusammen machen!«

Tatsächlich geht die Tür auf. Elise steht da, rosig, lächelnd, die Wangen leicht gepudert, überall Parfüm, vor allem in den rötlichen Haaren.

»Schon!... Hast du nicht telegrafiert?«

Diesmal hat er nicht das spanische Umschlagtuch. Er bringt ihr lediglich ein paar getriebene Kupfergegenstände mit, die er gekauft hat, als er in Dakar Kohle bunkerte.

»Komm rein... Hast du Hunger?«

Hunger nach ihr, natürlich! Und tatsächlich ist wie durch ein Wunder Colette nicht im Salon. Sie ist nicht zu sehen. Man hört sie nicht, was sehr selten ist.

»Immer mit der Ruhe, Josse... mein Lieber...«

Ein Sessel in der Loggia, darauf ein angefangener rosa Pullover. Auf dem Tisch stehen zwei Tassen, Teller, Kuchen, Tee... Und all die Kissen auf dem Sofa...

Er pfeift. Er ist glücklich. Er zieht seine Jacke aus. Diese Geste hat nichts Vulgäres und Nachlässiges wie bei Monsieur Verbe, der Hosenträger anhat. Er trägt einen Gürtel und tadellose Hemden, die Bille ihm stärkt, der besser als eine Frau bügeln kann.

»Was ist in diesem Paket?«

Auch sie ist im Grunde ein Kind. Ist man mit vierundzwanzig Jahren schon erwachsen? Wie sie wird er wieder zum Kind. Sie spielen. Er knabbert an ihr. Sie verteidigt sich. Er ißt ein Stück Kuchen, das sie ihm in den Mund stopft.

Das ist etwas anderes als die Widerwärtigkeiten des Monsieur Verbe, und es ist gut, ein Haus zu haben und eine eigene Frau, eine nette kleine Frau, die herrlich duftet und beim Lachen ihre strahlenden Zähne zeigt. (Die von Monsieur Verbe sind schwarz wegen der Pfeife!)

»Ist da jemand?« wundert er sich plötzlich, als er Schritte auf der Treppe hört.

Er öffnet die Tür, und wen erblickt er? Colette, die in Begleitung eines großen jungen Mannes herunterkommt. Der junge Mann ist nicht stolz. Colette muß ihn vorwärtsschieben. Welche Kaltblütigkeit diese Göre hat!

»Geh, Jean ... Ich werde es ihm erklären ...«

Und tatsächlich erklärt sie, während sich der junge Mann mit dem Vornamen Jean eiligen Schrittes auf der Avenue Carnot entfernt.

»Es ist nicht zu ändern! ... Jetzt muß ich dir alles sagen ...«

Es ist Zeit, Licht anzumachen. Die Lampe hat einen

breiten lachsfarbenen Schirm. Das läßt alles noch intimer erscheinen.

»Setzt mich vor die Tür, wenn ihr wollt ... Ich habe einen Geliebten ...«

Er ist wie vor den Kopf geschlagen. Er schaut seine Frau an.

»Wußtest du das?«

»Schimpf nicht, Josse ... Was sollte ich dir denn sagen? ... Er hat seinen Militärdienst noch nicht abgeleistet ... Sie können nicht heiraten, ehe er nicht eine Stellung hat ... Also ...«

»Zum Donnerwetter!«

Er haut mit der Faust auf den Tisch.

»Und das hier in meinem, in unserem Haus ...«

Elise weint. Wobei eingeräumt werden muß, daß sie leicht weint, das macht sie nicht häßlich, im Gegenteil.

Colette, die Schuldige, steht steif wie ein Stock da, mit zusammengekniffenen Lippen und starrem Blick.

»Ich bin zu nachsichtig mit ihr gewesen, ich weiß ... Ich hätte es nicht gedurft ... Aber sobald sie heiraten müssen ...«

O heilige Einfalt! Also weil sie eines Tages heiraten müssen ... Das ist typisch Elise! Arglos wie ein kleines Tier!

Trotzdem ein komischer Tag. Dann plötzlich abends in seinem Bett ... Josse kann nicht einschlafen ... Er denkt an Colette ... Er denkt an den jungen Mann ...

Sollte ... Nein! Das ist unmöglich! Er würde nie darüber reden! Er wird es niemandem sagen! Er sollte sich schämen, so etwas zu denken ...

Und dennoch ...

Kurz und gut, es waren bei seiner Ankunft zwei Frauen und ein Mann im Hause gewesen ... Er hatte sich lange genug mit dem aufdringlichen Versicherungsagenten aufgehalten, um ...

»Sag mal, Elise ...«

Mit verschlafener Stimme:

»Was?«

»Liebt dieser Junge sie wirklich?«

»Was meinst du?«

»Denn wenn er sie wirklich liebt und sie heiraten will ... Jetzt, da wir die Bescherung haben ... Hör zu ...«

»Ich bin müde ...«

»Nur einen Augenblick ... Du wirst sehen, ich bin nicht so ein alter Knochen, wie du vorhin behauptet hast ... Das Unglück ist geschehen, nicht wahr? Also schön, ich möchte, daß der junge Mann morgen wieder zu uns kommt ... Und bei Gott, ich sehe nichts Unschickliches daran, wenn er hier schläft ... Verstehst du?«

»*Captain*«, kündigte Bille an, den man nie kommen hörte, »der Tee ist serviert ...«

»Ich komme!«

Jedoch nicht, bevor er sich die ganze Geschichte zu Ende erzählt hatte, zumal er beim entscheidenden Moment angelangt war. Bei dem Punkt, da er jedesmal, wenn er sich diese Geschichte in Erinnerung rief, ein merkwürdiges Stechen in der Herzgegend verspürte. Denn am nächsten Morgen hatte er seine Idee noch nicht fallengelassen.

»Hast du es Colette gesagt?«

»Was soll ich ihr gesagt haben?«

»Wegen des jungen Mannes... Wegen heute nacht...«

»Bist du verrückt, Josse?«

Oh, keineswegs! Jetzt hielt er an seinen Gedanken fest. Er hielt derart daran fest, daß man das Drohende seiner Haltung bemerken sollte.

»Da es geschieht, wenn ich nicht hier bin, verlange ich, daß es auch geschieht, wenn ich zu Hause bin...«

Wer hätte denn gedacht, daß dieses Gör von Colette... Er wagte sie nicht mehr anzusehen... Er war ihr böse... Er fürchtete sich ein bißchen, das Wort Eifersucht zu vernehmen...

Aber sie hatten den ganzen Tag kaum mit ihm geredet. Am Abend hatte er gefragt:

»Und dieser Jean?«

»Er kommt...«

In diesem Augenblick bedauerte er es. Um ein Haar hätte er losgedonnert:

»Ich möchte sehen, ob der sich untersteht...«

Zu spät! Er kam! Man hörte ihn auf dem Flur, wo Colette ihm entgegenging. Die Zimmertür schloß sich. Josse versuchte zu spötteln.

»Für ein junges Mädchen!...«

Vier Tage. Länger war man diesmal nicht an Land geblieben. Und seither erzählte er sich, da er niemanden hatte, an den er sich wenden konnte, die Geschichte von Zeit zu Zeit selbst. Er hatte sie laut vor Monsieur Verbe wiedergegeben, aber nicht an ihn gewandt. Der andere hatte nichts dazu gesagt. War er fähig, etwas zu sagen?

Also, was sollte man tun? So war es eben. Was konnte

es ihm schließlich ausmachen? War Colette vielleicht seine Frau? Und bei Licht besehen, war es wahrscheinlich besser so, weil kurzer Prozeß gemacht wurde mit...

Womit wurde kurzer Prozeß gemacht? Er wußte es nicht. Er wollte es nicht wissen. Aus und vorbei! Sie hatten noch eine oder zwei Wochen auf diesem Fluß auszuharren, dann weitere Wochen in einer ähnlichen Mündung, dann...

Er entfernte sich von der Reling und warf einen Blick zur Kabine von Monsieur Verbe hinüber. Zwei volle Stunden war er nun dort mit seiner Negerin eingeschlossen. Und dieser Mann war Großvater!

Er setzte sich allein an den Tisch, wo der Tee serviert war. Er nahm zwei Stückchen Zucker, rührte um, ohne genau hinzusehen, wie es vorkommt, wenn man allein ist. Fast wäre er aufgestanden, um den Steuermann zu rufen und zu veranlassen, daß mit dem Hämmern an den Schiffswänden aufgehört wurde, weil der Lärm einen verrückt machte.

Und im gleichen Moment wurde sein verschwommener Blick scharf und starr. Auf der Tischdecke – denn Kapitän Josse hielt auf eine gewisse Etikette, selbst in Afrika – stand Gebäck, das Bille, der ein ebenso guter Konditor wie Koch war, eigens gebacken hatte. Und eines der Törtchen war mit Krem gefüllt.

Niemand war da, um die Minuten oder Sekunden zu zählen, denn unter solchen Umständen ist die Zeit relativer als je. Und niemand konnte auf dem Film die verschiedenen Gesichtsausdrücke des Kapitäns festhalten.

Nur Bille sah ihn vor der Kombüse vorbeigehen.

Dann hörte man heftige Schläge an der Blechtür zu Monsieur Verbes Kabine.

»Verbe! ... Mach auf! Hörst du? ... Mach auf! ... Ich hab mit dir zu reden ...«

Gelächter der Negerin. Die Stimme des Obermaschinisten.

»Einen Augenblick ... Ich komme ...«

Geflüster. Eine Auseinandersetzung. Sicher die Geschichte mit den Zigaretten. Das Mädchen wollte Geld.

»Mach auf!«

»Bitte ...«

Die Tür öffnete sich. Die Negerin in ihrem roten Lendenschurz huschte in den Laufgang und drehte sich nicht mehr um. Monsieur Verbe hatte die Augen weit aufgerissen, seine Haare waren zerwühlt, sein Pyjama stand über dem schwitzenden Oberkörper breit auf.

»Was ist los? ... Das Holz? ...«

»Es war nicht Colette ...«

»Wie?«

»Ich sage, mein Alter, es war nicht Colette ...«

Und er packte ihn am Arm, krallte sich daran fest. Plötzlich duzte er Monsieur Verbe, dessen Geruch ihn nicht mehr anekelte, und er merkte nicht, daß die enge Kabine nach der Negerin roch.

»Es war nicht Colette! ... Es ist Bille ...«

»Bille? ... Was hat er gemacht?«

»Ein Kremtörtchen ... Du wirst ...«

Er grinste, und für einen Moment glaubte der Ingenieur, der Kapitän sei betrunken, was allerdings sehr selten vorkam.

»Bille hat mir ein Kremtörtchen serviert... Ich sah es an, einfach so... Ich betrachtete es, ohne nachzudenken... Du weißt doch, wie man ein Kremtörtchen anschaut... Und dann hab ich plötzlich ein anderes Kremtörtchen gesehen, ein angebissenes Kremtörtchen...«

War es die Sonne?... Aber nein! Er schien kein Fieber zu haben.

»Erinnerst du dich?... Ja doch!... Du hast zugehört, an dem Tag, als ich erzählte... Als wir uns vor meinem Haus getrennt haben... Meine Frau in unserem Salon... Auf dem Tisch standen Backwaren und Tee... Ich habe nicht darauf geachtet... Und eben ist es mir eingefallen... Es waren zwei Gedecke, aber nur auf einem Teller lag ein *angebissenes* Kremtörtchen... Verstehst du?... Ein *angebissenes* Kremtörtchen...«

Es wurde zu einer Zwangsvorstellung: *Kremtörtchen!... Kremtörtchen!...*

Das ungewöhnlichste war, daß der Kapitän gegen seinen Willen über dem Bett ein Foto von Verbes Tochter mit deren Baby betrachtete.

»Irgend jemand hat ein Kremtörtchen gegessen, als wir angekommen sind und man uns in der Avenue Carnot gesehen hat, während uns dieser Versicherungsfritze aufhielt...«

Er wischte sich den Schweiß von der Stirn und setzte sich, plötzlich ruhig geworden, auf die Bettkante.

»Siehst du, mein Alter, meine Frau hat Krem nie ausstehen können.. Sie kann nicht dagegen an... Außerdem wird es ihr schlecht davon... Also kann meine Frau nicht unten gewesen sein... Und wenn meine Frau nicht unten war, dann war sie oben...«

»Sie sollten etwas trinken«, murmelte Monsieur Verbe und öffnete einen Schrank, in dem ein Dutzend Flaschen stand.

»Begreifen Sie immer noch nicht, nein?«

Duzte er ihn? Siezte er ihn? Er wußte es nicht mehr.

»Wenn meine Frau oben war, mußte Colette unten gewesen sein... Und in diesem Fall mußte zwischen ihr und dem jungen Mann... Nun, was sagst du dazu?... Und ich, ich habe sie gezwungen, zu...«

Monsieur Verbe ging und schloß die offen gebliebene Tür, denn es hätte jemand vorbeikommen können. Dann schenkte er seinem Kapitän einen Cognac ein. Er schüttelte den Kopf.

»Das sollte man nicht tragisch nehmen«, murmelte er und trank selbst einen Schluck. »Solche Dinge...«

Darauf wendete er das Gesicht ab, denn Kapitän Josse hatte zu weinen begonnen, wie ein Schloßhund, sollte Verbe später sagen, der mit Sicherheit nie einen Hund hatte weinen sehen.

»Ich habe sie gezwungen, zu...! Mein Gott, mein Gott!«

Als Kapitän Josse schwankend aus der Kabine von Monsieur Verbe trat, war er total betrunken. Am nächsten Morgen kündigte man das Eintreffen der Holzladung an, und er rief aus seinem Bett:

»Ihr könnt mich...!«

Trotzdem kam er gegen Abend an Deck. Er sprach kein Wort mit Monsieur Verbe. Zur Nacht speiste er mit ihm und dachte nicht daran, zu sagen, daß sein Obermaschinist auf widerwärtige Weise aß.

Wieder bunkerte man in Dakar. Und da geschah etwas wirklich Außergewöhnliches. Kapitän Josse machte Monsieur Verbe den Vorschlag, ihn in gewisse Etablissements zu begleiten, die jener genauestens kannte.

Allerdings stöhnte er im letzten Moment:

»Ich kann nicht, mein Alter... Wenn ich an diese Kleine denke!... Und ich bin es gewesen, verstehst du, ich war es, der...«

Monsieur Verbe ging hinein. Als er wieder zu seinem Kapitän stieß, war der erneut betrunken.

»Die andere, verstehst du, die kann mich...!«

Er war roh und gewöhnlich geworden.

»Ich rede von dieser N... Elise!... Und außerdem will ich dir etwas Feines gestehen... Schon vor langem, wenn ich gewagt hätte... Aber ich war mir dessen kaum bewußt... Während jetzt, da bin ich verantwortlich... Was würdest du an meiner Stelle tun?«

Monsieur Verbe war müde, und so tat er nichts weiter, als dem Kapitän zu helfen, zur ›Vasco‹ zurückzufinden.

Drei Wochen später gingen sie in La Rochelle an Land, und als erstes setzte Kapitän Josse seine Frau vor die Tür.

Darauf nahm er einen einjährigen Urlaub, weil er Colette nicht verlassen wollte, bevor er geschieden war und sie heiraten konnte.

Das teuflischste jedoch war, daß man ihm, als er wieder ein Kommando übernahm, ein anderes Schiff und einen anderen Obermaschinisten zuwies, einen Mann aus Marseille, der bei allen Zwischenhalten Boules spielte, sogar auf der Brücke, während Josse von Zeit zu Zeit gerne mit Monsieur Verbe über diese Geschichte gesprochen hätte.

Aber man kann nicht alles haben.

Mélies Mann

»Faß doch nicht alle Seezungen an, meine Kleine. Du weißt genau, daß du am Ende zwei nicht zu große Makrelen oder ein halbes Pfund Rochen nimmst...«

Die »Kleine«, das ist die alte Haushälterin des Pfarrers von Saint-Jean, doch Mélie duzt jedermann mit einer solchen Selbstverständlichkeit, daß niemand auf den Gedanken kommt, daran Anstoß zu nehmen. Sie greift auf dem Marmortisch nach einem blutigen Stück Rochen, hebt es hoch, kann sich nicht verkneifen, einen Blick auf die Straße zu werfen.

»Ich geb dir dieses Stück...«

Es klatscht auf die Waage, der Zeiger schlägt aus, Mélie knistert mit dem Papier, und die alte Haushälterin fingert in ihrem großen Portemonnaie.

Es ist das dritte Mal, daß Mélie innerhalb einer halben Stunde, seit sie sich zu Tisch gesetzt hat, von jemandem gestört wird. Es ist neun Uhr abends. Das ins Violette spielende Blau über dem Einschnitt der schmalen Rue Saint-Jean verfärbt sich allmählich. Schon lange haben die Fleurissons, die Schirmhändler von gegenüber, ihre Läden geschlossen und ihre Stühle auf den Bürgersteig gestellt. Man fragt sich, wie sie den ganzen Abend so reglos sitzen und vor sich hinstarren können. Bei dem Alten mag es angehen: Er ist nahezu völlig gelähmt, und einige nennen ihn den Invaliden mit dem Holzkopf. Aber seine fünfundvierzigjährige Tochter?

»Auf Wiedersehen, Madame Mélie ...«

»Auf Wiedersehen, meine Liebe.«

Mechanisch begleitet sie die Haushälterin des Pfarrers zur Tür.

»Sie brauchen sich nicht zu bemühen ...«

Und wieder geschieht, womit sie seit fünf Uhr nachmittags rechnet, seit *er* sich zum erstenmal in der Straße gezeigt hat. Jetzt ist es das vierte Mal. Bildet er sich ein, daß man ihn nicht bemerkt? Vorhin hat Madame Josse, die Gemüsehändlerin, Mélie darauf angesprochen.

»Man könnte meinen, er sei von der Polizei ...«

Er wartet nicht einmal, bis es ganz dunkel ist. Er springt herbei und schiebt einen Fuß zwischen Tür und Rahmen. Gegenüber wirken der Holzkopf von Monsieur Fleurisson und der Kopf seiner Tochter, in dem nur die schwarzen Pupillen lebendig sind, wie bei einem Schauspiel oder wie die Marionetten einer Jahrmarktsbude.

»Komm rein ...«

Leiser fügt Mélie hinzu:

»Komm doch rein, du Dummkopf!«

Denn während er sich natürlich, ungezwungen geben will, glaubt sich Nicolas verpflichtet, eine geheimnisvolle Miene aufsetzen zu müssen. Er wirft einen Blick auf die angelehnte Küchentür, dann an die Decke des Fischgeschäfts, und sie beantwortet seine Frage, die sie genau versteht:

»Aber nein, mein Alter ...«

Sie hat sofort Mitleid mit ihm. Sie hätte ihn in dem Glauben lassen können, daß dort jemand war, ein

Mann. Doch die Köpfe der Fleurissons drüben vor ihrem Schaufenster, diese Augenpaare, die in den Laden starren, versetzen sie in Wut.

»Komm rein!«

Er ist immer noch so groß und erweckt den Anschein, sich bücken zu müssen, um die Schwelle zur Küche zu überschreiten. Ragout erkaltet in seiner steif werdenden Sauce. Eine Katze entflieht.

»O entschuldige ... Du warst bei Tisch ...«

Er fühlt sich nicht sicher, scheint ständig einen Verfolger um sich zu spüren.

»Hast du meine letzte Überweisung erhalten?«

Und Mélie, die sich wohler fühlt, seit sie die Tür mit den Tüllgardinen hinter sich geschlossen hat und die beiden Mumien nicht mehr sieht, stößt einen Seufzer aus, bevor sie sich hinsetzt, und sagt:

»Du weißt genau, daß du nie etwas überwiesen hast! ... Hast du zu Abend gegessen? ... Setz dich ... Iß ...«

Er hat sich überhaupt nicht verändert, das bringt sie auf, und sie reißt ihm seinen Spazierstock aus den Händen und diese Tasche aus marokkanischem Leder, die er stets mit sich herumschleppt.

Seit sechsundzwanzig Jahren!

Als er sich Journalist nannte, weil er hin und wieder einen kleinen Artikel für die Lokalzeitung schrieb, trug er einen Bart und war bereits nicht wie alle Welt gekleidet; er bewegte sich mit einer Erhabenheit auf den Straßen, die nur ihm eigen war.

Nach ihrer Eheschließung, als er mit ihr nach Paris

gezogen war – mein Gott, was hatte sie danach gehungert! – hatte er sich ein Kinnbärtchen, wie die Musketiere, zugelegt. Dann war er eines Abends mit glattrasiertem Kinn heimgekommen, lediglich ein dünner brauner Schnurrbart war geblieben.

Inzwischen ist auch der verschwunden. Er muß ein Gebiß haben, denn sein Mund bildet eine komische weiche Falte. Seine Kleidung weicht noch immer von der der übrigen Welt ab.

»Ich schwöre dir, Amélie, daß ich dir eine Postanweisung geschickt habe, von Sankt Moritz aus, in der Schweiz, das war... Wart, das muß vor zwei Jahren gewesen sein... Ich hatte nicht deine genaue Anschrift, aber ich hab gedacht, wenn ich sie in die Rue Saint-Jean schicke...«

Sie beharrt nicht darauf, denn sie spürt, daß er Hunger hat und es nicht merken lassen will. Mélies Küche ist die sauberste der ganzen Straße. An den gekachelten Wänden reihen sich kupferne Töpfe auf. Die Ladenklingel ertönt. Sie stürzt hinaus, bedient einen Kunden und nutzt die Gelegenheit, um die Läden vorzulegen und die Tür abzuschließen.

Sie hat keine Angst... Ein bißchen Beklommenheit, das ist alles... Sie kehrt in die Küche zurück, und er wischt sich schnell den Mund ab... Sie schaut auf die Tischschublade, in der sich ihr Geld befindet... Er hat nicht gewagt, sie zu berühren, oder er weiß nicht...

Damals, als nur dreihundertzehn Francs im Haus waren oder vielmehr in ihrem Hotelzimmer an der Place de la République, hatte er nicht gezögert, das ganze Geld an sich zu nehmen, und als sie heimkam, hatte sie nichts als ein Zwei-Sous-Stück hinten in der Schublade gefunden.

Und einen Brief. Einen dieser Briefe, auf die er sich versteht.

Meine liebe Amélie,
eine äußerst wichtige Geschäftsangelegenheit, die uns reich machen wird, zwingt mich zur Abreise, ohne Deine Heimkehr abwarten zu können. Du kannst mir vertrauen: Ich komme wieder und ich komme als reicher Mann zurück. Bis dahin ...

Das ist nun sechsundzwanzig Jahre her, und er ist nie zurückgekehrt. Sie hatte am nächsten Tag erfahren, daß er sich nach Algerien eingeschifft hatte, und zwar mit der dunkelhäutigen kleinen Sängerin, die das Zimmer unter ihnen bewohnt und der Mélie in ihrer Gutmütigkeit die Strümpfe gestopft hatte.

»Es ist ärgerlich, daß du sie nicht erhalten hast ...«

Er spricht immer noch von der Überweisung. Er hält daran fest.

»Was hast du in Sankt Moritz gemacht?«

»Ich war in einem großen Hotel.«

»Als Direktor?«

»Das heißt, ich war ein enger Mitarbeiter des Direktors ...«

Oder Tellerwäscher! Bei Nicolas ...

»Bist du auf der Durchreise?«

Er wird verlegen, sucht in seiner Tasche nach Zigaretten, obwohl er weiß, daß er dort keine findet, und Mélie wirft ihm ein Päkchen auf den Tisch.

»Das hängt davon ab ...«

»Hast du mit jemandem in der Rue Saint-Jean gesprochen?«

»Nein ... Warum?«

Mélie, die Nicolas' Vorliebe für Kaffee kennt, brüht ihm eine Tasse auf. Das beschäftigt sie. Sie kommt und geht und bemerkt wie beifällig:

»Weil du tot bist, deshalb!«

»Was sagst du?«

»Ich sage, daß ich es vorgezogen habe, den Leuten zu erzählen, du seist tot ... Es war ja nicht nötig, ihnen zu erklären, daß ...«

»Ich verstehe.«

»Was verstehst du?«

Wieder blickt er zur Decke auf, als argwöhne er, in dem Zimmer da oben sei ein Mann. Mélie zuckt die Achseln. Denn das ist durchaus nicht der Fall.

»Und deine Geschäfte?«

»Ich kann mich nicht beklagen ... Ich bin dabei, einen großen Abschluß zu machen, und eben deswegen ...«

Der Kaffeegeruch läßt die Küche noch gemütlicher wirken. Mélie dreht an dem elektrischen Schalter, holt eine Karaffe und kleine Gläser aus dem Schrank.

»Sag mal, Nicolas, du hast doch nicht zufällig die Absicht hierzubleiben?«

»Das heißt ...«

»Du bist abgebrannt, wie?«

Er läßt sich nicht gleich aus der Fassung bringen. Seine Hand zittert leicht, wenn er die Tasse hält. Das ist sicher das Alter. Er dürfte inzwischen fünfundfünfzig sein, und vielleicht hat er angefangen zu trinken.

»Antworte! Bist du pleite?«

»Im Augenblick kann ich nicht sagen, daß ...«

Da nimmt sie seine Tasche und öffnet sie, während er ihr mit verschämtem Blick folgt.

»Ich habe begriffen.«

Sie enthält nichts weiter als ein schmutziges Hemd, ein altes Paar Pantoffeln, ein Stück Seife und eine Zahnbürste in einem Blatt Zeitungspapier.

»Zeig mal deine Uhr ...«

Früher, wenn er ohne seine Uhr heimkam ...

»Na also, mein Alter!«

»Hör zu, Amélie ... Mich hat ein schwerer Schlag getroffen ... Mein Teilhaber ist einfach durchgebrannt und hat ...«

»Die Kasse mitgenommen, die es gar nicht gab.«

»Du redest mit mir, als ob ...«

»Als ob ich dich kennen würde, nicht wahr?«

Sie sagt das alles ohne Zorn, ohne Groll, was natürlich noch demütigender ist.

Damals hatte sie ihn bewundert. Sie war nahezu ein Straßenmädchen gewesen, eine Göre, die auf dem Fischmarkt arbeitete. Er hingegen war ein Herr, der Sohn des Direktors vom Gaswerk, und sie war es, die sich nach ihm umgedreht hatte, wenn er vorbeikam.

Später hatte sie ihm alles geglaubt, was er sagte. Nach seinem Diktat schrieb sie, als sie in Paris lebten, an ihre Mutter, um unter den verschiedensten Vorwänden ein bißchen Geld zu erbetteln. Die Briefe ähnelten denen, die sie selbst erhalten hatte. Zweimal. Der erste, vier Jahre nach Nicolas' Flucht, war aus London gekommen:

Meine arme Amélie,
würde ich Dich nicht kennen, wagte ich heute nicht, Dir zu schreiben, denn Du mußt ja glauben, daß ich Dich feige verlassen habe. In Kürze, wenn ich wieder zu Dir zurück kann, werde ich Dir alles erklären, und Du wirst mich verstehen. Zunächst muß ich so schnell wie möglich dieses Land, wo mir die ärgsten Schwierigkeiten drohen, verlassen. Wenn ich in spätestens fünf Tagen nicht über eine bestimmte Summe, zumindest zweitausend Francs, verfüge, bleibt mir nichts, als mir eine Kugel in den Kopf zu jagen, was vielleicht für alle das Beste wäre …

Sie hatte ihm tausend Francs geschickt. Dann hatte es eine Lücke von zehn Jahren gegeben. Der zweite Brief war nur ein kurzes Billet von unbekannter Hand. Er trug eine italienische Marke.

Madame,
Ihr Gatte befindet sich bei mir, schwer erkrankt. Eine Operation ist dringend erforderlich. Falls Sie noch ein wenig Mitleid für einen Mann bewahrt haben, der Sie immer geliebt hat, schicken Sie unverzüglich eine telegrafische Postanweisung an folgende Adresse. Es geht um sein Leben …

Dann als Postskriptum:

Ihr Gatte, der seinen Stolz bewahrt hat, weiß nicht, daß ich Ihnen diesen Brief schreibe.

»Ich höre zu, Nicolas ...«

Sie ist zehn Jahre jünger als er. Sie ist rundlich geworden. In ihrem roten Haar schimmern silberne Fäden. Ihre Wangen haben sich leicht gerötet. In ihrer weißen Schürze wirkt sie so frisch wie ein Bonbon. Ihre Holzschuhe klappern auf den Fliesen.

Er trinkt seinen Marc mit kleinen Schlucken und blickt wie ein geprügelter Hund um sich.

»Gib zu, daß du am Ende bist, daß du es satt hast herumzustreunen ...«

Er stammelt und führt seine Hand zur Brust:

»Das Herz will nicht mehr so recht... Der Arzt behauptet ...«

»Und da hast du gedacht, du könntest kommen und hier leben ...«

»Mein Gott, ich ...«

»Also, mein Freund, das ist unmöglich ... Ich habe dir schon gesagt, daß du tot bist ...«

Die Küche ist so sauber, so warm, so anheimelnd. Sollte ihm wirklich nichts anderes übrigbleiben, als seine Tasche zu nehmen, die Mélie auf einen Stuhl gelegt hat, und sich davonzumachen?

Nicolas starrt in seine leere Tasse, fingert in seiner Hosentasche und schiebt eine Vierzig-Sous-Münze auf den Tisch.

Sie hat begriffen. Das ist alles, was er hat.

»Nun?« fragt sie jedoch.

»Nichts ... Ich glaubte ...«

»Und du hattest nur vor einem Angst, gib es zu: daß du einen anderen Mann im Haus vorfindest! Deshalb streichst du seit heute nachmittag um fünf hier herum ...

Geh, ich hab dich wohl bemerkt. Ich habe am Abend mit dir gerechnet ... Noch eine Tasse Kaffee?«

»Ich darf leider nicht, wegen meines Herzens, aber ...«

»Dummkopf!«

Sie scheint der Herzkrankheit nicht mehr Glauben zu schenken als allem übrigen, und er verzieht vergeblich sein Gesicht, während er die Hand zum Herzen führt.

»Ich schwöre dir ...«

»Nimm eine Zigarette ... Hör zu ...«

Er spürt, daß sie diesmal etwas Endgültiges sagen wird. Den Beweis sieht er darin, daß sie das Bedürfnis hat, im Feuer zu stochern. Als sie sich umdreht, hat sich eine Haarsträhne gelöst.

»Ich kann den Leuten im Viertel nicht erzählen, daß du wiederauferstanden bist ... Verstehst du? ... Außerdem ist kein Platz in diesem Haus für einen Mann, der seine Zeit mit Nichtstun verbringt ...«

»Ich bin bereit zu ...«

»Arbeiten? ... Gut! ... Du brauchst bloß an Vater Loiseaus Stelle zu treten ...«

Er runzelt die Stirn. Es hat also doch einen Mann im Leben seiner Frau gegeben? Merkwürdigerweise beunruhigt ihn das nicht nur: es trifft ihn, es quält ihn fast. Er lächelt.

»Vater Loiseau, der im Herbst gestorben ist, war ein alter Mann von zweiundsiebzig Jahren ... Er hatte da im Kämmerchen, auf halber Treppe seine Schlafstelle ... Er hat den Straßenhandel gemacht ...«

Sie erklärt:

»Er verkaufte die Fische auf der Karre an den Straßenecken, verstehst du! ... Das ist genauso mühselig wie andere Arbeit ...«

Er betrachtet die Tasche, seine Hände sind noch immer gepflegt.

»Also?«

»Ich nehme an ... Ich tue alles, was nötig ist ...«

»Du kannst in dem Kabuff schlafen ... Um sechs Uhr machst du die Läden auf, und ich zeige dir morgen, wie die Ware auf dem Wagen auszulegen ist ...«

Er nickt und wagt nicht, um einen weiteren Marc zu bitten, obwohl sich seine Hand der Flasche genähert hat.

»Du kannst den Straßenverkauf nicht in diesem Anzug machen ... Darin ähnelst du einem ruinierten Grafen ... Morgen früh gebe ich dir die Klamotten von Vater Loiseau ...«

Und sie beendet die Unterhaltung mit einem leichten Bangen in der Brust, denn das ist der schwierigste Augenblick.

»Trink noch ein Glas und leg dich schlafen ... Ich steh um fünf Uhr auf ...«

Die Schlafzimmertür kann man nicht abschließen. Mélie hat keine Angst vor Dieben, und Geld liegt immer irgendwo im Haus herum. Nicolas ist in dem Kämmerchen, und manchmal hört man, wie er sich umdreht oder einen langen Seufzer ausstößt.

Wenn er lautlos aufstünde? ... Wenn er ...?

Dann schlafen beide ein, und Mélie erwacht, als ein Hahn in einem kleinen Hof kräht. Sie läßt die Lockenwickler im Haar und zieht ihren Morgenrock über.

»Nicolas!«

Als sie die Kammertür öffnet, verbirgt er sich unter der Bettdecke, aber sie kann gerade noch seine magere, bleiche Brust sehen, die mit grauen Haaren bedeckt ist.

»Ist es schon Zeit?« murmelt er ergeben und nicht ganz wach.

Er hat wirklich ein Gebiß ... Er hat es zur Nacht herausgenommen ... Er hat den eingefallenen Mund eines Greises ...

»Sieh her! Hier sind Loiseaus Kleider ... Komm runter, sobald du fertig bist ...«

Sie macht Feuer an, setzt Wasser auf, mahlt Kaffee in der Mühle, die mit einer holländischen Landschaft verziert ist. Er kommt in Holzschuhen stolpernd die Treppe herunter. Er weiß nicht, wo er sich hinsetzen soll. Er ist nicht mehr der Ehemann, sondern der Nachfolger von Vater Loiseau.

»Was soll ich tun?«

»Wart, bis du deinen Kaffee getrunken hast ...«

»Weißt du, Amélie ... Die Überweisung aus der Schweiz ...«

»Ja doch, mein Alter ...«

»Ich schwöre dir, daß es wahr ist ... Ich hatte gute Aussichten ... Ich sagte mir jeden Tag ...«

»Aber ja! ... Hol das Brot aus dem Schrank ... Die Butter ist links in der Kühltruhe des Ladens ...«

Loiseaus Anzug ist ihm zu weit und zu kurz. Er wirkt wie verkleidet. Er schlurft in seinen Schuhen, um sie beim Gehen nicht zu verlieren.

»Setz dich ... Worauf wartest du? ... Der Alte hat mit mir in der Küche gegessen ...«

Jetzt, da es Tag wird, sehen sie durchs Fenster den

Hof, in dem zwei Handkarren und Stapel von leeren Kisten stehen.

»Iß...«

Dieser arme Mund, der...

»Schneid ruhig die Kruste ab!«

»Nein! Nicht diese Kiste... Heb an!... Vorsicht, die Tür...«

Die Sonne scheint. Es ist frisch. Die Straße beginnt sich zu beleben, und die Gemüsehändlerin öffnet bereits ihre Läden.

»Für die erste Runde gebe ich dir eine Göre mit, die die Kunden kennt...«

Mélie, die an alles denkt, fügt nach einem Augenblick des Nachdenkens hinzu:

»Da du ja einen Namen haben mußt, nenn dich Jules... Die Leute werden dich dann Vater Jules rufen...«

Es gibt Augenblicke, da sie laut auflachen möchte, so linkisch ist er, und andere Momente, da er...

»Du nennst mich nicht mehr Amélie, sondern Mélie, wie alle Leute... Die Kleine kommt gleich... Schieb den Karren an den Bordstein...«

Er ergreift die Holmen. Führt er seine Hand absichtlich noch einmal zu seiner Brust? Er ist zu jeder Täuschung fähig. Das liegt in seiner Natur. Er lügt, um zu lügen, er mogelt, um zu mogeln. Eine unbekannte Kraft treibt ihn, das zu tun, was er nicht tun soll, und deshalb macht er heute, mit fünfundfünfzig Jahren...

»Halt die Holmen noch höher...«

Er lächelt, der verflixte Kerl! Auch das bringt er fertig!

Sollte er sich bewußt sein, daß dieses Lächeln wegen seines Gebisses und seines Gesichts, das sie zum erstenmal bartlos sieht, mitleiderregender als alles andere wirkt?

»Bleib stehen ...«

Er wundert sich, dreht sich um, lächelt wieder...

»Laß den Karren los ...«

»Aber...«

»Zieh dich um ...«

»Ich soll doch ...«

»Ja, in fünf Minuten wird mein Fisch auf der Erde liegen ... Geh, zieh dich um ...«

Während er die Küche durchquert, um in seine Kammer zu gelangen, wo sein Anzug liegt, murmelt Mélie:

»Alter Trick!«

Sie entfernt die Läden. Es wird hell im Geschäft. Die Fische werden auf den Marmorplatten ausgelegt. Der Eiswagen hält vor dem Haus, und der blau gekleidete Mann mit dem Lederschurz auf der Schulter liefert seine beiden schillernden Stangen ab.

Der andere bewegt sich da oben hin und her. Léontine, das Mädchen, das seit Loiseaus Tod den Straßenverkauf betreibt, nimmt ihre Arbeit auf.

»Schau an! Haben Sie den Karren beladen, Madame Mélie?«

»Hab ich dich nach etwas gefragt, du Rotznase? Vergiß nicht die Seezungen für das Hôtel du Commerce ...«

Léontine hat Schritte gehört. Sie muß den Eindruck haben, daß Mélie ...

»Worauf wartest du?«

»Nichts ... Sie haben die Muscheln vergessen ...«

»Gut, nimm die Tasche unter der Treppe ...«

Nicolas erscheint, als Léontine noch nicht aufgebrochen ist, und das Mädchen kann nicht umhin, ihn von Kopf bis Fuß zu betrachten, überzeugt davon, daß ihre Chefin …

»Wirst du wohl losziehen!«

Der große Tor mit seiner Aktentasche und seinem Spazierstock hat seine Würde zurückgewonnen.

»Ich gehe …«, verkündet er schwermütig, obwohl er lächeln möchte. »Adieu, Amélie …«

Und sie, der nach Lachen zumute ist:

»Wirst du dich in den Fluß stürzen?«

»Keine Angst … Ich bereite dir keine Ungelegenheiten …«

»Komm her, du Schuft …«

Er zögert tatsächlich! Die Hand auf der Klinke, scheint er zum Weggehen bereit. Sie wartet. Schließlich kommt er auf sie zu.

»Erinnerst du dich an Valabelle?«

Er runzelt die Stirn.

»Die vom Café am Markt?«

»Die Valabelle ist tot … Ihre Tochter, die einen Fleischer geheiratet hat, den Sohn des Piquet, führt jetzt den Betrieb … Du sagst ihr, daß ich dich schicke, und sie soll dir das Zimmer im zweiten Stock geben …«

Er schüttelt den Kopf wie ein Mann, der das nicht annehmen kann. Gleichzeitig tastet seine Hand jedoch in die Hosentasche, wo er bekanntlich nur ein Vierzig-Sous-Stück findet.

»Sie werden dich in Pension nehmen … Du brauchst ihnen nur zu erzählen, daß du mein Vetter seist und daß ich bezahlen würde …«

Verdammter Kerl! Hat keine zwei Francs in der Tasche, ein schmutziges Hemd und eine Zahnbürste in seiner Aktentasche und fühlt sich in seiner Würde gekränkt!

Man hört Schritte auf der Rue Saint-Jean. Die alte Mademoiselle Fleurisson zieht die Rollos ihres Schlafzimmerfensters auf, das im Zwischengeschoß über dem riesigen roten Schirm liegt, der als Aushängeschild dient. Bald werden die Kunden kommen. Mélie öffnet ihre Ladenkasse, nimmt hundert, zweihundert Francs heraus, legt hundert wieder hinein ...

»Hier, das gibst du ihnen als Anzahlung ... Jede Woche ...«

Er hat begriffen. Er zögert.

»Und nun laß mich in Ruhe! ... Ich hab zu tun ...«

Und mit ihren kräftigen Armen hebt sie eine Fischkiste hoch, die mit zerhacktem Eis gefüllt ist. Aus dem Augenwinkel beobachtet sie Nicolas. Er wird den Hundert-Francs-Schein von der Theke nehmen. Er nimmt ihn nicht, er zaubert ihn hinweg, hustet, führt eine Hand zu seinem Herzen und zieht eine Grimasse.

»Das kriegst du bei Gelegenheit zurück, Amélie ...«

»Aber ja doch, hau ab ...«

»Sobald meine Geschäfte ...«

Verflixt! Sobald seine Geschäfte .. Solange er sich bei Valabelle ruhig verhält und von Zeit zu Zeit bei ihr hereinschaut und guten Tag sagt, wenn es ihm gefällt, und ...

Es ist soviel besser so!

»Du weißt, Amélie, was die Überweisung anbelangt, ich gebe dir mein Ehrenwort ...«

Mein Gott, wenn er nur gehen würde! Sonst wird sie ihm am Ende noch glauben!

»Nun, mein Fräulein, womit kann ich heute dienen? Ich habe Wittlinge, wie du sie gerne magst... Darf ich dir ein Dutzend einpacken?«

Nicolas entfernt sich rücklings. Auf der Schwelle stammelt er wie ein Handelsvertreter:

»Ich komme wieder...«

Aber ja! Ja doch! Mélie hat im Augenblick anderes zu tun...

»Ein Kilo und zweihundert Gramm, hübsches Kind... Ist es recht so?...«

Und auf der Ecke des Pergamentpapiers, das unter dem Bleistift knistert, rechnet sie den Preis aus.

Die Versteigerung

Maigret schob den Teller weg, stieß den Tisch zurück, stand brummend auf, schneuzte sich und hob mechanisch die Ofenklappe hoch.

»An die Arbeit, Leute! Wir wollen heute früh schlafen gehen!«

Die andern, die rund um den großen Wirtshaustisch saßen, sahen ihn resigniert an. Frédéric Michaux, der Wirt, dem in den letzten drei Tagen ein dichter Stoppelbart gewachsen war, erhob sich als erster. Er ging auf die Theke zu.

»Was darf ich ...«

»Nein, nein, genug!« rief Maigret aus. »Genug Weißwein, Calvados, Weißwein und wieder ...«

Alle Beteiligten waren so erschöpft, daß ihnen die Lider brannten und der ganze Körper weh tat. Julia, mehr oder weniger Frédérics Frau, trug eine Schüssel in die Küche, in der ein Rest roter Bohnen eintrocknete. Thérèse, das kleine Dienstmädchen, rieb sich die Augen, nicht weil sie weinte, sondern weil sie einen Stirnhöhlenkatarrh hatte.

»Womit fangen wir an?« fragte sie. »Damit, daß ich abräume?«

»Es ist acht Uhr, also fangen wir mit dem an, was um acht Uhr abends geschehen ist.«

»Also, dann bring ich den Teppich und die Karten ...«

Im Gasthaus war es warm, sogar zu warm, draußen aber fegte ein eiskalter Regensturm durch die Nacht.

»Setzen Sie sich an den Platz, an dem Sie gesessen haben, Père Nicolas ... Sie, Monsieur Groux, Sie waren noch nicht da ...«

Der Wirt mischte sich ein:

»Als ich die Schritte von Groux draußen hörte, sagte ich zu Thérèse: ›Leg die Karten auf den Tisch.‹ «

»Soll ich jetzt noch einmal so tun, als käme ich herein?« brummte Groux. Er war Landwirt, einen Meter achtzig groß und breit wie ein Bauernschrank.

Sie wirkten wie Schauspieler, die zum zwanzigsten Mal eine Szene probten: wie ausgehöhlt, mit schlaffen Bewegungen und ausdruckslosem Blick. Sogar Maigret, der alles wie ein Regisseur leitete, hatte Mühe, sich vorzustellen, daß dies alles Wirklichkeit war. Allein der Ort! Wer hielt sich schon drei Tage lang in einem Gasthaus auf, das mitten im Sumpfgebiet der Vendée, kilometerweit vom nächsten Dorf entfernt lag? Die Gegend hieß Pont-du-Grau, und es gab auch tatsächlich eine Brücke hier, eine lange Holzbrücke über einen sumpfigen Kanal, der zweimal täglich anschwoll, wenn Flut war. Das Meer aber sah man nicht. Das einzige, was man weit und breit sah, waren Sumpfwiesen, die von zahlreichen Rinnsalen durchschnitten wurden, und ganz am Horizont die flachen Dächer von Gehöften.

Man mußte sich fragen, wer eigentlich dieses Gasthaus hier aufsuchte. Vielleicht Enten- und Kiebitzjäger? Vor dem Haus stand eine rotgestrichene Benzinpumpe, und auf dem Giebel thronte eine große blaue Schokoladenreklame.

Jenseits der Brücke gab es ein verfallenes Gemäuer, einen richtigen Kaninchenstall: Da wohnte Nicolas, ein Aalfischer. Dreihundert Meter entfernt lag ein ziemlich großer Hof mit langgestreckten einstöckigen Gebäuden, der Besitz von Groux.

Am 15. Januar... Punkt 13 Uhr... findet an der Mulatière... die öffentliche Versteigerung eines Hofes statt. Dreißig Hektar Sumpfwiesen... Vieh und Pachtgegenstände... landwirtschaftliche Geräte... Möbel, Geschirr... Bezahlung in bar

Damit hatte alles angefangen. Seit Jahren verliefen die Abende im Gasthaus alle gleich. Père Nicolas kam, schon halb betrunken, an und stürzte, bevor er sich vor seinem Schoppen am Tisch niederließ, erst einmal ein Glas an der Theke hinunter. Danach kam Groux von seinem Hof herüber. Thérèse breitete dann einen roten Teppich auf dem Tisch aus, brachte die Karten und Jetons. Sie mußten noch auf den Zöllner warten, der als vierter Mann zum Spiel gebraucht wurde. Wenn er einmal nicht kam, spielte Julia mit.

Am 14. Januar nun, am Abend vor der Versteigerung, waren noch zwei andere Gäste dagewesen, Bauern, die von weither zur Versteigerung gekommen waren: Borchain aus der Gegend von Angoulême und Canut aus Saint-Jean-d'Angély.

»Augenblick!« sagte Maigret, als der Wirt begann, die Karten zu mischen. »Borchain ging schon vor acht Uhr schlafen, gleich nach dem Essen. Wer von euch hat ihn auf sein Zimmer gebracht?«

»Ich«, antwortete Frédéric.

»Hatte er viel getrunken?«

»Nicht besonders. Ein wenig schon. Er hat mich gefragt, wer dieser düstere Kerl sei, und ich erklärte ihm, das sei Groux, dessen Hab und Gut versteigert werden sollte ... Dann hat er mich noch gefragt, wie Groux das nur geschafft habe, all sein Geld zu verlieren, wo er doch so gute Sumpfwiesen besitze, und ich ...«

»Das reicht!« brummte Groux.

Der Koloß sah finster drein. Er wollte nicht zugeben, daß er sich nie richtig um sein Land und sein Vieh gekümmert hatte, er fühlte sich vom Schicksal verraten.

»Gut. Wer hatte um diese Uhrzeit Borchains Brieftasche gesehen?«

»Alle. Er hatte sie beim Essen herausgezogen, um ein Foto seiner Frau herumzuzeigen ... Jeder hatte also sehen können, daß sie voller Geldscheine steckte. Aber selbst wenn wir sie nicht gesehen hätten ... Jeder wußte doch, daß er mit der Absicht gekommen war zu kaufen und daß man bar bezahlen mußte.«

»So hatten also auch Sie, Canut, mehr als hunderttausend Francs bei sich?«

»Hundertfünfzigtausend. Höher wollte ich nicht gehen.«

Gleich bei seiner Ankunft am Tatort hatte Maigret, der zu jener Zeit die Kriminalpolizei von Nantes leitete, Frédéric Michaux kritisch gemustert. Michaux, ungefähr fünfundvierzig Jahre alt, sah mit seinem Boxerhemd und dem gebrochenen Nasenbein nicht gerade so aus, wie man sich einen Gastwirt auf dem Lande vorstellt.

»Sagen Sie mal ... Irgendwie kommt es mir so vor, als wären wir uns schon mal begegnet?«

»Na ja, fackeln wir nicht lange herum, Kommissar. Sie haben recht. Aber jetzt ist bei mir alles in Ordnung.«

Zuhälterei im Ternes-Viertel, Schlägereien, verbotene Wettspiele, Geldautomaten ... Kurz, Frédéric Michaux, Gastwirt in Pont-du-Grau, im fernsten Winkel der Vendée, war der Polizei besser bekannt unter dem Namen Fred der Boxer.

»Julia werden Sie wahrscheinlich auch noch kennen ... Sie haben uns ja zusammen eingelocht vor zehn Jahren ... Wenn Sie wüßten, wie bürgerlich die inzwischen geworden ist ...«

Das stimmte. Die dick geschminkte, aufgedunsene, ungepflegte Julia mit den fettigen Haaren, die in ihren Pantoffeln ständig zwischen Küche und Wirtsstube hin und her schlurfte, war kaum mehr als die Julia von der Place des Ternes zu erkennen, und das Erstaunlichste war, daß sie außerordentlich gut kochte.

»Wir haben auch Thérèse zu uns genommen ... Sie war ein Fürsorgepflegling ...«

Achtzehn Jahre alt, lang und dünn, mit spitzer Nase, einem komischen Mund und einem frechen Blick.

»Sollen wir jetzt richtig spielen?« fragte der Zöllner, der Gentil hieß.

»Macht es genau so wie an dem Abend. Canut, warum sind Sie nicht schlafen gegangen?«

»Ich schaute der Partie zu«, murmelte der Bauer.

»Besser gesagt, er war dauernd hinter mir her«, warf Thérèse bissig ein, »und ich sollte ihm unbedingt versprechen, in sein Zimmer zu kommen ...«

Maigret bemerkte, daß Fred dem Mann einen bösen Blick zuwarf und daß Julia Fred ansah.

Gut... Nun waren alle an ihren Plätzen... An dem Abend hatte es ebenfalls geregnet. Borchains Zimmer lag im Erdgeschoß, am Ende des Korridors. Von diesem Korridor gingen noch drei andere Türen ab: eine, durch die man zur Küche gelangen konnte, eine, die zur Kellertreppe führte, und eine dritte, auf der oo stand.

Maigret seufzte und fuhr sich mit einer müden Bewegung über die Stirn. Jetzt war er schon drei Tage hier, er fühlte sich vom Geruch des Hauses ganz durchdrungen, von der Atmosphäre bis zur Übelkeit angeekelt.

Aber welche andere Möglichkeit blieb ihm? Am 14. hatte Fred gegen Mitternacht, als das Kartenspiel noch immer im Gange war, plötzlich angefangen herumzuschnuppern und dann zu Julia, die in der Küche war, hinausgerufen:

»Brennt da was an im Ofen?«

Dann war er aufgestanden und hatte die Korridortür geöffnet.

»Verdammt, da brennt doch etwas!«

Groux war ihm nachgegangen, ebenso Thérèse. Der Geruch war aus dem Zimmer des Gastes gekommen. Er hatte geklopft. Dann hatte er geöffnet, denn es gab kein Schloß an der Tür.

Es war die Matratze gewesen, die da gebrannt hatte, eine Wollmatratze, die einen scharfen Wollfettgeruch verbreitete. Auf der Matratze hatte Borchain in Hemd und Unterhose gelegen, mit eingeschlagenem Schädel.

Fred hatte sofort telefoniert. Um ein Uhr morgens war Maigret alarmiert worden. Um vier Uhr war er bei sintflutartigem Regen mit roter Nase und blaugefrorenen Händen hier angekommen.

Borchains Brieftasche war verschwunden. Das Fenster seines Zimmers war geschlossen. Von außen hätte niemand eindringen können, denn Michaux hielt einen scharfen Schäferhund.

Es war unmöglich, alle zu verhaften. Alle aber kamen als Täter in Frage, alle außer Canut, der als einziger die Wirtsstube den ganzen Abend über nicht verlassen hatte.

»Also los jetzt, Leute! Ich höre euch zu. Ich sehe euch zu. Macht genau das, was ihr am 14. zur selben Stunde getan habt.«

Die Versteigerung war auf ein späteres Datum verschoben worden. Am 15. waren den ganzen Tag über Neugierige vor dem Haus erschienen, das der Kommissar hatte verschließen lassen.

Inzwischen war der 16. Maigret hatte diesen Raum während der ganzen Zeit nur für ein paar Stunden verlassen, um zu schlafen. Ebenso die andern. Sie konnten es kaum mehr ertragen, von morgens bis abends zusammen eingesperrt zu sein, immer wieder dieselben Fragen zu hören, dieselben Bewegungen machen zu müssen.

Julia kochte. Die Außenwelt schien entrückt. Es wurde immer unvorstellbarer, daß noch irgendwo in Städten Leute lebten, die nicht pausenlos wiederholten:

»Also ... Ich hatte gerade Herz abgehoben, da legte Groux seine Karten auf den Tisch und sagte:

›Ich brauche wirklich nicht weiterzuspielen ... Nicht eine einzige gute Karte ... Ich hab eben Glück wie immer!‹

Dann stand er auf...«

»Stehen Sie auf, Groux!« befahl Maigret. »Machen Sie alles genau wie an dem Abend.«

Der Koloß zuckte mit den Achseln.

»Wie oft soll ich denn noch aufs Klo?« brummte er. »Fragen Sie doch Frédéric... Fragen Sie Nicolas... Geh ich an den andern Abenden vielleicht nicht auch mindestens zweimal hinaus? Was glauben Sie denn, wo ich mit meinen vier oder fünf Flaschen Weißwein pro Tag bleibe?«

Er spuckte aus und wandte sich zur Tür, ging durch den Korridor und stieß die Tür, auf der 00 stand, mit der Faust auf.

»Also bitte! Soll ich jetzt vielleicht auch noch drin bleiben?«

»So lange wie nötig schon... Und ihr übrigen, was habt ihr in seiner Abwesenheit getan?«

Der Zöllner lachte nervös über die Wut von Groux, sein Lachen klang leicht irr. Er hatte die schwächsten Nerven und konnte am wenigsten aushalten.

»Ich sagte zu Gentil und zu Nicolas, daß es diesmal schlecht für ihn ausgehen würde!« gestand Fred.

»Daß es schlecht für wen ausgehen würde?«

»Für Groux und seinen Hof... Er hatte immer noch gehofft, daß es nicht zum Verkauf kommen würde und er noch Geld auftreiben könnte. Als dann der Gerichtsvollzieher kam und ihm den Kuckuck dranklebte, hat er ihn mit dem Gewehr bedroht.

Es ist nicht leicht, in seinem Alter noch als Knecht anfangen zu müssen, wenn man immer einen eigenen Hof gehabt hat...«

Groux war wortlos wieder hereingekommen und warf einen bösen Blick in die Runde.

»Seid ihr bald fertig?« schrie er. »Sagt doch gleich, daß ich den Mann umgebracht und seine Matratze angesteckt habe. Los, führt mich doch ab! Ihr braucht euch nicht zu genieren.«

»Wo waren Sie denn zu dem Zeitpunkt, Julia? Ich hab den Eindruck, Sie befinden sich nicht auf Ihrem Platz...«

»Ich hab in der Küche Gemüse geputzt. Wir erwarteten Gäste zum Mittagessen, wegen der Versteigerung. Ich hatte zwei Hammelkeulen bestellt... Und wenn ich daran denke, daß wir bis jetzt gerade erst mit einer fertig geworden sind...«

»Und Thérèse?«

»Ich ging in mein Zimmer hinauf.«

»Wann genau?«

»Kurz nachdem Monsieur Groux zurückgekommen war.«

»Gut, dann werden wir jetzt einmal zusammen hinaufgehen... Die übrigen machen bitte weiter... Haben Sie noch weitergespielt?«

»Nicht sofort. Groux hatte keine Lust. Ich holte eine Schachtel Gauloises von der Theke.«

»Kommen Sie, Thérèse.«

Das Zimmer, in dem Borchain umgebracht worden war, lag strategisch sehr günstig. Die Treppe war nur zwei Meter entfernt. Thérèse hätte leicht...

Ihr Zimmer war schmal, nur mit einem eisernen Bettgestell und einem Stuhl möbliert, auf dem Wäsche und Kleider lagen.

»Was haben Sie hier getan?«

»Ich habe geschrieben.«

»Was denn?«

»Daß wir am nächsten Tag gewiß nicht einen einzigen Augenblick allein sein würden ...«

Sie blickte ihn herausfordernd an.

»Sie wissen genau, wovon ich spreche ... Das habe ich an Ihren Blicken und Ihren Fragen gemerkt ... Die Alte ist mißtrauisch.

Sie ist dauernd hinter uns her. Ich habe Fred angefleht, mit mir von hier fortzugehen, und wir hatten beschlossen, im Frühjahr abzuhauen.«

»Wieso im Frühjahr?«

»Ich weiß auch nicht. Fred hat diesen Zeitpunkt festgelegt. Wir wollten nach Panama, wo er früher schon einmal gelebt hat, und dort wollten wir ein Bistro aufmachen.«

»Wie lange sind Sie in Ihrem Zimmer geblieben?«

»Nicht lange ... Ich habe die Alte heraufkommen hören. Sie fragte mich, was ich da machte. Ich antwortete: ›Nichts!‹

Sie haßt mich, und ich hasse sie. Ich möchte schwören, daß sie unseren Plan spitzgekriegt hatte ...«

Thérèse hielt Maigrets Blick stand. Sie war eine von denen, die wissen, was sie wollen, und auch kein Mittel scheuen, es zu erreichen.

»Meinen Sie nicht, Julia würde Fred lieber im Gefängnis sehen, als ihn gemeinsam mit Ihnen irgendwo in der Weltgeschichte zu wissen?«

»Dazu ist sie imstande!«

»Was hat sie in ihrem Zimmer gemacht?«

»Sie hat ihren Gürtel ausgezogen ... Sie braucht einen Gummigürtel, um ihre Reste zusammenzuhalten ...«

Thérèses spitze Zähne erinnerten an die eines kleinen Tiers, auch ihre unbewußte Grausamkeit hatte etwas Tierhaftes. Wenn sie über die Frau sprach, die vor ihr Freds Herz besaß, warf sie die Lippen trotzig auf.

»Am Abend, vor allem, wenn sie zuviel gegessen hat – sie stopft sich so voll, daß einem schon vom Anblick schlecht wird –, fühlt sie sich von dem Gürtel so eingezwängt, daß sie hinaufgeht und ihn auszieht ...«

»Wie lange blieb sie in ihrem Zimmer?«

»Vielleicht zehn Minuten. Als sie herunterkam, half ich ihr beim Gemüseputzen. Die andern saßen noch immer beim Kartenspiel.«

»Stand die Tür zwischen Küche und Schankraum offen?«

»Sie steht immer offen.«

Maigret warf ihr noch einmal einen Blick zu und ging dann schwerfällig die knarrenden Stiegen hinunter. Er hörte den Hund draußen im Hof, der an seiner Kette zog.

Gleich hinter der Kellertür gab es einen Kohlehaufen, und auf dem Kohlehaufen hatte man das Mordwerkzeug gefunden: einen schweren Kohlehammer.

Doch er war ohne Fingerabdrücke. Der Mörder hatte das Werkzeug gewiß mit einem Tuch angefaßt. An allen übrigen Stellen des Hauses, einschließlich des Türknaufs des Zimmers, gab es zahlreiche Fingerabdrücke: diejenigen aller Leute, die am 14. anwesend waren.

Die Brieftasche hatten zehn Leute an den unwahrscheinlichsten Orten gesucht, Leute, die in solchen Dingen Erfahrung hatten, am Vortag war sogar die Abortgrube geleert worden.

Der arme Borchain war von seinem Ort hierhergekommen, um den Hof von Groux zu kaufen. Nachdem er sein Leben lang nur Pächter gewesen war, wollte er endlich einen eigenen Hof erwerben. Er war verheiratet und hatte drei Töchter. An dem Abend hatte er an einem der Tische gegessen, sich dabei mit Canut unterhalten, der ebenfalls an dem Kauf interessiert war, und ihm das Foto seiner Frau gezeigt.

Von der allzu schweren und reichlich begossenen Mahlzeit müde geworden, hatte er sich, wie er es als Bauer gewohnt war, zur Schlafenszeit zu Bett begeben. Ob er seine Brieftasche unters Kopfkissen gesteckt hatte?

In der Wirtsstube hatten vier Männer wie jeden Abend beim Weißwein gesessen und Belote gespielt: Fred, Groux, der alte Nicolas, dessen Gesicht, wenn er einen gewissen Weinpegel erreicht hatte, violett anlief, und der Zöllner Gentil, der auch besser daran getan hätte, seine Runde zu machen.

Hinter ihnen hatte Canut rittlings auf einem Stuhl gesessen und abwechselnd die Spieler und Thérèse beobachtet, in der Hoffnung, daß diese Nacht, die er fern von zu Hause verbrachte, durch ein Abenteuer gekrönt würde.

In der Küche hatten zwei Frauen, Julia und die Kleine von der Fürsorge, vor einer Schüssel mit Gemüse gesessen.

Einer der Beteiligten war zu einem bestimmten Zeitpunkt unter irgendeinem Vorwand auf den Korridor hinausgegangen, hatte zunächst die Kellertür geöffnet, um den Kohlehammer zu nehmen, und dann die Tür zu Borchains Zimmer.

Niemand hatte etwas gehört. Die betreffende Person konnte auch nicht lange weggeblieben sein, denn keinem war ihre Abwesenheit aufgefallen.

Dabei hatte der Mörder doch immerhin die Brieftasche in Sicherheit bringen müssen!

Denn er mußte damit rechnen, daß die brennende Matratze bald bemerkt und sofort Alarm geschlagen würde, daß man die Polizei rufen und alle durchsuchen würde!

»Daß Sie hier nicht einmal ein Bier haben, das man trinken kann!« beklagte sich Maigret, als er die Wirtsstube wieder betrat.

So ein kühles, schäumendes, frisch gezapftes Bier! Hier gab es nur Flaschen mit einem unbeschreiblichen sogenannten Familienbier!

»Und die Partie?«

Fred sah auf die Reklameuhr aus himmelblauer Fayence. Er war geübt im Umgang mit der Polizei. Auch er war müde, genau wie die andern, aber weniger nervös.

»Zwanzig vor zehn ... Noch nicht ... Wir unterhielten uns noch ... Du, Nicolas, hast dann nochmals Wein bestellt.«

»Kann sein ...«

»Ich rief Thérèse zu: ›Füll noch eine Flasche Wein ab!‹ Dann stand ich aber auf und ging selbst in den Keller.«

»Warum?«

Er zuckte mit den Achseln.

»Es kommt jetzt sowieso nicht mehr darauf an, oder?

Soll sie es ruhig hören. Wenn dies hier vorüber ist, geht es sowieso nicht weiter wie vorher... Ich hatte gehört, daß Thérèse in ihr Zimmer hinaufgegangen war, und ich dachte, sie habe mir sicher ein Briefchen geschrieben. Ich wollte im Schloß der Kellertür nachsehen... Hörst du, Julia?... Ich kann auch nichts dafür, Alte! Du hast mir ja auch keine Szene erspart als Ausgleich für unsere seltenen angenehmen Augenblicke...«

Canut lief rot an. Nicolas grinste in seinen rötlichen Bart. Monsieur Gentil blickte beiseite, denn auch er hatte Thérèse Avancen gemacht.

»Und war ein Briefchen da?«

»Ja... Ich habe es unten gelesen, während der Wein in die Flasche lief. Thérèse schrieb nur, daß wir am nächsten Tag wohl nicht einen Augenblick allein sein würden...«

Fred war eine erstaunliche Leidenschaft und ganz unerwartete Bewegung anzumerken. Man hörte Thérèse in der Küche plötzlich aufstehen. Sie kam auf den Tisch zu, an dem die Spieler saßen.

»Ist es jetzt endlich ausgestanden?« fragte sie mit zitternden Lippen. »Besser wär's, wenn wir alle verhaftet und ins Gefängnis gebracht würden. Dann würde man ja sehen. Aber weiterhin hier wie die Katze um den heißen Brei zu schleichen und so zu tun... So zu tun...«

Sie brach in Schluchzen aus, drehte sich zur Wand und versteckte das Gesicht in den Armen.

»Sie sind also mehrere Minuten lang im Keller geblieben...«, fuhr Maigret unbeeindruckt fort.

»Drei oder vier Minuten lang, ja.«
»Und was haben Sie mit dem Briefchen gemacht?«
»Ich habe es in der Kerzenflamme verbrannt.«
»Hatten Sie Angst vor Julia?«
Fred ärgerte sich über diese Frage Maigrets.
»Verstehen Sie denn nicht? Sie haben uns vor zehn Jahren doch selbst verhaftet!... Wissen Sie, wenn man gewisse Dinge zusammen durchgemacht hat... Na ja! Wie Sie wollen... Reg dich nicht auf, meine arme Julia...«
Aber Julia antwortete ganz gelassen aus der Küche:
»Ich rege mich nicht auf.«
Das Tatmotiv, das berühmte Tatmotiv, von dem in jedem Kriminologieunterricht die Rede ist! Ein Motiv hatten sie alle! Groux vielleicht noch mehr als die andern, denn Groux war am Ende, er sollte am nächsten Tag vor die Tür gesetzt, sein Hab und Gut verkauft werden, so daß er sich in Zukunft nur noch als Knecht verdingen konnte!
Er kannte sich auch aus hier, kannte die Kellertür, den Kohlehaufen, den Hammer...
Und Nicolas? Nun, er war ein alter Säufer, der ein elendes Dasein führte. Aber hatte er nicht eine Tochter in Niort, die als Dienstmädchen mit Müh und Not für den Unterhalt ihres Kindes aufkam? Wäre er nicht fähig gewesen... Vor allem, da er, wie Fred vorhin gesagt hatte, jede Woche einmal zum Holzspalten und Kohlebrechen herkam!
Gegen zehn Uhr war Nicolas nämlich aufs Klo gegangen und hatte dabei so geschwankt, daß Gentil noch sagte:

»Hoffentlich findet er die richtige Tür!«

Es gibt solche Zufälle! Warum hatte Gentil das gesagt, während er mechanisch weiter Karten spielte?

Warum hätte nicht Gentil selbst auf die Idee kommen können, das Verbrechen zu begehen, als er ein paar Minuten nach dem alten Nicolas ebenfalls hinausgegangen war?

Gut, er war Zöllner, aber jeder wußte doch, daß er nicht zuverlässig war, daß er, statt seine Runden zu machen, lieber im Café saß und daß man mit ihm immer handelseinig wurde.

»Hören Sie, Kommissar...«, begann Fred.

»Entschuldigen Sie, es ist jetzt fünf nach zehn ... Was geschah da an dem Abend?«

Thérèse setzte sich schniefend hinter ihren Chef und berührte dabei mit der Schulter seinen Rücken.

»Saßen Sie da?«

»Ja ... Ich war mit dem Gemüse fertig ... Dann nahm ich meine Strickarbeit zur Hand, einen Pullover, aber ich habe nicht daran weitergearbeitet ...«

Julia hielt sich noch immer in der Küche auf, man konnte sie nicht sehen.

»Was wollten Sie gerade sagen, Fred?«

»Es ging mir da so ein Gedanke durch den Kopf. Ich glaube, es gibt ein Detail, das beweist, daß niemand aus dem Haus den Mann umgebracht haben kann. Denn ...

Nehmen Sie einmal an ... Nein, ich wollte etwas anderes sagen ... Wenn ich also jemanden in meinem Haus umbrächte, meinen Sie, dann käme ich auf die Idee, Feuer zu legen? Wozu denn? Vielleicht, um die andern aufmerksam zu machen?«

Maigret hatte sich gerade eine neue Pfeife gestopft und steckte sie gemächlich an.

»Gib mir jetzt doch einen kleinen Calvados, Thérèse! ... Fred, warum meinen Sie, hätten Sie kein Feuer gelegt?«

»Na, weil ...«

Er verlor den Faden.

»Wenn es nicht angefangen hätte zu brennen, hätte sich doch kein Mensch um den Mann gekümmert. Die andern wären nach Hause gegangen ... und ...«

Maigret grinste, verzog dabei eigentümlich seine Lippen um das Mundstück seiner Pfeife.

»Schade, daß Sie damit gerade das Gegenteil von dem beweisen, was Sie beweisen wollten, Fred ... Diese Brandlegung ist nämlich das einzige ernstzunehmende Indiz, das wir haben, das fiel mir sofort auf, als ich kam. Nehmen wir ruhig einmal an, Sie bringen den alten Mann um, wie Sie sagen. Jeder weiß, daß er bei Ihnen ist. Sie dürfen also nicht davon ausgehen, die Leiche fortschaffen zu können. Sie müssen am nächsten Morgen die Tür öffnen und Alarm schlagen ... Übrigens, um wieviel Uhr wollte er denn geweckt werden?«

»Um sechs. Er wollte den Hof und das Land vor dem Verkauf noch ansehen.«

»Wenn man die Leiche also um sechs Uhr morgens entdeckt hätte, wären nur Sie, Julia und Thérèse im Haus gewesen. Monsieur Canut können wir aus dem Spiel lassen, denn ihn hätte bestimmt niemand verdächtigt. Auch hätte niemand angenommen, daß das Verbrechen während des Kartenspiels hätte begangen werden können ...«

Fred hörte den Erklärungen des Kommissars aufmerksam zu, und Maigret hatte den Eindruck, daß er blasser geworden war. Er zerpflückte sogar gedankenverloren eine Karte und ließ die Fetzen auf den Boden fallen.

»Passen Sie auf, wenn Sie nachher wieder spielen wollen, werden Sie vergeblich nach dem Pik-As suchen... Also, ich sagte... Ah, ja... Wie also konnte der Mörder vor dem Aufbruch von Groux, Nicolas und Monsieur Gentil auf das Verbrechen aufmerksam machen, so daß der Verdacht auch auf sie fiel? Es gab ja keinen Vorwand, das Zimmer zu betreten... Keinen außer dem Feuer...«

Diesmal verlor Fred die Fassung. Mit geballten Fäusten sprang er auf, sein Blick verhärtete sich, und er schrie:

»Herrgottsakrament!«

Alle verstummten. Es war, als hätte man ihnen einen Schock versetzt. Denn zuletzt hatte keiner mehr richtig an die Existenz eines Mörders geglaubt, so sehr waren sie alle ermüdet. Sie hatten ganz vergessen, daß er sich ja hier im Hause befinden mußte, daß sie mit ihm sprachen, an einem Tisch mit ihm saßen, vielleicht mit ihm Karten spielten und tranken.

Fred durchmaß die Wirtsstube mit Riesenschritten, während Maigret ganz zusammengesunken dasaß und kleine Augen bekam. Sollte er endlich am Ziel sein? Seit drei Tagen hielt er sie nun in Atem, ließ sie keine Minute in Ruhe, zwang sie, dieselben Bewegungen, dieselben Worte x-mal zu wiederholen, in der Hoffnung, daß plötzlich irgendein Detail, dem man vorher keine

Beachtung geschenkt hatte, zum Vorschein käme, vor allem aber in der Absicht, ihre Nerven aufs äußerste zu strapazieren und den Mörder so in die Enge zu treiben, daß er zusammenbrach.

Man hörte seine freundliche Stimme, die von kurzen Zügen an der Pfeife in Silben zerhackten Worte.

»Die entscheidende Frage ist jetzt, wer ein so sicheres Versteck hatte, daß die Brieftasche nicht gefunden werden konnte...«

Jeder einzelne von ihnen war durchsucht worden. Einer nach dem andern waren sie in der berühmten Nacht bis auf die Haut entkleidet worden. Auch die Kohle an der Kellerstiege war vollkommen umgeschaufelt worden. Man hatte Mauern und Fässer abgeklopft. Dennoch hatte man die dicke Brieftasche mit mehr als hundert Tausend-Francs-Scheinen nicht finden können...

»Mir wird ganz schwindlig, wenn Sie immer so hin und her gehen, Fred.«

»Verdammt noch mal, verstehen Sie denn nicht, daß...«

»Daß was?«

»Daß ich ihn nicht umgebracht habe! Daß ich doch nicht so blöd bin! Daß meine Akte schon dick genug ist, um...«

»Wollten Sie nicht im Frühjahr mit Thérèse nach Südamerika und dort ein Bistro kaufen?«

Fred warf einen Blick zur Küchentür und fragte dann mit zusammengepreßten Zähnen:

»Na und?«

»Mit welchem Geld denn?«

Er sah Maigret durchdringend an.

»Also darauf wollen Sie hinaus? Da sind Sie aber auf dem Holzweg, Kommissar. Geld werde ich nämlich am 15. Mai haben. Da hatte ich nämlich einmal eine ganz bürgerliche Idee, als ich mit meinen Boxkämpfen noch ganz nett verdiente: Ich schloß eine Versicherung über hunderttausend Francs ab, und die wird an meinem fünfzigsten Geburtstag fällig. Ja, und mein fünfzigster Geburtstag, der ist genau am 15. Mai... Jawohl, Thérèse, ich habe ein bißchen mehr auf dem Kasten, als es gewöhnlich den Anschein hat...«

»Wußte Julia etwas von dieser Versicherung?«

»Das geht die Frauen nichts an!«

»Julia, Sie wußten also nichts davon, daß Fred hunderttausend Francs ausbezahlt bekommen wird?«

»Ich wußte es.«

»Was?« schrie Fred und fuhr hoch.

»Ich wußte auch, daß er mit dieser Nutte abhauen wollte...«

»Und hätten Sie das zugelassen?«

Julia blieb unbeweglich stehen, den starren Blick auf ihren Liebhaber gerichtet. Eine seltsame Ruhe ging von ihr aus.

»Sie haben mir nicht geantwortet!« sagte Maigret fordernd.

Sie blickte nun ihn an, ihre Lippen begannen sich zu bewegen. Vielleicht war sie im Begriff, etwas Wichtiges zu sagen? Nein, sie zuckte nur mit den Achseln.

»Weiß man, wozu ein Mann fähig ist?«

Fred hörte nicht zu. Er sah aus, als hätte er plötzlich eine andere Sorge. Mit zusammengezogenen Brauen dachte er nach, und Maigret hatte den Eindruck, daß ihre Gedanken in dieselbe Richtung gingen.

»Sagen Sie mal, Fred!«

»Was?«

Er wirkte, als hätte man ihn aus einem Traum geholt.

»Diese Versicherungspolice, die Julia ohne Ihr Wissen gesehen hat, die würde ich ganz gern auch einmal sehen ...«

Auf welch verschlungenen Pfaden die Wahrheit schließlich ans Licht kam! Maigret hatte geglaubt, an alles gedacht zu haben. Thérèse hatte ihm in ihrem Zimmer von der geplanten Abreise erzählt, also brauchten sie Geld ... Fred gestand, daß er eine Versicherung abgeschlossen hatte ...

Und nun entpuppte sich alles als so blödsinnig einfach, daß er fast lachen mußte: Zehnmal hatte man das Haus auf den Kopf gestellt und weder Versicherungspolice noch Personalausweise noch Wehrpaß gefunden!

»Ich stehe zu Ihrer Verfügung, Kommissar«, sagte Fred seufzend und ganz ruhig. »Bei der Gelegenheit können Sie auch sehen, wie hoch meine Ersparnisse sind ...«

Er wandte sich zur Küche.

»Sie können hereinkommen ... Wenn man in so einem Nest lebt ... Außerdem hab ich einige Papierchen, die meine Kumpel von früher vielleicht nicht ungern an sich nehmen würden ...«

Thérèse folgte ihnen staunend. Dann hörte man die schweren Schritte von Groux näherkommen, und schließlich erhob sich auch Canut.

»Nicht, daß Sie mich deswegen für besonders schlau

halten müßten ... Rein zufällig war ich in meiner Jugend mal Kesselschmied ...«

Rechts neben dem Ofen gab es einen riesigen Abfalleimer aus verzinktem Blech. Fred stülpte den Eimer mitten im Raum um und nahm einen doppelten Boden heraus. Er sah es als erster. Seine Augenbrauen schoben sich langsam zusammen, langsam hob er den Kopf, öffnete den Mund ...

Unter verschiedenen Papieren kam da eine dicke, durch die Abnutzung grau gewordene Brieftasche zum Vorschein, um die ein rotes, aus einem Reifen ausgeschnittenes Gummiband gewickelt war.

»*Nun, Julia*?« fragte Maigret.

In diesem Augenblick erkannte man in den aufgequollenen Zügen der Wirtin ein wenig jene Julia wieder, die sie einst gewesen war. Sie blickte alle an. Ihre Oberlippe verzog sich zu einer verachtungsvollen Schnute. Fast sah es aus, als wolle sie gleich losschluchzen. Aber sie beherrschte sich. Mit matter Stimme sagte sie nur:

»Na und? Es ist aus mit mir.«

Am erstaunlichsten war, daß jetzt Thérèse plötzlich in Tränen ausbrach und heulte wie ein Schloßhund, während die Mörderin fragte:

»Ich nehme an, daß Sie mich gleich mitnehmen, da Sie ja mit dem Auto hier sind ... Kann ich meine Sachen einpacken?«

Er ließ sie ihr Bündel schnüren. Er fühlte sich traurig: die Reaktion auf eine lange nervliche Anspannung.

Vor wie langer Zeit hatte Julia Freds Versteck entdeckt? Hatte sie beim Anblick der Versicherungspolice nicht sofort begriffen, daß er mit Thérèse abhauen würde, sobald er sein Geld ausbezahlt bekäme?

Sie hatte eine Gelegenheit gesehen, zu noch mehr Geld zu kommen, als Fred erhalten würde! Und sie wollte ihm dieses Geld bringen, in ein paar Tagen, ein paar Wochen, wenn Gras über die Sache gewachsen gewesen wäre!

»Schau, Fred«, hätte sie dann gesagt, »ich wußte alles... Du wolltest mit ihr weggehen, nicht? Du hast geglaubt, daß ich zu nichts mehr zu gebrauchen sei... Mach mal dein Versteck auf... Ich, deine Alte, wie du mich nennst, habe für dich...«

Maigret bewachte sie aus Sicherheitsgründen, während sie in ihrem Zimmer, dessen einzige Einrichtung aus einem Mahagoni-Bett und einem Foto von Fred als Boxer bestand, hin und her ging und ihre Sachen packte.

»Ich muß meinen Gürtel wieder anziehen«, sagte sie. »Schauen Sie lieber nicht her, es ist nicht gerade ein erhebender Anblick...«

Erst im Auto brach sie zusammen, während Maigret starr auf die Regentropfen blickte, die an den Scheiben herunterliefen. Was die andern wohl jetzt machten im Gasthaus? Und wem würde der Hof von Groux zugeschlagen, wenn er nun endgültig zur Versteigerung kam?

Der Schiffbruch des ›Eisschranks‹

Wenn Sie in diesem Paradies auf Erden, das die Insel Porquerolles, einige Meilen südlich von Hyères-l'endormie, darstellt, an Land gehen, ist es möglich, daß man Ihnen die Geschichte vom Schiffbruch des ›Eisschranks‹ anders erzählt. Es kann sogar sein, daß man Ihnen unterschiedliche Berichte liefert, je nachdem, ob Sie sich an Grimaud-le-grand-patron wenden, an Tadot-tête-de-pirate, en Entrouille, an Maurice-la-Bouillabaisse oder die vielen anderen, die Sie beim Boule-Spiel im Schatten der dürren Eukalyptusbäume auf dem Platz antreffen. Sie müssen wissen, daß weder die einen noch die anderen lügen. Doch da sie die einzige Wahrheit, die Ihnen hier geboten wird, nicht kennen, erfinden sie Wahrheiten. Und je mehr Zeit vergeht, desto reicher schmücken sie sie aus.

Für die Stunde, in der es geschehen ist, gibt es keinen Zeugen. Die Kirchturmuhr, die übrigens eine Phantasiezeit anzeigt, ist mehrere Kilometer von der Pointe des Mèdes entfernt. Diese Pointe des Mèdes wiederum liegt ein gutes Stück weg vom Gut Notre-Dame, und die Leute dieses Gutes waren an diesem Tag wie an den anderen irgendwo in der Sonnenglut über die Rebstöcke gebeugt. Vielleicht hätte man von dem Kriegsschiff aus, das in der Bucht von Salins ankerte, das Drama mit dem Feldstecher verfolgen können?

Jedenfalls hatte Boussus, der dicke Boussus, in seinem zweifelhaften Pyjama, mit Sandalen an den schmutzigen Füßen, einen helmartigen Strohhut auf dem Kopf, sein blütenumranktes Haus am Platz verlassen und war gegen sechs Uhr morgens am Hafen eingetroffen. Er war weder rasiert noch gewaschen. In einem Korb trug er eine Flasche Insel-Rosé, ein zweipfündiges Brot, eine Büchse Sardellen in pikanter Sauce und eine dicke Scheibe Roquefort.

Casimir, der in aller Frühe seine Netze eingeholt hatte, sah ihn wie fast jeden Morgen an Bord seines Schiffes ›Girelle Royale‹ gehen, das jedoch bekannter war unter dem Namen ›Eisschrank‹.

Und wie immer machte der Motor, ehe er ansprang, Schwierigkeiten. Während er warmlief, schlug Boussus hinten das rot-gelb gestreifte Zelt auf, stellte den Klappstuhl hin, vergewisserte sich, daß die Fangleinen in Ordnung waren und zog den Behälter mit Einsiedlerkrebsen aus dem Wasser, die ihm als Köder dienten.

Wenig später durchschnitt die ›Girelle Royale‹, die nicht mehr als sechs Meter maß (in der Gegend sagte man achtundzwanzig Bahnen), eine weiße Furche hinter sich lassend, die seidenglatte Oberfläche des Wassers in Richtung der Pointe des Mèdes, der äußersten Spitze der Insel.

Boussus hatte seinen festen Platz und wechselte ihn nie. Die Pointe des Mèdes ist ein Steilfelsen außer Sichtweite jeder Ortschaft. Kaum zwanzig Meter hoch erhebt sich eine Felsennadel aus dem tiefen Meer.

»Mein Sonnenschirm!« sagte Boussus gerne, dem dieser Felsen Schatten spendete.

Dort, wo man durch das klare Wasser in zwanzig Meter Tiefe den Meeresgrund erkennen konnte, versenkte er einen Stein, der an einem Tau hing und ihm als Anker diente. Dann setzte er sich auf seinen Klappstuhl, rollte die Angelschnüre aus und begann zu fischen.

Eines ist sicher: um neun Uhr hatte er in seinem Korb, über den ein feuchtes Tuch gebreitet war, etwa vierzig Lippfische, zwanzig orangene Meerbarsche, fünf Drachenköpfe, eher braun als rot und voller Stacheln, sowie zwei oder drei grün-blau schimmernde Krallenfische.

Die Flasche Wein aus Porquerolles, die in Reichweite von Boussus stand, war schon lange nicht mehr voll. Die Büchse Sardellen in pikanter Sauce war geleert. Die Sonne stand bereits hoch am Himmel. Und das spiegelglatte Wasser, über das keine Brise wehte, hob und senkte sich in einer leichten, langsamen Dünung wie die Brust einer bewegten jungen Frau.

Einige haben von zwei Flaschen gesprochen, andere von dreien. Fest steht, daß man nur eine einzige gefunden hat. Boussus wollte eben seine Angelleinen einziehen, an denen zwei Meerbarsche hingen. Als er sich vorbeugte, konnte er auf dem Grund des klaren Wassers die Felsen sehen, die er kannte, wie ein Landwirt die geringsten Einzelheiten seines Feldes kennt, mit ihren schattigen Löchern, den Algen, den Schwärmen von flinken, wie Zicklein umhertollenden Lippfischen.

Kein menschliches Wesen weit und breit. Nicht das geringste Motorgeräusch. Niemand an Land oder auf See. Und dennoch rief plötzlich eine Stimme:

»Mimile!«

Nun, Boussus zuckte nicht zusammen. Er sagte sich nur:

›Ich wußte es!‹

Seit fünfundzwanzig Jahren hatte ihn niemand mehr Mimile gerufen. Niemand wußte auf Porquerolles, daß dies früher sein Beiname gewesen war. Kein Mensch hielt sich in seinem Blickfeld auf.

Trotzdem hob er langsam den Kopf. Seine Augen, stets von Rauchglas geschützt, suchten die Landschaft ab. Und wie einst Kain stammelte er lediglich:

»Wo bist du?«

»Mimile...«

Einer der Fische entglitt ihm. Er war verloren, denn da er aus einer Tiefe von zwanzig Metern kam, würde er bald sterben, und man würde ihn mit dem Bauch nach oben auf dem Wasser schwimmen sehen.

»Mimile...«

In diesem Augenblick vernahm er ein Plätschern. Hinter dem Felsen, an dem die ›Girelle Royale‹ gleichsam lehnte, tauchte fast lautlos eine flache Barke auf, in der ein einzelner Mann saß.

»Du bist es...«, murmelte Boussus.

Sagte er es wirklich? Oder sprach er es nicht aus? Jedenfalls bewegten sich seine Lippen, und er hatte den Eindruck, zu sprechen. Desgleichen hatte er die Vorstellung, sich zu bücken, aus einer Schublade, die sich in Reichweite befand, einen geladenen Revolver zu nehmen, den er dort aufbewahrte.

Worauf der andere in seiner flachen Barke, deren Ruder er losgelassen hatte und die nun wenige Meter von der ›Girelle Royale‹ entfernt auf dem Wasser trieb, in vorwurfsvollem Ton brummte:

»Wovor fürchtest du dich?«

»Ich wußte, daß du wiederkehren würdest...«

»Weil die Zeitungen davon berichtet haben, nicht wahr? Ich hätte allerdings woanders hingehen können...«

»Ich wußte, daß du hierher kommen würdest... Ich wußte, daß du meine Adresse ermitteln würdest...«

»Schieß nicht, Mimile...«

»Was willst du von mir?«

»Ich bin gekommen, um dir wie einem alten Kumpan guten Tag zu sagen... Ist es nicht natürlich, nach so langer Zeit einen Kameraden wie dich zu begrüßen?...«

Der Himmel war türkisgrün, das Meer opalfarben und immer noch von diesem langsamen, ruhigen Atem beseelt, der dem Rhythmus der Natur zu entsprechen schien. Der Schiffsrumpf wiegte sich in der Dünung. Das Wasser stieg an den Felsen hoch, floß zurück und legte dabei Stellen frei, die mit grünem Moos und Muscheln besetzt waren.

Doch es war der Mann in der flachen Barke, der am meisten Ruhe, ja Glück ausstrahlte. Seit Monaten, seit Jahren hatte sich Boussus gefragt:

›Werde ich ihn wiedererkennen?‹

Einen Mann, der bei ihrer letzten Begegnung zweiundzwanzig Jahre alt und mager wie ein Dachhase gewesen war... Wieviel Zeit war seither vergangen?... Fünfundzwanzig Jahre... Fünfundzwanzig Jahre Strafkolonie, unten in Guayana...

Seit Monaten hatte Boussus die Fremden beobachtet, die auf der Insel landeten, und sich gefragt:

›Ähnelt der Mauvoisin?‹

Vielleicht hatte er ein Auge verloren? Vielleicht war seine Nase gebrochen, hatte er Blumenkohlohren, eine krächzende Stimme, einen verkrüppelten Körper?

Wie würde Mauvoisin sich geben? Haßerfüllt, wild, rachelustig?

Und nun kam dieser Mann in der flachen Barke und sagte einfach leise, fast schüchtern:

»Guten Tag ...«

Während Boussus sich ein Lächeln abzuringen versuchte und stammelte:

»Guten Tag ...«

»Du siehst, ich bin gekommen, um dir guten Tag zu sagen ...«

Darin lag keine Ironie, nicht die geringste Drohung. Frieden senkte sich auf das Land oder vielmehr aufs Meer.

»Du hast ein recht hübsches Schiff, Mimile ...«

Mimile war verlegen, als wenn ihm eine schöne Frau ein Kompliment gemacht hätte. Wußte Mauvoisin, daß man seinem Schiff in der Gegend den Spitznamen ›Eisschrank‹ gegeben hatte? Wußte er, daß Boussus es allein gegen den beißenden Spott der Grimaud, Tadot, Entrouille und all derer bei Maurice und im Café des Iles d'Or verteidigen mußte?

»Ich hab es nach meinen Vorstellungen eingerichtet ...«, murmelte er.

Er war groß, fett, weichlich, und seine breiten Schenkel zwangen ihn, beim Gehen die Beine zu spreizen. Er liebte Komfort, seine Bequemlichkeit. Deshalb hatte er ein gestreiftes Zelt hinten auf seinem Boot. Und darum hatte er sich eine winzige Kabine eingerichtet, mit einem Schrank, Schubladen, einem Miniatureisschrank und Kissen …

Auf der Insel hieß es:

»Mit seinen vielen Aufbauten wird er das Schiff noch versenken … Das ist übrigens kein Schiff mehr … Das ist ein Eisschrank …«

Mauvoisin war der einzige, der es lobte.

»Ein sehr schönes Schiff, Mimile … Wenn wir das und das Mittelmeer in Saint-Quentin gehabt hätten …«

Boussus war noch mißtrauisch. Doch nein! Das war nicht der Mauvoisin von früher, den er da vor sich hatte, auch nicht der Mauvoisin, dessen Auftauchen er gefürchtet hatte.

Zwölf der gefährlichsten Sträflinge sind aus Guayana entflohen und haben versucht, mit einem Boot nach Venezuela zu gelangen, hatte in den Zeitungen gestanden.

Und weiter:

Sieben von ihnen sind von Haifischen verschlungen worden …

Schließlich:

Unter denen, die es geschafft haben, die Insel Margarita völlig entkräftet, halb verhungert und nach acht Tagen ohne Wasser zu erreichen, wird Jules Mauvoisin genannt, der Mörder des Kassierers der Drahtziehereien von Saint-Quentin …

Und dieser Mauvoisin zeigte sich nun sanft wie ein Lamm. Er sprach ohne Haß, mit der Sentimentalität eines Trinkers. Seine Haare waren schneeweiß geworden, auch seine Hautfarbe war weiß, seine Augen wirkten wie durchsichtig, und er saß winzig klein, ganz mager mitten in seiner himmelblauen Barke.

»Ich bin froh, Mimile, daß du davongekommen bist... Ich hab mir da unten immer gesagt: Hauptsache, Mimile kommt da raus!... Du hast ein schönes Schiff... Offenbar hast du auch ein hübsches Haus am Platz...«

Boussus fühlte, ebenfalls nach Art der Trinker, sein Herz dahinschmelzen.

»Es ist das hübscheste, das stimmt, Mauvoisin.«

»Nenn mich Jules...«

»Es ist das hübscheste, Jules! Letztes Jahr habe ich die Wände in der Küche kacheln lassen. Dieses Jahr habe ich die Terrasse mit Blumen umpflanzt. Ich habe sogar ein Bad eingerichtet, obwohl ich das nicht benutze.«

»Das hast du richtig gemacht, Mimile.«

»Du kannst das nicht verstehen... Ich bin so allein... Da muß ich mich eben zerstreuen...«

»Du hast in deinem Garten die besten Pfirsichbäume der Insel gepflanzt...«

»Dabei mag ich gar keine Pfirsiche!... Erinnerst du dich, Jules?... Der Kerl... Dieser Michel... Nun, ich kann machen, was ich will, ich habe immer ein unbehagliches Gefühl...«

»Das ist lange her, Mimile!«

»Und dann, siehst du, gibt es dich... Dich, den ich da unten wußte, der auf der Straße Steine zerkleinern mußte...«

»Das hat meine Lungen geheilt... Ich hatte es auf der Brust. Die Ärzte hatten mich durchleuchtet und wollten mich in die Berge schicken ... Du siehst, daß die Kur mir geholfen hat ...«

Mauvoisin lächelte ein Lächeln, das so eisig war wie der Meeresgrund.

»Du bist mir nicht böse, Jules?«

»Weshalb?«

Er war so gutmütig, so voller Sanftmut, daß Boussus nicht umhin konnte, zu sprechen:

»Ich will dir die Wahrheit sagen ... Ich hab ein schönes Haus, Hunderttausende von Francs auf der Bank, ein hübsches Schiff, was sie auch darüber sagen mögen ... Jedenfalls ist es nach meinem Geschmack ... Trotzdem, Jules, bin ich nie glücklich gewesen ...«

»Warum?«

»Wegen dir ...«

»Hab ich dir je Vorwürfe gemacht?«

»Du hast mir nie geschrieben ...«

»Ich hätte es tun können ... Es gibt da Möglichkeiten über andere Kumpels ... Warum hätte ich dir etwas vorwerfen sollen?«

»Weißt du das nicht, Jules?«

»Ich bin über alles auf dem laufenden ...«

»Über alles? ...«

Vor soviel Güte wäre Boussus am liebsten in Tränen ausgebrochen.

»Weißt du, wenn man von da unten zurückkehrt, ist es etwa so, als käme man aus der Hölle. Man sieht die Dinge anders. Du kannst nicht wissen ...«

Er zeigte immer noch die Sanftmut eines Kirchenheiligen. Und Boussus war über Jahre hin von einem grinsenden Gespenst verfolgt worden!

»Erinnerst du dich an alles, Jules?«

»An alles ...«

»Es war Samstag ...«

»Im November, ja. Es regnete. Es war windig. Ich hatte eine kleine Werkstatt an der Landstraße, fünf Kilometer von Saint-Quentin entfernt. Da ich mit meinen Einkünften nicht auskam, hatte ich neben der Werkstatt eine kleine Kneipe eröffnet. Dennoch drohten sie mir mit Pfändung. Meine Frau, die recht hübsch war, hatte gerade in Paris ihre kranke Tante besucht... Ich frage mich heute, ob es wirklich ihre Tante war...«

»Nun gut, Jules! Da wir unter Brüdern sind, kann ich dir ja sagen ...«

»Ich ahnte es ... Das ist unwichtig ... Übrigens hat sie danach die Scheidung verlangt ...«

»Ich bin abends gegen sechs zu dir gekommen ... Ich wohnte zweihundert Meter weiter und verrichtete in der Gegend Gelegenheitsarbeiten ...«

Es war unerhört! Nie hätte Boussus sich träumen lassen, daß diese Begegnung so verlaufen würde! Sie waren gleichsam im Himmel, wo die Seelen wohl in aller Ruhe über ihre irdischen Angelegenheiten sprechen.

»Als ich bei dir reinkam, ragten seine Füße aus der Schranktür...«

»Ich hatte ihn eben getötet ...«

»Mit einem Schraubenschlüssel ...«

»Ich habe genommen, was mir gerade in die Hand fiel...«

Selbst die schmutzigsten Kleinigkeiten verloren dank der sozusagen vergeistigten Stimmung von Jules Mauvoisin das, was ihnen an Grausamkeit anhaftete!

Dennoch ... Die nasse Straße ... Die Werkstatt und die Kneipe ... Der arme Michel, der Kassierer der Drahtziehereien von Saint-Quentin, der ein Holzbein hatte und auf einem Moped herumfuhr ... Es war nicht nur Samstag, sondern der 30. des Monats ... Er war bei der Bank gewesen, um für Tausende von Arbeitern und Angestellten der Fabrik die Lohngelder zu holen ...

»Hallo, Jules ... Sieh doch mal nach, ob da nicht Wasser in meinem Vergaser ist ...«

In seinem Motor hörte er ein Klopfen, und er hatte Angst, mit einer Panne steckenzubleiben.

»Wollen Sie nicht einen Schluck Wacholder trinken, während ich das repariere, Monsieur Michel? ...«

Mauvoisin wußte, daß die Umhängetasche Hunderttausende von Francs in Banknoten enthielt. Boussus war zu dem Zeitpunkt noch nicht da.

Boussus hatte das Drama nicht miterlebt, den Schlag mit dem Schraubenschlüssel auf den Kopf des Kassierers, die weiteren Schläge, die Bewegungen, um den leblosen Körper in den Schrank zu zerren.

Mit der gleichen Heiterkeit wie sein Gesprächspartner sagte er jetzt:

»Ich habe die Füße gesehen, die herausragten, und du hast zu mir gesagt: ›Wenn du mir hilfst, diesen Kameraden loszuwerden, machen wir halbe-halbe ...‹ «

»Wir waren jung!«

»Wir haben den Lieferwagen genommen und sind zum Kanal gefahren, nachdem wir den Leichnam in einen Kohlensack gesteckt hatten ... Das war weich ... Ich habe dieses weiche Paket nie vergessen können ...«

»Wir waren jung ...«

»Seither habe ich jeden Tag, ob ich mit Fangleinen fische oder Boule spiele, ob ich meinen Garten umgrabe oder bei Maurice Manille spiele ...«

»Man merkt, daß du nicht da unten gewesen bist.«

»Vielleicht weißt du nicht alles, Jules ...«

»Da unten wissen wir alles.«

»Auch das, was ich nachher getan habe? ... Ich bin ein mieser Kerl, verstehst du ... Niemand weiß, daß ich ein mieser Kerl bin, und das ist das Schlimmste ... Ich hab auf dich gewartet, um es dir zu sagen ... Deine Frau ...«

»Fernande?«

»Ja ... Also ... Schon vorher ...«

»Das ist doch so unwichtig!«

»Ich hab mich gefragt, warum sie mich dir vorgezogen hat ... Ich war nicht gerade schön ...«

»Ich auch nicht.«

»Ich war nicht reich ...«

»Ich auch nicht ... Vielleicht hatte sie Lust, mal zu wechseln?«

»Aber nachher ... Als man dich festgenommen hatte ...«

»Das spielt doch keine Rolle.«

»Ich schwöre dir, Jules, daß es trotzdem eine spielt ... Ich habe wie ein Schwein gehandelt, wie ... ich weiß nicht, was! ... Wir hatten die siebenhunderttausend Francs aus seiner Geldtasche geteilt ...«

»Das war gerecht.«

»Nicht ganz, da du Michel allein getötet hast ... Ich habe dir nur geholfen, ihn in den Sack zu stecken und ...«

»Das ist das gleiche.«

»Aber acht Tage später, als die Polizisten angefangen haben, dich schief anzusehen ...«

»Da habe ich dir meinen Anteil gebracht und dich gebeten, ihn während der Nachforschungen aufzubewahren.«

»Darauf habe ich mich wie ein Schwein benommen, Jules! Ich hatte die siebenhunderttausend Francs. Ich wollte Fernande für mich allein behalten. Ich habe den anonymen Brief geschrieben... Du hast bestimmt angenommen, daß ich den anonymen Brief geschrieben habe...«

»Ja...«

»Und du warst nicht böse?«

»Das ist alles so lange her!«

»Das ändert nichts daran, daß ich dem Kommissar geschrieben habe, daß Michel von dir mit einem Schraubenschlüssel erschlagen worden ist, daß das Handtuch, mit dem du dir die Hände gereinigt hast, in deinem Garten vergraben lag, neben dem Brunnen, und daß die Geldtasche in deiner Werkstatt verbrannt worden ist, wo man Asche gefunden hat... Ich bin ein Schwein, Jules!... Aber ich schwöre dir, daß ich seither nicht glücklicher gewesen bin als du... Fernande ist abgehauen, weil sie nicht mit mir leben wollte... Sie scheint vor zwei Jahren in einem Krankenhaus gestorben zu sein...«

»Wie gut für sie!«

»Und ich... Ich lebe, natürlich, ich stehe morgens auf, ich fange Fische, ich esse Bouillabaisse, ich spiele Boule und Manille, doch den ganzen Tag, die ganze Nacht denke ich:

›Und der arme Jules hat während dieser Zeit ...‹«

Kann das Zuchthaus einen Menschen wirklich derart verändern? Jules ging ihm ins Garn. Er schüttelte den Kopf.

»Du bist ein Bruder!« versicherte er.

»Ich bin ein Schwein!«

»Ach was! Schwein hin, Schwein her... Du siehst doch... Ich bin gekommen, um dir guten Tag zu sagen... Von Zeit zu Zeit melde ich mich wieder...«

»Wo wohnst du?«

Mit einer Geste deutete er auf die Berge an der Küste:

»Da hinten ...«

»Hast du nicht Angst, daß sie dich erneut schnappen?«

Und während er sprach, dachte Boussus an den Hammer, den er in seinem Eisschrank mit sich führte, um die dicke Schale der Einsiedlerkrebse zu zertrümmern. Wenn sich die flache Barke näherte...

»Das ist alles so lange her...«, wiederholte Jules Mauvoisin philosophisch.

Er war sanftmütig. Von einer derartigen Sanftmut, daß...

Über Jahre hin die Zeitungen gelesen zu haben, immer mit der Befürchtung zu erfahren, daß der Sträfling Mauvoisin ausgebrochen war... Seit Monaten alle Fremden gemustert zu haben, die auf Porquerolles an Land gingen... Seit...

Und es war so einfach! So harmlos! So leicht!

Es heißt, daß unsere Träume, selbst die längsten, nicht viel mehr als ein paar Sekunden währen.

Haben wir hier vielleicht einen Beweis dafür?

Boussus schlug die Augen auf und war überrascht, keine flache Barke zu erblicken. So weit er sehen konnte, nichts auf dem Meer, bis auf einen dicken grauen Zerstörer, der in der Bucht von Salins ankerte.

Die Flasche Inselwein war leer – oder fast. Die Sardellenbüchse mit der pikanten Sauce war von Fliegen übersät. Der Brotkanten trocknete in der Sonne.

Schlagartig verzerrte sich Boussus' Gesicht, als ob ihm seine Leber zu schaffen machen würde, und seine Augen glichen Kugeln, die in etwas Feuchtem schwammen. Wenn es nun kein Traum gewesen wäre? ... Wenn es wahr gewesen sein sollte? ... Wenn Jules wirklich mit dieser – wie sollte man sagen – überirdischen Gesinnung zurückgekehrt wäre? ...

Er hatte ein großes rotes Schnupftuch in seiner Tasche. Er zog es hervor, um seine beschlagenen Rauchgläser zu putzen.

Er fragte sich ...

Aber nein! Da war niemand. Kein Schiff. Keine Barke! Er beugte sich vor, um hinter den Felsen zu schauen, und war nahe daran, sich beruhigt zu fühlen.

Dennoch war es das Datum, oder annähernd. Er hatte seine Berechnungen angestellt. Seit Jules Mauvoisin ausgebrochen war, hatte er, unter Berücksichtigung der Schwierigkeiten, Zeit gehabt, sich nach Frankreich einzuschiffen, sich im Norden umzusehen und von Anfang an Boussus' Fährte zu verfolgen und schließlich nach Porquerolles zu gelangen.

Diese Berechnung hatte er schon vor Jahren angestellt!

Alles übrige war wahr... Die Füße des Kassierers... Der weiche Körper in dem Sack... Der Lieferwagen... Der Kanal... Und vor allem der anonyme Brief!

Warum hatte er das getan? Offengestanden, zweifelte er jetzt manchmal daran. Um Fernande für sich allein zu haben? Um die siebenhunderttausend Francs nicht teilen zu müssen?

Seither lebte er in Angst. Waren sie dort unten auch *gut bewacht*?

Er fischte, hielt sein Schiff, sein Haus in Ordnung. Er spielte Boule oder Karten. Jedesmal, wenn man ihm auf dem Platz unter den schattenspendenden Eukalyptusbäumen zurief:

»He! Boussus...«, glaubte er die Stimme von Jules zu erkennen.

Er erhob sich halb, um eine der beiden Fangleinen einzuziehen, die er in seinem Schlummer nicht losgelassen hatte.

»Mimile!...«

Die Stimme kam nicht vom Meer her, sondern vom Land, von dieser Pointe des Mèdes, die nur ein nackter Felsen in der Sonne war.

»He, Mimile! Das ist für dich, du Schuft!«

Das war alles. Er vernahm undeutlich eine Detonation. Er schwankte. Ihm war gleichzeitig kühl und heiß am Körper, und für einen Augenblick sah er ganz nah den bläulichen Meeresgrund, über dem die Lippfische dahinzogen.

»Ich hab ja immer gesagt, daß sein Eisschrank so enden wird!« erklärte Grimaud, während man das Schiff kieloben einholte.

»Er muß einen Schwindelanfall gehabt haben ... Weil er dauernd aufs Meer gestarrt hat ...«

Ein Seeigel-Fischer hatte die Leiche beim Tauchen gefunden.

Erst am Abend entdeckte der Arzt ein kleines rundes Loch an der Schläfe.

»Der Mann ist durch einen Revolverschuß getötet worden ...«

Es gab eine Ermittlung, Polizisten kamen aus Hyères und Toulon. Am Ende erfuhr man, daß ein Unbekannter von Bord der ›Cormoran‹ gegangen war, ein widerlicher Kerl, behauptete Baptiste, der Kapitän, und geschielt habe er auch. Er war mit dem Drei-Uhr-Schiff wieder abgefahren und hatte in sich hineingelächelt.

Man hatte ihn dann gesehen, als er am Gut Notre-Dame vorbeiging.

Schließlich hatte er einen Jungen gefragt, wo er Monsieur Boussus finden könne.

»Der ist beim Fischen!« hatte man ihm geantwortet.

»Wo denn?«

»An seinem Platz!«

»Und wo ist sein Platz?«

»Bei der Pointe des Mèdes ... Gleich am Fuß des Felsens ... Sie können sein Schiff ganz leicht erkennen ... Es wird ›Eisschrank‹ genannt ...«

Der Einäugige hatte es erkannt.

Das ist allerdings nicht von Belang. Wichtig ist, daß er dem eingeschlafenen Boussus vom Ufer aus hatte zurufen müssen:

»Mimile! ...«

Und daß dieses »Mimile« den Fischer im tiefen Schlaf

erreichte und einen Traum auslöste, der nur wenige Sekunden dauerte – vielleicht einige Zehntelsekunden?

Als der Schläfer die Augen aufschlug und noch benommen war von der Vision eines Jules, der die Vergangenheit honigsüß und ohne jeden Groll heraufbeschwor, sah er ein Individuum vor sich, das ihm mit der Rachsucht von fünfundzwanzig Jahren Guayana entgegenschleuderte:

»He, Mimile! Das ist für dich, du Schuft!«

Ein kurzes trockenes Knacken in der Stille eines Vormittags am Mittelmeer. Ein schwerer, schwankender Körper. Die Lippfische, die Meerbarsche, die Drachenköpfe, die Krallenfische und das gesamte Angelgerät verloren...

Die ›Girelle Royale‹ trieb kieloben wie ein richtiger Eisschrank im Meer...

Schade, wenn man Ihnen bei Maurice die Geschichte anders erzählt.

Das Verbrechen des Unliebenswürdigen

Konnten diese Leute ahnen, daß es um Leben oder Tod ging? Vielleicht nicht ganz um Tod, aber fast. Und selbst dann! Ja, um Tod, eindeutig!

Doch sie ahnten gar nichts. Sie kamen und gingen in der Sonne wie zwei dicke Fliegen, die trunken von Blütenstaub sind. Sie frohlockten. Sie sahen die Côte d'Azur sicher zum erstenmal. Sie kamen aus dem Staunen nicht heraus, im Februar wahre Wälder von Mimosen vorzufinden, ein blaues Meer, einen blauen Himmel, kleine bunte Barken, die wie aufs Wasser geklebt schienen, während im Heck ein Mann den Grund mit einer Art Periskop, aus einer alten Kanne angefertigt, absuchte und violette, stachlige Bällchen mit Hilfe einer langen Bambusstange herausfischte.

»Was machen die da?« hatte der Mann gefragt, der sie von der Terrasse aus beobachtete.

Und Monsieur Chincholle hatte mürrisch und ohne sein Inventar aus den Augen zu lassen, geantwortet:

»Sie angeln Seeigel...«

Der Mann hatte es seiner Frau übersetzt. Sie hatte es nicht begriffen. Sie wußte nicht einmal um die Existenz von Seeigeln. Aber sie war trotzdem begeistert gewesen und hatte immer wiederholt, als handle es sich um ein Zauberwort: »See-igel...«

So war es seit dem frühen Vormittag. Genauer, seit ihr langer Wagen durch Gott weiß welches Wunder vor dem Laden von Monsieur Chincholle gehalten hatte, der an der schlechteren Seite des Hafens von Cannes zwischen einer Brasserie und einem Ansichtskartenhändler eingekeilt lag. Neben dem Nummernschild hatte Monsieur Chincholle gelesen: »NL«. Also Holländer! Er hatte den livrierten Chauffeur gemustert, das Paar, das noch jung zu sein schien und die gleiche rosa Babyhaut hatte. Trotzdem hatte er sich vergeblich bemüht, liebenswürdig zu erscheinen. Nicht ohne Grund nannte man ihn den Unliebenswürdigen. Seine Leber. Seine Frau. Dann die Geschichte mit seinem Sohn. Dann ...

›Jungverheiratete‹, hatte er sich gesagt.

Er hatte sich gewundert, als man eine große Villa mit mindestens sechs Zimmern zu mieten wünschte. Und als man hinzugefügt hatte, es sei für den ganzen Sommer, verschlug es ihm fast die Sprache. Sollte endlich ...?

»Ich habe da eine sehr schöne Villa, am Cap d'Antibes, die ›Rochers Pourpres‹ ... Sie ist gerade seit einem Monat frei ... Andere Kunden sollten sie morgen besichtigen ... Wenn Sie einen Termin vereinbaren wollen ...«

Diese Leute trafen kaum ein, und schon hatten sie es eilig. Sie atmeten bereits den Süden mit allen Poren ein. Sie wollten kein Krümchen, keine Sekunde von ihrem Genuß verlieren.

»Sofort ...«

Sie wußten nicht, daß Madame Chincholle, die kürzlich zum drittenmal innerhalb von zwei Jahren operiert worden war, hinter dem Laden in einem düsteren Raum auf einem alten Sofa lag. Sie unterhielten sich in ihrer Sprache über Chincholle und mußten erstaunt sein, daß ein Mann, der in einem solchen Klima lebte, ein Mann, der den ganzen Tag den Hafen von Cannes mit seinen Hunderten von Yachten vor Augen hatte, eine gelbe Hautfarbe haben und in Schwarz gekleidet sein konnte.

Die Rochers Pourpres... Eine riesige, fünfzig Jahre alte Villa, Rokoko, mit bleiverglasten Fensterscheiben, einer Heizung, die nicht funktionierte, mit ihrer Feuchtigkeit, die wegen der exponierten Lage bis in den Hochsommer hinein haften blieb.

Diese Leute jedoch sahen nur das Schöne. Obwohl sie in Den Haag oder in Amsterdam wahrscheinlich ein äußerst gepflegtes, modernes Haus bewohnten, begeisterten sie sich hier für das Moos an den alten Steinen und die nachgemachten verblichenen Orientteppiche.

Wieviel sollte Chincholle ihnen abverlangen? Er durfte sie nicht erschrecken. Er durfte aber auch keine zu niedrige Summe nennen. Zwanzigtausend? Fünfundzwanzig?...

Wozu sollte er übertreiben, da sie möglicherweise schon vor dem Ende der Besichtigung angewidert sein würden? Zwanzigtausend Francs, das reichte genau hin, um...

Natürlich hatte Monsieur Chincholle mit den Zimmern begonnen, die zum Meer hinaus lagen und manchmal Sonne hatten.

»Wie Sie sehen, ist diese Terrasse wundervoll, und hier halten sich die Mieter die meiste Zeit auf... Links das Eßzimmer... Daneben der große Salon... Der Billardraum...«

Und der Holländer war entzückt, daß es einen Billardtisch gab! Allerdings hatte er ihn nicht ausprobiert!

Und tatsächlich wäre er nie auf die Idee gekommen, Billard zu spielen! So waren die Mieter eben. Chincholle hatte da seine Erfahrungen! Sie sahen sich alles an, ließen sich alles erklären, brachen in Begeisterung aus, versprachen, am nächsten Tag wiederzukommen, und...

Welches andere Haus hätte er ihnen vermieten können? Sein Schaufenster war voller Fotos von Villen, die man kaufen oder mieten konnte, sowie von Yachten, die ebenfalls zum Verkauf standen oder gemietet werden konnten, aber niemand hatte ihn mit diesen Geschäftsabschlüssen beauftragt. Er war nur ein ganz kleiner Agent. Zwischen Cannes und Nizza gab es fünfzig, hundert solcher Agenturen, die alle die gleichen Fotos ausstellten und lediglich mit den armseligen Objekten Erfolg hatten, Drei-Zimmer-Wohnungen über einer Wäscherei oder einem Schuhmacher...

Am gefährlichsten war es, die Fenster zu öffnen. Das letzte Mal hatte er plötzlich einen Fensterflügel in der Hand gehalten oder vielmehr: er war ihm auf den Kopf gefallen. Er versuchte, sich nicht zu vertun und nur die zu bewegen, die in einem nicht so schlechten Zustand waren.

Und diese beiden sprachen immer noch in ihrer Landessprache! Waren sie voller Bewunderung? Oder spotteten sie über das Ganze? Er öffnete die Schubladen eines Büfetts:

»Sie werden feststellen, daß das Silberbesteck vollständig ist... Ich werde Ihnen übrigens einen Durchschlag der Inventarliste überreichen, dann können Sie selbst kontrollieren...«

Es war grausam, nicht Bescheid zu wissen, einem

unzufriedenen Ausdruck dieser sanftmütigen Frau mit den hellen Augen ausgeliefert zu sein, deren Lächeln noch geheimnisvoller war als das der Mona Lisa.

Konnte er ihnen erklären:

»So ist die Situation: Ich habe nie Glück gehabt. Mein Leben lang bin ich Hundert-Francs-Scheinen hinterhergerannt. Meine Frau sammelt alle Krankheiten, die in einem medizinischen Wörterbuch verzeichnet sind. Unaufhörlich bezahle ich die Ärzte und Kliniken. Ich habe kein Dienstmädchen. Ich muß ihr abends, wenn ich nach Hause komme, den Bauch massieren und die Arzneien bereitstellen. Ich werde ein Stück Wurst kaufen und ein Pfund Brot. Doch das wäre noch gar nichts, wenn ...«

Wie hätte er da lächeln können?

Sollte er ihnen sagen, daß er Hitze und Sonne nicht vertrug, daß ihn die Augen schmerzten und daß man ihm die Berge empfahl? Daß diese Jahreszeit die tödlichste von allen war, wegen der kalten Zugluft, die einen plötzlich im Nacken oder im Kreuz packte?

»Der große Salon ... Man kann hier Empfänge für fünfzig oder mehr Personen geben ...«

Die Frau fragte ihren Gatten etwas. Und der Gatte übersetzte:

»Gibt es eine Zentralheizung?«

Und zu ihr gewandt, erwiderte der Unliebenswürdige, wobei er trotz allem ein Lächeln versuchte:

»Eine Etagenheizung, *yes*!«

Denn er hatte sich angewöhnt, allen Fremden gegenüber *yes* zu sagen. Er sah sie natürlich schon in der kommenden Woche wegen der Heizung angelaufen kommen!

Er würde schwören, sie in Ordnung zu bringen. Bis dahin wäre der wirkliche Frühling vielleicht eingezogen. Und dann hatte er das Geld kassiert!

Zwanzigtausend? Fünfundzwanzig?

»Wenn Sie nun hinaufgehen und die Schlafzimmer besichtigen wollen ...«

Es gab insgesamt zwölf, acht für die Herrschaften und vier für die Dienstboten, drei Badezimmer, Wandschränke, Abstellkammern aller Art. Und er glaubte, aus den Worten und Gesten der Frau soviel zu verstehen, daß das Ehepaar nicht frischverheiratet war, sondern Kinder hatte, mindestens drei, zwei Gouvernanten, zwei Zimmermädchen, eine Köchin ...

Und die waren alle bereits im Hotel!

Und Monsieur Swaan weilte in Australien! Das zählte jetzt vor allem! Monsieur Swaan, der Besitzer, der die Rochers Pourpres eines Tages gekauft hatte, nachdem er offenbar zuviel Whisky getrunken hatte, und der sie ihm, der Agentur Chincholle, bis zur nächsten Saison anvertraut hatte.

Nun, in der »nächsten« Saison war er nicht zurückgekehrt. Drei Jahre war er inzwischen fort. So daß, wenn es Chincholle zufällig gelingen sollte, die Villa zu vermieten ... Was konnten ihm, diesem Swaan, der so reich war, zwanzig- oder fünfundzwanzigtausend Francs bedeuten?

»Sie haben hier zwei Telefonapparate, einen im Erdgeschoß und einen in der ersten Etage, aber wenn Sie längere Zeit bleiben, könnte man in den wichtigsten Zimmern weitere anschließen ...«

Und er steckte seine Nase in sein Inventarverzeichnis:

»Ein Bett mit Baldachin, echt Louis-treize, leicht restauriert, besetzt mit Stoffen aus Jouy ...«

Was sie jedoch interessierte, das waren die Fenster, die sich auf eine herrliche Landschaft öffneten, das war die Baie des Anges, die man in der Ferne wahrnahm, ein großes weißes Schiff, das aus Nizza eintraf, die Alpen, auf denen noch Schnee lag. Und diese spitzen Boote der Seeigel-Fischer...

»Die Küche?« erkundigte sich der Holländer auf eine Frage seiner Frau.

Also los! Sie war nicht sehr schön, aber man mußte hindurch. Eine weiträumige Küche, sicher, doch die Wände waren in einem häßlichen Braun gehalten. Bei ihnen ...

»Sehen Sie! Mehr als ausreichend ... Kaltes und warmes Wasser... Große Schränke... Vollständiges Küchengeschirr... Ein Teil davon aus Kupfer... Der andere ...«

Aus Aluminium, was!

»Und hier...«

Er wollte ihnen den Vorratsraum zeigen. Er war auf seine Art sehr gewissenhaft. Außerdem war er so an Fehlschläge gewöhnt... Er machte einen Schritt. Ein ekelerregender Geruch nahm ihm den Atem. Er öffnete die Tür des Wandschranks. Die Holländer wendeten sich bereits dem Ausgang zu, sprachen von anderen Dingen.

Sie merkten nichts, weder daß Chincholle gelber wurde, noch daß er hustete, noch daß er sie eilig hinausschob.

»Selbstverständlich werde ich die Villa gleich morgen früh sauber machen lassen ...«

»Aber morgen früh wollen wir bereits einziehen ...«

Wieder eine Unterhaltung in ihrer Landessprache.

»Meine Frau sagt, sie habe es lieber, wenn die Reinigung von unseren Dienstboten vorgenommen wird... Sie kommt mit ihnen morgen früh... Haben Sie die Schlüssel?«

Wenn Chincholle ihnen nicht den Rücken zugekehrt hätte, da er damit beschäftigt war, am schmiedeeisernen Schloß einer alten Kommode herumzuhantieren, hätten sie gesehen, daß er weinte. Und vielleicht kam ihm für einen Augenblick der Gedanke, auf die Knie zu fallen und ihnen zu gestehen:

»Die Wahrheit ist, daß sich eine Leiche im Vorratsschrank befindet. Ich weiß nicht, wer es ist. Ich glaube jedoch, an seinem Bart den vorigen Mieter erkannt zu haben... Er war nicht Holländer, sondern Ungar... Er hatte eine sehr hübsche Frau... Er hatte für drei Monate gemietet, und nach sechs Wochen erhielt ich aus Rom einen Brief, in dem man mir mitteilte, daß er von dem Mietvertrag zurücktrete.«

Was würde passieren? Die Polizei! Und in den Zeitungen die Geschichte von dem Leichnam im Vorratsschrank. Niemand mehr, der die Mord-Villa mietet!

›Ich hätte mich ja noch über Wasser halten können, Herr Holländer, denn ich bin es gewohnt, selbst mit den Operationen meiner Frau, wenn mein Dummkopf von Sohn...‹

Ein Junge von sechzehn Jahren, dem er den Besuch des Gymnasiums bezahlte, indem er sich krummlegte! Ein Bengel, der, einfach um anzugeben und seine betuchten Kameraden nachzuahmen, auf der Croisette einen Wagen entwendet hatte und in Begleitung eines jungen Mädchens auf der Straße nach Nizza davongebraust war.

Das Auto war hin. Der Sohn hatte ein Bein gebrochen und hatte innere Verletzungen. Ins Krankenhaus! Wie die Zeitungen es lakonisch ausdrückten. Das junge Mädchen entstellt. Mein Gott! Dieser Besuch des Vaters im Lokal der Agentur für Immobilien!

Und der des Autobesitzers, eines Weinhändlers aus Béziers!

»In die Besserungsanstalt, ja, Monsieur!... Wenn man einen Sohn hat, der...«

Er verlangte achtundzwanzigtausend Francs. Man hatte sich auf zwanzigtausend geeinigt. Chincholle der Unliebenswürdige hatte die Hälfte mit dem Geld bezahlt, das er gerade als Miete für Rechnung eines Pariser Kunden erhalten hatte.

Sobald ich die Miete erhalten habe..., hatte er diesem Klienten geschrieben.

Und der hatte telegrafisch geantwortet:

Wenn diese Ausländer nicht zahlen, schmeißen Sie sie raus.

Da standen sie nun alle drei in der Sonne auf der Terrasse, oberhalb dieser berühmten Felsen, die nicht purpurn waren, auch nicht rosa wie die von Esterel, sondern einfach leicht getönt.

Die Villa erschien nahezu heiter. Die Luft war mild. Es war Mittag. Man hörte die Glocken von Antibes, und die Seeigel-Fischer legten sich in die Riemen.

»Wenn Sie wollen, daß ich morgen früh wegen der Schlüssel zu Ihnen komme, schreibe ich Ihnen den

Scheck aus ... Ja, wieviel soll es denn kosten, das ganze Haus?«

»Dreißig ...« stammelte er.

»Dreißigtausend?«

Lohnte es überhaupt, darüber zu verhandeln? Ganz leise, als wolle er das Schicksal beschwören, stotterte er:

»Dreißigtausend, letzter Preis. Ich habe den ausdrücklichen Auftrag von meinem Klienten, einem amerikanischen Milliardär, der sich gegenwärtig ...«

Die Holländer blickten sich an. Hatte die Frau ...? Ihr Mann übersetzte ihr die Summe. Zum Glück betrachtete sie in diesem Moment eine leuchtendblaue Barke mit rotem Rand, auf der ein safrangelbes Segel gesetzt wurde. Sie kniff die Augen zusammen. Und mit den Gedanken vielleicht ganz woanders, nickte sie.

An diesem Nachmittag besuchte er seinen Sohn im Krankenhaus nicht, aber er tat alles, was er sonst auch machte: ein Holzkohlenfeuer entfachen, um Wasser zu kochen, Kaffee mahlen und Schlag zwei Uhr, als die Sonne seinen Laden erreichte, die alte rot-gelbgestreifte Markise herunterziehen ...

Dann folgte die Massage seiner Frau, die wegen der Fliegen gleichsam im Halbdunkel lebte. Schließlich mußte er noch in der Bücherei hinter der Brasserie ihren Unterhaltungsroman gegen einen neuen austauschen, denn die arme Frau las täglich ein Buch, wobei man sich fragte, wie sie bei der Beleuchtung etwas sehen konnte und wovon sie wohl träumte.

Er machte auch kleine Plakate. Je schlechter die Geschäfte gingen, desto eifriger widmete er sich, an seinem Schreibpult stehend, dieser Arbeit. Er schrieb die Immobilienangebote für seine Auslage selbst, sorgfältig mit Rundbuchstaben.

Abends um neun, als die Läden geschlossen waren, fragte ihn seine Frau mit der ätherischen Stimme einer Kranken:

»Was hast du vor?«

»Ich muß noch einmal weg. Ich habe eine Verabredung mit einem Kunden.«

»Du nimmst dein Fahrrad?« wunderte sie sich.

»Es ist außerhalb der Stadt... Ich komme spät zurück... Es handelt sich um ein wichtiges Objekt... Die Rochers Pourpres...«

Dreißigtausend! Einfach so, ohne mit der Wimper zu zucken! Sie mußten sehr reich sein! Die letzten Mieter hatten nur zehntausend für drei Monate bezahlt, und außerdem hatte er ihnen elektrische Heizkörper installieren müssen, die Chincholle für dreitausend Francs erstanden hatte.

Das hatte ihnen allerdings kein Glück gebracht. War es wirklich Monsieur Czaris, der... Ein sehr ordentlicher Mann. Ansehnliche Erscheinung. Schöner Bart. Die Art des k.u.k. Diplomaten um 1900. Eine Frau, vielleicht zu hübsch und zu jung für ihn. Und dann der Sekretär...

Chincholle rollte auf seinem altmodischen Fahrrad diese Straße entlang, auf der Luxuslimousinen und große Autobusse dahinglitten.

Zehntausend Francs, um endlich den Weinhändler aus Béziers zufriedenzustellen. Zehntausend für den Villenbesitzer aus Paris, der fähig war, ihm eines Tages auf den Pelz zu rücken. Denn der war einer von den Gerissenen und hatte eine Drogerie. Er hatte sich eine Villa bauen lassen, die er nur in den drei Sommermonaten bewohnte, und er hatte die Absicht, seine Unkosten durch die Vermietung des Hauses im Winter und im Frühjahr zu decken. Leute, die rechnen können. Und die sofort vom Rausschmeißen reden.

Zwanzig von dreißig, bleiben zehn. Zehntausend Francs, auf die niemand wartete ... Eine Summe, die der Unliebenswürdige nie für persönliche Bedürfnisse in der Hand gehabt hatte, seit ... Man kann wohl sagen, seit seiner Geburt.

Allerdings würde es hart werden. Es wäre besser, an diesem Bistro anzuhalten und ein großes Glas Kognak zu trinken. Dann noch an der Place d'Antibes. Nein! Nicht an der Place d'Antibes, wo er Gefahr lief, erkannt zu werden.

Die Dunkelheit ängstigte ihn ebenso wie das Licht. Der dicke Schlüssel der Villa lastete in seiner Jackentasche. Hatte er den Holländern nicht gesagt, daß Aga Khan ihr Nachbar sein würde? Der Ehemann hatte es übersetzt. Die Frau hatte einen kleinen Schrei des Entzückens ausgestoßen. Nachbar, das war so eine Redensart, denn es lagen zwölf oder dreizehn Villen zwischen ihnen. Und Aga Khan war für sieben oder acht Monate in Indien.

Chincholle hatte den ganzen Nachmittag Zeit zum Nachdenken gehabt. Er kannte die Villa besser als jeder andere. Er wußte, daß es in einer Ecke des Gartens, in der Nähe des Gewächshauses ohne Scheiben, ein Loch gab, in das früher, als noch ein Gärtner da war, der Humus geschüttet wurde. Im Gewächshaus befanden sich ein paar Gartengeräte.

Ohne seinen Hut abzunehmen und seine Handschuhe auszuziehen – denn er trug immer Handschuhe –, begann er, soviel Humus wie möglich abzutragen. Dann...

Er hatte sogar Hustenbonbons mitgenommen, die ein starkes Aroma hatten. Er wagte nicht, Licht anzumachen. Er tastete sich vorwärts. Geräusche ertönten bei jedem seiner Schritte: ein Knarren, ein Zischen, manchmal so etwas wie ein Schlurfen oder ein Gemurmel.

Er hätte nicht zu sagen vermocht, ob er das für seine Frau tat oder für seinen Sohn oder...

Im Grunde machte er es, weil er immer Pech gehabt hatte und es ein Pech mehr war, eine halbverfallene Leiche in einem Vorratsschrank gerade an dem Tag zu entdecken, da er eine Miete von dreißigtausend Francs ergattern konnte.

Er hatte einen Sack mitgenommen, den er auf dem Gepäckträger festgeklemmt hatte. Er hatte auch eine Taschenlampe bei sich, die er jedoch nicht zu benutzen wagte.

Er hätte noch mehr trinken sollen. Selbst das Wasser klatschte auf finstere Weise an die Purpurfelsen! Und der Mond, der sich im rechten oder vielmehr im unrechten Moment zeigte!

Morgen früh würden diese Leute frisch gewaschen, gut gekleidet, selbstzufrieden und in der Sonne lächelnd von diesem Hause Besitz ergreifen, die kaputten Fenster öffnen, ein Feuerwerk von Staub aufwirbeln und bemerken, daß die Füße der Sessel nicht mehr hielten.

Sie würden versuchen, die Heizung anzustellen, und dann...

Aber sie hätten bezahlt. Es wäre zu spät.

Er fühlte den Bart unter seinen Fingern. Er sah ihn nicht. Der Sack war zu klein. Er hätte nie geahnt, daß es so schwer war, einen menschlichen Körper in einen Sack zu stecken. Er schaufelte den Humus ins Loch zurück. Jetzt hatte es zuviel darin. Er kratzte etwas davon wieder weg, trampelte darauf herum. Schließlich dachte er an seine Fußspuren und holte eine Harke.

Als er nach Hause kam, war es ein Uhr morgens, und er war nicht betrunken.

»Bist du es?« fragte seine Frau, als könnte es jemand anderes sein.

Er bejahte, ging in die Küche und nahm eine Flasche aus einem Schrank. Genauer gesagt: die Flasche, denn es gab nur eine. Eine Flasche Wermut. Manchmal ist man verpflichtet, einem Kunden etwas zu trinken anzubieten, und Wermut ist immer noch am preiswertesten und kann dennoch vorgezeigt werden.

Gestalten hinter den crèmefarbenen Gardinen des Casinos. Leute, die dort spielten, Tausende, Zehn-, Hunderttausende von Francs auf den Tischen...

»Was machst du, Pierre?«

Er hieß Pierre. Er antwortete nicht, denn er war dabei, aus der Flasche zu trinken.

»Pierre, wo bist du?«

»Hier...«, stammelte er schließlich.

»Warum kommst du nicht?«

Warum? Weil der Wermut nicht hinunterfloß und weil er mitten in der Küche von Übelkeit befallen wurde.

»Ich wette, du hast wieder getrunken ...«

Eine Marotte seiner Frau. Er trank nie etwas, wegen seiner Leber.

»Haben sie unterschrieben?«

»Wer?«

»Deine Kunden... Den Vertrag für die Rochers Pourpres ...«

»Sie kommen morgen früh wieder her.«

»Glaubst du?«

Er erstarrte vor Schreck. Wenn sie tatsächlich nicht zurückkamen? Er kannte weder ihren Namen noch ihre Adresse. Er hatte das »NL« neben dem Nummernschild ihres Wagens gelesen, aber er hatte das Kennzeichen nicht behalten.

»Ich habe kein Auge zugekriegt... Auf einer Yacht, genau gegenüber von uns, haben Seeleute nicht aufgehört, in irgendeiner fremden Sprache zu singen ...«

Hat er schlafen können? Als er jedenfalls um acht Uhr morgens seine Läden öffnete und ihm ein Kellner von der Brasserie nebenan guten Morgen wünschte, zeigte er sich unliebenswürdiger denn je.

Er war von vornherein sicher, daß die Holländer... Er hätte mißtrauisch bleiben sollen: Von dem Augenblick an, da sie nicht um den Preis gefeilscht hatten ...

Gleichsam aus Protest gegen das Schicksal, das sich unaufhörlich gegen ihn stellte, rasierte er sich nicht, was soviel bedeutete wie:

Nun ja, so ist es eben! Wozu soll ich mich rasieren, mir die Haare schneiden lassen, meine Hose unter die Matratze legen, damit die Bügelfalte drinbleibt, um sechs Uhr morgens die Fenster putzen, um nicht gesehen zu werden, kleine Kärtchen hübsch beschriften, die doch niemanden täuschen …

… moderner Komfort … herrlicher Seeblick … bescheidene Preise …

»Pierre, das Wasser kocht!«

Na und? Was, wenn er Lust hätte, statt Kaffee zu mahlen, ihn an der Theke eines Bistros zu trinken und ein warmes Hörnchen dazu zu essen?

»Wab, wab!«

Er sprang auf, lief zum Schaufenster. Es war nur der Lieferwagen des Kolonialwarenhändlers, der die Bestellungen auf die Yachten brachte … Und man putzte die Brücken … Und man wienerte die Messingteile … Und man breitete die Segel im klaren Morgen wie Wäsche zum Trocknen aus …

Und die beiden Holländer mit ihren ebenfalls herausgeputzten Kindern, ihren Gouvernanten, wie sie sagten, den Zimmermädchen und der Köchin saßen jetzt wohl voller Glücksgefühl an den Fenstern irgendeines Hotelpalastes.

»Sollten wir uns nicht noch andere Villen ansehen, bevor wir uns entscheiden?«

Und der Leichnam? Er hatte seine Handschuhe auf dem Rückweg an den Straßenrand geworfen. Sie waren aus imitiertem Schweinsleder.

»Wab, wab!«

Der Briefträger …

Ein Brief aus Paris. Er hatte damit gerechnet. Eine Bestätigung des Telegramms. Papier mit dem Briefkopf der Drogerie. Maschinengeschrieben.

... Es wundert mich doch sehr, daß Sie nicht genauere Erkundigungen über die Mieter eingeholt haben, die ...

... und ich bitte Sie, in gebotener Eile dafür zu sorgen, daß ...

Wieder einer, der im Grunde seine zehntausend Francs nicht brauchte.

»Vergißt du auch nicht meine Arznei, Pierre? ... Du weißt doch? Das Buch, das du mir gestern gebracht hast ... Ich hab es schon gelesen ... Du müßtest ...«

... Wrrrrrrr...

Ein Brummen wie von einem Flugzeug. Ein ganz leichtes Knirschen. Eine Stille wie ein Seufzer der Erleichterung.

Das Auto war da, der glitzernde Wagen der Holländer! Die beiden waren noch schöner, rosiger und strahlender als am Vortag. Das Verdeck des Autos war offen. Drei kleine Mädchen zwischen vier und acht Jahren wie Blumen auf dem Rücksitz. Neben dem Chauffeur zwei Kindermädchen in himmelblauen Kostümen.

»Haben Sie den Vertrag vorbereitet?«

»Aber... Ich wußte nicht, daß Sie so früh kommen würden ... Ich ...«

Brummiger und unliebenswürdiger denn je. Absichtlich. Und je stärker er die Ungeduld der Holländer spürte, desto länger brauchte er, um den Mietvertrag in drei Exemplaren auszustellen, den Preis der Stempelmarken auszurechnen, sie in der Schublade zu suchen und laut die Inventarliste vorzulesen, um sie sich bestätigen zu lassen.

»Ich muß Sie auch darauf hinweisen, daß der Preis für

die Sauberhaltung, selbst wenn Sie sie selbst übernehmen sollten, in der Miete nicht inbegriffen ist und daß Sie ordnungsgemäß eine Kaution von fünftausend Francs für eventuelle Schäden zu hinterlegen haben ...«

Er konnte nicht dagegen an. Es war seine Natur.

»Ich möchte Sie auch bitten, Ihren Scheck nicht zu kreuzen ... Jawohl ... Auf meinen Namen, ja ... Dreißigtausend ... und fünftausend Garantie ... Und fünftausend für Reinigung und Instandsetzung ... Darüber hinaus zehn Prozent Vermittlungsgebühren ...«

Die kleinen Mädchen hatten an ihren Augenpaaren nicht genug, um das flimmernde Schauspiel des Hafengeschehens in sich aufzunehmen. Die Mutter schaute ungeduldig durch die Schaufensterscheibe in den Laden.

»Hier sind die Schlüssel ... Wenn Sie wünschen, komme ich mit Ihnen. Ich muß Ihnen jedoch sagen, daß ich nur über ein Fahrrad verfüge ...«

»Was machst du denn, Pierre?«

»Nichts ...«

Ein Metallperlenvorhang trennte den Laden von Madame Chincholles Höhle.

»Haben sie bezahlt?«

»Ja«, rief er ihr fast bissig zu.

Was tat er? Er suchte die letzte römische Adresse von seinem Ungarn, vielmehr von diesem Ungarn, der gegenwärtig gar nicht in Rom sein konnte, da in einem Vorratsschrank ...

»Kommst du mich nicht massieren?«

»Ja, gleich ...«

Hier! Hotel Excelsior ...

Es war sicher nicht Monsieur Czaris, der den Brief geschrieben hatte. Sein Sekretär? Wahrscheinlich. Mit der Gattin neben sich, klar...

Madame,

Ich erlaube mir, Ihnen schriftlich mitzuteilen, daß ich nach Ihrer überstürzten...

Er schwankte zwischen ›überstürzten‹ und ›unerwarteten‹. Er schrieb beides.

... und unerwarteten Abreise den Anweisungen des Besitzers und den Vorschriften der Immobilienagenturen gemäß eine vollständige Bestandsaufnahme der Räumlichkeiten angefertigt habe, und...

»Pierre!«

Ein ärmliches Pärchen studierte immer wieder die Wohnungsangebote. Leute, die ihm den ganzen Tag raubten, um vielleicht mit einer Ermäßigung ein Zimmer zu mieten, in dem sie auch kochen und Wäsche waschen durften. Mit einer ruckartigen Bewegung ließ er den Vorhang zwischen ihrer Nase und den Annoncen herab.

... und aus dem Zustand dieser Räumlichkeiten, die ich überprüft habe, geht hervor, daß Sie mir für gewisse, sonderbare Schäden, deren Sie sich zweifellos erinnern werden, als Schadenersatz die Summe von...

Also los! Eine Zahl ...

»Sei doch still, verdammt noch mal!« schrie er seine Frau an.

»Siehst du nicht, daß ich arbeite?«

»Woran?«

»Laß mich in Ruhe!«

... die Summe von dreißigtausend Francs schuldig geblieben sind, die Sie mir bitte umgehend zukommen lassen wollen, andernfalls ...

Andernfalls?

... sähe ich mich gezwungen, den Verantwortlichen für diese Sache, die, davon bin ich überzeugt, nur ein Mißverständnis ist, persönlich zu belangen ...

»Wo gehst du hin?«

»Den Scheck einlösen. Man weiß ja nie.«

»Schließ die Tür richtig zu. Kürzlich hast du es vergessen, und ...«

Er löste den Scheck ein. Er schickte den Brief ab, nachdem er die Adresse noch einmal überprüft und in letzter Minute auf einer Ecke des Umschlags hinzugesetzt hatte: Bitte nachsenden! Als er heimkam, hätte er sich beinahe einen Aperitif gegönnt, doch im gleichen Augenblick verspürte er einen Stich in der Höhe der Leber.

›In spätestens acht Tagen ...‹

Er versteckte die zehntausend Francs, die übriggeblieben waren, in einem Ordner mit der Aufschrift: Streitfälle.

»Pierre!«

»Nein!«

»Was machst du?«

»Ich arbeite ...«

Er arbeitete wirklich. Er skizzierte einen Brief für den Fall, daß Madame Czaris ihm antwortete und ihm die dreißigtausend Francs schickte. Denn dann ...

Ich bin untröstlich, Sie erneut behelligen zu müssen; Sie werden verstehen, daß eine Angelegenheit wie die, welche uns beschäftigt, erhebliche Unkosten nach sich zieht ...

Sechs Monate später starb seine Frau, allein in der Kammer hinter dem Laden, während er einen neuen Plan austüftelte, um ...

Es waren jetzt hunderttausend Francs in dem Ordner für »Streitfälle«. Madame Czaris und ihr Geliebter – mit Sicherheit der Sekretär ihres Ex-Gatten – waren in Kairo.

Teure Klientin,

Unvorhergesehene Ereignisse versetzen mich in eine prekäre Situation, und zu meinem großen Bedauern bin ich gezwungen ...

Er kümmerte sich so wenig um seinen Sohn, daß er nicht wußte, wann der Junge abends nach Hause kam oder ob er wegblieb. Er gab ihm kein Geld oder sehr wenig. Fünf Francs in der Woche. Er trank seinen Kaffee in der Brasserie, um die Holzkohlen zu sparen.

Nie würde er von dieser Frau ganz bezahlt werden können... Den ganzen Tag entwarf er Briefe, Briefe, Briefe...

...Ich bitte Sie, sich in die Haut eines armen Mannes zu versetzen, der...

Hundertzwanzig-... hundertfünfzigtausend Francs in dem Ordner für »Streitfälle«... Aber wer hätte ihm sagen können, wieviel die ganze Sache tatsächlich wert war und ob er nicht betrogen wurde?

Maigrets Pfeife

I

Das Haus, in dem sich die Gegenstände bewegen

Es war halb acht. Mit einem erleichterten und zugleich müden Seufzer, dem Seufzer eines schweren Mannes am Ende eines heißen Julitages, zog Maigret im Büro des Chefs mechanisch die Uhr aus der Westentasche. Dann streckte er den Arm aus und raffte seine Akten auf dem Mahagonischreibtisch zusammen. Die Polstertür schloß sich hinter ihm, und er ging durchs Vorzimmer. Kein Mensch in den roten Sesseln. Der alte Bürodiener saß in seinem Glaskäfig. Der Korridor des Kriminalpolizeigebäudes war leer und bot einen langgezogenen, grauen und doch sonnenbeschienenen Ausblick.

Das tägliche Einerlei. Er kehrte in sein Büro zurück. Es roch immer noch nach Tabak, obwohl das Fenster gegen den Quai des Orfèvres weit geöffnet war. Er legte die Akten in eine Ecke des Schreibtischs, klopfte seine noch warme Pfeife auf dem Fenstersims aus, ging zurück, setzte sich und tastete mechanisch nach einer andern Pfeife rechts von ihm, dort, wo sie hätte liegen sollen.

Sie war nicht dort. Es lagen zwar drei Pfeifen umher, eine davon, die Meerschaumpfeife, neben dem Aschenbecher; aber die richtige, die er suchte, auf die er immer wieder zurückkam, die er ständig bei sich trug, eine große, leicht geschwungene Bruyèrepfeife, die ihm seine Frau vor zehn Jahren zum Geburtstag geschenkt hatte und die er seine liebe alte Pfeife nannte, die war nicht da.

Überrascht klopfte er seine Taschen ab und steckte die Hände hinein. Er schaute auf dem schwarzen Marmorkamin nach. Eigentlich dachte er sich nichts dabei. Es war nichts Außergewöhnliches, wenn er eine seiner Pfeifen nicht auf der Stelle fand. Er ging zwei- oder dreimal im Büro auf und ab, öffnete den Wandschrank, wo sich ein Emailbecken befand, in dem man sich die Hände waschen konnte.

Er suchte wie alle Männer ziemlich unüberlegt, denn er hatte ja diesen Wandschrank den ganzen Nachmittag nicht geöffnet, und als etwas nach sechs Uhr der Anruf von Coméliau, dem Untersuchungsrichter, gekommen war, hatte er eben jene Pfeife im Mund gehabt.

Dann klingelte er dem Bürodiener:

»Sagen Sie mal, Emile, war niemand hier, während ich beim Chef war?«

»Niemand, Herr Kommissar.«

Er durchsuchte erneut alle seine Jacken- und Hosentaschen. Er bot den Anblick eines dicken verärgerten Mannes, und ihm wurde heiß von der vergeblichen Sucherei.

Er betrat das leere Inspektorenbüro. Es kam vor, daß er eine seiner Pfeifen dort liegenließ. Es war ein seltsames und angenehmes Gefühl, die Räume am Quai des Orfèvres so einsam, in einer Art Ferienstimmung vorzufinden. Keine Pfeife. Er klopfte beim Chef an. Dieser war soeben fortgegangen. Maigret betrat sein Büro, wußte aber im voraus, daß seine Pfeife nicht hier war, daß er eine andere geraucht hatte, als er gegen halb sieben da gewesen war, um über die laufenden Fälle sowie über seine bevorstehenden Ferien auf dem Land zu plaudern.

Zwanzig vor acht. Er hatte versprochen, um acht Uhr zu Hause am Boulevard Richard-Lenoir zu sein, wo seine Schwägerin und ihr Mann zu Gast waren. Was hatte er noch mitzubringen versprochen? Früchte. Natürlich. Seine Frau hatte ihn gebeten, Pfirsiche zu kaufen.

Aber unterwegs in der schwülen Abendluft dachte er immer noch an seine Pfeife. Das beschäftigte ihn ein wenig gegen seinen Willen, so wie ein unbedeutender, aber unerklärlicher Vorfall einen beschäftigen kann.

Er kaufte die Pfirsiche, ging nach Hause und begrüßte seine Schwägerin, die noch dicker geworden war. Er servierte die Aperitifs. In diesem Augenblick hätte die Lieblingspfeife in seinen Mund gehört.

»Viel Arbeit?«

»Nein. Es ist ruhig.«

Solche Zeiten gab es eben. Zwei seiner Kollegen waren auf Urlaub. Der dritte hatte morgens angerufen, um mitzuteilen, daß soeben Verwandtschaft aus der Provinz angekommen sei und daß er zwei Tage frei nehme.

»Du siehst aus, als hättest du Sorgen, Maigret«, bemerkte seine Frau während des Abendessens.

Und er wagte nicht zuzugeben, daß er sich seiner Pfeife wegen plagte. Gewiß, es war kein Drama. Trotzdem war er nicht in Stimmung.

Um zwei Uhr. Ja, er hatte sich einige Minuten nach zwei Uhr an seinen Schreibtisch gesetzt. Lucas war gekommen, um ihm über seine Schieberaffäre zu berichten, dann über Inspektor Janvier, bei dem wieder ein Kind unterwegs war.

Hierauf, nachdem er seine Jacke ausgezogen und seine Krawatte etwas gelockert hatte, hatte er geruhsam einen Bericht über einen Selbstmord abgefaßt, den man zunächst für ein Verbrechen gehalten hatte. Er hatte dabei seine dicke Pfeife geraucht.

Dann Gégène. Ein kleiner Zuhälter vom Montmartre, der seiner Dirne einen Messerstich versetzt hatte. Da sie ihn »ein wenig geärgert« hatte, wie er sagte. Aber Gégène hatte sich dem Schreibtisch nicht genähert. Überdies hatte er Handschellen getragen.

Man servierte den Likör. Die beiden Frauen redeten über das Kochen. Der Schwager hörte mit halbem Ohr zu und rauchte dabei eine Zigarre, und die Geräusche vom Boulevard Richard-Lenoir kamen durchs offene Fenster herein.

Er hatte an diesem Nachmittag nicht einmal sein Büro verlassen, um in der Brasserie Dauphine ein Halbes zu trinken.

Also, da war die Frau gewesen... Wie hieß sie nur? Roy oder Leroy. Sie hatte sich vorher nicht angemeldet. Emile war gekommen und hatte angekündigt:

»Eine Dame mit ihrem Sohn.«

»Worum handelt es sich?«

»Sie will es nicht sagen. Sie besteht darauf, mit dem Chef zu sprechen.«

»Führen Sie sie herein.«

Ein reiner Zufall, daß er zeitlich nicht vollständig ausgebucht war, denn sonst hätte er sie nicht empfangen. Er hatte diesem Besuch so wenig Bedeutung beigemessen, daß er jetzt Mühe hatte, sich an die Einzelheiten zu erinnern.

Seine Schwägerin und der Schwager gingen fort. Beim Aufräumen der Wohnung sagte seine Frau zu ihm:

»Du warst nicht gesprächig heute abend. Etwas ist nicht in Ordnung.«

Das stimmte nicht. Es ging im Gegenteil alles sehr gut, außer der Pfeife. Es war nun fast dunkel, und Maigret stützte sich hemdsärmlig aufs Fensterbrett, so wie Tausende zur gleichen Zeit an den Fenstern von Paris frische Luft schnappten und dabei eine Pfeife oder eine Zigarette rauchten.

Die Frau – besser gesagt Madame Leroy – hatte genau dem Kommissar gegenüber Platz genommen. Mit dem etwas steifen Gehabe eines Menschen, der sich vorgenommen hat, seine Würde zu wahren. Eine Frau von etwa fünfundvierzig, von der Sorte, die beim Altern allmählich austrocknen. Er, Maigret, hatte eher eine Vorliebe für solche, die mit den Jahren dick werden.

»Ich bin zu Ihnen gekommen, Herr Direktor, um ...«

»Der Direktor ist abwesend. Ich bin Kommissar Maigret.«

Wahrhaftig! Jetzt fiel ihm ein kleines Detail wieder ein. Die Frau hatte nicht einmal mit der Wimper gezuckt. Zweifellos las sie keine Zeitungen und hatte sicher noch nie von ihm gehört. Sie schien eher verärgert zu sein, nicht dem Direktor der Kriminalpolizei in Person gegenüberzusitzen, und mit einer Handgeste hatte sie angedeutet:

»Dann eben nicht! Ich muß mich wohl damit abfinden.«

Der Bursche hingegen, den Maigret zuvor gar nicht beachtet hatte, hatte offensichtlich vom Stuhl aufspringen wollen und den Kommissar lebhaft, sehnsüchtig angeblickt.

»Willst du dich nicht hinlegen, Maigret?« fragte seine Frau, die soeben das Bett zurechtgemacht hatte und sich auszuziehen begann.

»Gleich.«

Also, was hatte ihm diese Frau eigentlich erzählt? Sie hatte so viel geredet! Wortreich und eindringlich, so wie die Menschen, die jedem einzelnen Wort die größte Bedeutung beimessen und immer befürchten, man nehme sie nicht ernst. Eine Manie der Frauen übrigens, besonders der Frauen, die gegen die Fünfzig gehen.

»Mein Sohn und ich, wir wohnen ...«

Sie hatte im Grunde genommen nicht einmal so unrecht, denn Maigret hörte ihr nur mit halbem Ohr zu.

Sie war verwitwet, nun gut! Sie hatte gesagt, sie sei seit ein paar – fünf oder sechs – Jahren verwitwet, er hatte vergessen wie viele. Ziemlich lange, denn sie beklagte sich, die Erziehung ihres Sohnes habe ihr Mühe bereitet:

»Ich habe alles für ihn getan, Herr Kommissar.«

Wie hätte er den Worten Aufmerksamkeit schenken sollen, die alle Frauen dieses Alters in dieser Situation wiederholen, mit demselben Stolz und dem gleichen verkniffenen, schmerzlichen Ausdruck? Im Zusammenhang mit dieser Witwenschaft war übrigens etwas vorgefallen. Was? Ach ja...

Sie hatte gesagt:

»Mein Mann war Berufsoffizier.«

Und ihr Sohn hatte richtiggestellt:

»Adjutant, Mutter. In der Intendantur von Vincennes.«

»Bitte... Wenn ich sage Offizier, so weiß ich, was ich sage. Wenn er nicht gestorben wäre, wenn er sich nicht zu Tode gearbeitet hätte für Vorgesetzte, die es nicht verdienten und die ihn allein schuften ließen, so wäre er im jetzigen Zeitpunkt Offizier... Also...«

Maigret vergaß seine Pfeife nicht. Im Gegenteil, seine Gedanken kreisten immer um diese Frage. Ein Beweis dafür war, daß er das Wort Vincennes mit der Pfeife in Zusammenhang brachte. Er war sicher, daß er sie im Augenblick, da es ausgesprochen worden war, geraucht hatte. Danach war von Vincennes nicht mehr die Rede gewesen.

»Verzeihung. Wo wohnen Sie?«

Er hatte den Namen des Quais vergessen, erinnerte sich aber, daß er die unmittelbare Fortsetzung des Quais de Bercy in Charenton bildete. In seinem Gedächtnis haftete das Bild eines sehr breiten Quais mit Lagerschuppen und Lastkähnen, die entladen wurden.

»Ein kleines einstöckiges Haus zwischen einem Café, das die Straßenecke einnimmt, und einem großen Mietshaus.«

Der junge Mann saß am äußersten Ende des Schreibtischs mit seinem Strohhut auf den Knien.

»Mein Sohn wollte nicht, daß ich mich an Sie wende, Herr Direktor, Verzeihung, Herr Kommissar. Aber ich habe zu ihm gesagt:

›Wenn du dir nichts vorzuwerfen hast, besteht kein Grund ...‹«

Was für eine Farbe hatte ihr Kleid gehabt? Etwas Schwarzes mit Mauve darin. Eines dieser Kleider, das reife Frauen tragen, wenn sie vornehm wirken wollen. Ein ziemlich komplizierter Hut, der wahrscheinlich etliche Male umgearbeitet worden war, Handschuhe aus dunklem Garn. Sie hörte sich gerne reden. Sie begann ihre Sätze mit Wendungen wie:

»Stellen Sie sich vor, daß ...«

Oder:

»Jeder wird Ihnen sagen ...«

Maigret, der bei ihrem Kommen die Jacke angezogen hatte, hatte sich heiß und schläfrig gefühlt. Eine undankbare Aufgabe. Er hatte bedauert, sie nicht gleich ins Inspektorenbüro geschickt zu haben.

»Schon mehrmals habe ich nun beim Nachhausekommen festgestellt, daß während meiner Abwesenheit jemand dort war.«

»Entschuldigung, Sie wohnen allein mit Ihrem Sohn?«

»Ja. Ich dachte zuerst, er sei es gewesen. Aber es war während seiner Arbeitszeit.«

Maigret schaute den Burschen an, der sich zu ärgern schien. Auch einer der Typen, die er gut kannte. Wahrscheinlich siebzehn Jahre alt. Mager und aufgeschossen. Pickel im Gesicht, rötliches Haar und Sommersprossen rund um die Nase.

Ein Duckmäuser? Vielleicht. Seine Mutter sollte es etwas später behaupten, denn es gibt Leute, die über ihre Angehörigen gern schlecht reden. Auf jeden Fall schüchtern. Verschlossen. Er hatte auf den Teppich oder auf irgendeinen Gegenstand im Büro gestarrt, und wenn er glaubte, man sehe ihn nicht an, hatte er Maigret verstohlen einen scharfen Blick zugeworfen.

Es paßte ihm nicht, dabei sein zu müssen, das war offensichtlich. Er war nicht gleicher Meinung wie seine Mutter über den Sinn dieser Maßnahme. Vielleicht schämte er sich ihretwegen, ihrer Anmaßung, ihrer Schwatzhaftigkeit wegen ein wenig?

»Was macht Ihr Sohn?«

»Er ist Friseurgehilfe.«

Und der Jüngling hatte voller Bitterkeit erklärt:

»Da ich einen Onkel habe, der in Niort einen Friseursalon führt, hat es sich meine Mutter in den Kopf gesetzt ...«

»Es ist keine Schande, Friseur zu sein. Ich wollte damit sagen, Herr Kommissar, daß er den Salon bei der Place de la République, wo er arbeitet, nicht verlassen kann. Ich habe mich übrigens vergewissert.«

»Wie bitte? Sie haben Ihren Sohn verdächtigt, während Ihrer Abwesenheit nach Hause zu gehen, und haben ihn überwacht?«

»Ja, Herr Kommissar. Ich verdächtige niemanden besonders, aber ich weiß, daß die Männer zu allem fähig sind.«

»Was hätte denn Ihr Sohn zu Hause ohne Ihr Wissen anstellen sollen?«

»Ich weiß es nicht.«

Dann, nach einer Pause:

»Vielleicht Frauen mitnehmen! Vor drei Monaten hab ich doch in seiner Hosentasche einen Brief von einem Mädchen gefunden. Wenn sein Vater...«

»Weshalb sind Sie so sicher, daß sich jemand bei Ihnen eingeschlichen hat?«

»Zunächst spürt man das sofort. Schon wenn ich die Tür öffne, könnte ich sagen...«

Nicht sehr wissenschaftlich, aber eigentlich ziemlich wahr, ziemlich menschlich. Maigret hatte auch schon solche Empfindungen gehabt.

»Und sonst?«

»Und sonst, nichtssagende Kleinigkeiten. Zum Beispiel die Tür des Spiegelschranks, die ich nie verschließe und deren Schlüssel einmal umgedreht worden war.«

»Befinden sich in Ihrem Spiegelschrank wertvolle Gegenstände?«

»Unsere Kleider und unsere Wäsche, außerdem einige Familienandenken, aber es war nichts verschwunden, wenn Sie das meinen. Im Keller stand auch eine Kiste nicht mehr am gleichen Ort.«

»Und was enthielt sie?...«

»Leere Einmachgläser.«

»Also ist bei Ihnen nichts verschwunden?«

»Ich glaube nicht.«

»Wie lange haben Sie schon das Gefühl, daß Ihre Wohnung durchsucht wird?«

»Es ist kein Gefühl. Es ist eine Gewißheit. Seit etwa drei Monaten.«

»Wie oft ist das nach Ihrer Meinung geschehen?«

»Im ganzen vielleicht zehnmal. Nach dem ersten Mal

ging es lange, vielleicht drei Wochen, bis wieder jemand kam. Oder ich habe es nicht bemerkt. Dann zweimal nacheinander. Dann wieder drei Wochen oder länger Ruhe. Seit einigen Tagen gibt es eine Durchsuchung nach der anderen, und vorgestern, als wir das schreckliche Gewitter hatten, fand ich Fußspuren und nasse Flecken.«

»Sie wissen nicht, ob die Spuren von einem Mann oder von einer Frau stammen?«

»Eher von einem Mann, aber ich bin nicht sicher.«

Sie hatte noch viele andere Dinge gesagt. Sie hatte so viel geredet, ohne daß man sie dazu drängen mußte! Am Montag zuvor zum Beispiel war sie mit ihrem Sohn absichtlich ins Kino gegangen, weil die Friseure am Montag nicht arbeiten. Auf diese Weise konnte sie ihn im Auge behalten. Er war den ganzen Nachmittag bei ihr gewesen. Sie waren zusammen nach Hause gegangen.

»Nun, es war jemand dagewesen.«

»Und doch wollte Ihr Sohn nicht, daß Sie die Polizei benachrichtigen?«

»Eben, Herr Kommissar. Gerade das verstehe ich nicht. Er hat die Spuren genauso wie ich gesehen.«

»Sie haben die Spuren gesehen, junger Mann?«

Er zog es vor, nicht zu antworten und ein störrisches Gesicht zu machen. Bedeutete dies, daß seine Mutter übertrieb, daß sie nicht bei Sinnen war?

»Wissen Sie, auf welchem Weg der oder die Besucher ins Haus eindrangen?«

»Ich vermute durch die Tür. Ich lasse die Fenster nie offen. Die Mauer ist zu hoch, als daß man über den

Hinterhof ins Haus gelangen könnte, und man müßte die Hinterhöfe der Nachbarhäuser durchqueren.«

»Sie haben am Türschloß keine Spuren gesehen?«

»Keinen einzigen Kratzer. Ich habe sogar mit der Lupe meines verstorbenen Mannes nachgeschaut.«

»Und niemand hat einen Schlüssel zu Ihrem Haus?«

»Niemand. Da wäre allerdings meine Tochter (unauffällige Gebärde des Burschen), aber sie wohnt mit ihrem Mann und ihren beiden Kindern in Orléans.«

»Sie kommen gut mit ihr aus?«

»Ich habe ihr immer gesagt, es sei ein Fehler gewesen, diesen Nichtsnutz zu heiraten. Davon abgesehen, da wir uns gegenseitig nicht besuchen...«

»Sie sind oft von zu Hause weg? Sie haben mir gesagt, Sie seien verwitwet. Die Pension, die Sie von der Armee bekommen, reicht wahrscheinlich nicht aus.«

Sie setzte eine bescheiden-würdige Miene auf:

»Ich arbeite. Was wollen Sie! Zuerst, ich meine nach dem Tod meines Mannes, hatte ich Pensionäre, zwei. Aber Männer sind zu schmutzig. Wenn Sie gesehen hätten, in welchem Zustand sich ihre Zimmer befanden!«

In jenem Augenblick war Maigret sich nicht bewußt gewesen, daß er zuhörte, und doch erinnerte er sich jetzt nicht nur an ihre Worte, sondern auch an deren Betonung.

»Seit einem Jahr bin ich Gesellschafterin von Madame Lallemant. Eine sehr vornehme Dame. Mutter eines Arztes. Sie lebt allein in der Nähe, das heißt gerade gegenüber der Schleuse von Charenton, und jeden Nachmittag... Es ist eher eine Freundin, verstehen Sie?«

Eigentlich hatte Maigret dem keine Bedeutung beigemessen. War sie hysterisch? Vielleicht. Es interessierte ihn nicht. Es war genau die Sorte von Besuch, bei dem man eine halbe Stunde lang seine Zeit verliert. Der Chef war eben ins Büro gekommen, besser gesagt, er hatte die Tür aufgestoßen, wie er es oft tat. Er hatte einen Blick auf die Besucher geworfen, und auch er hatte allein aus ihrer Erscheinung entnommen, daß es sich um eine Banalität handelte:

»Können Sie einen Augenblick kommen, Maigret?«

Sie hatten beide eine Weile im Büro nebenan gestanden, um über einen Verhaftungsbefehl zu diskutieren, der soeben telegrafisch aus Dijon eingetroffen war.

»Torrence wird das übernehmen«, hatte Maigret gesagt.

Er hatte da nicht seine Lieblingspfeife, sondern eine andere Pfeife geraucht. Die Lieblingspfeife hatte er also logischerweise in dem Moment auf den Schreibtisch legen müssen, als Coméliau ihn kurz vorher angerufen hatte. Aber da hatte er noch nicht daran gedacht.

Er war dann zurückgekehrt und mit den Händen auf dem Rücken am Fenster stehen geblieben:

»Kurz und gut, man hat Ihnen nichts gestohlen, Madame?«

»Ich nehme es nicht an.«

»Ich meine, Sie machen keine Diebstahlsanzeige?«

»Ich kann nicht, angesichts der Tatsache, daß ...«

»Sie haben einfach das Gefühl, daß in den letzten Monaten, besonders in den letzten Tagen, es sich jemand zur Gewohnheit gemacht hat, in Ihrer Abwesenheit Ihre Wohnung zu betreten?«

»Und einmal sogar nachts.«

»Haben Sie jemanden gesehen?«

»Ich habe etwas gehört.«

»Was haben Sie gehört?«

»In der Küche ist eine Tasse zu Boden gefallen und zerbrochen. Ich ging sogleich hinunter.«

»Hatten Sie eine Waffe?«

»Nein. Ich bin nicht ängstlich.«

»Und es war niemand da?«

»Es war niemand mehr da. Die Scherben der Tasse lagen am Boden.«

»Und Sie haben keine Katze?«

»Nein. Weder eine Katze noch einen Hund. Tiere bringen zuviel Schmutz ins Haus.«

»Hätte sich nicht eine fremde Katze in Ihr Haus einschleichen können?«

Und dem Burschen auf seinem Stuhl schien das immer peinlicher zu werden.

»Du mißbrauchst die Geduld von Kommissar Maigret, Mama.«

»Kurz, Sie wissen nicht, Madame, wer in Ihre Wohnung eindringt, und Sie haben keine Ahnung, was man dort suchen könnte?«

»Nicht die geringste. Wir waren immer anständige Leute und ...«

»Wenn ich Ihnen einen Rat geben darf, so lassen Sie ein neues Türschloß anbringen. Dann werden wir ja sehen, ob die geheimnisvollen Besuche fortgesetzt werden.«

»Die Polizei wird nichts unternehmen?«

Er hatte sie auf die Tür zugeschoben. Es war kurz vor

dem Zeitpunkt gewesen, da ihn der Chef jeweils in seinem Büro erwartete.

»Für alle Fälle schicke ich Ihnen morgen einen meiner Männer. Aber außer einer Überwachung des Hauses von morgens bis abends und von abends bis morgens weiß ich nicht recht ...«

»Wann kommt er?«

»Sie haben mir gesagt, daß Sie morgens zu Hause sind.«

»Außer wenn ich einkaufen gehe.«

»Paßt es Ihnen um zehn Uhr? ... Morgen um zehn Uhr. Auf Wiedersehen, Madame. Auf Wiedersehen, junger Mann.«

Es klingelte. Lucas kam herein.

»Bist du es? ... Du gehst morgen um zehn Uhr in diese Wohnung. Du wirst sehen, worum es sich handelt.«

Er war nicht im geringsten von der Sache überzeugt. Die Polizeipräfektur teilt mit den Zeitungsredaktionen das Privileg, alle Verrückten und alle Hysteriker anzulocken.

Und als er nun am Fenster seiner Wohnung stand und ihn die Frische der Nacht allmählich durchdrang, brummte Maigret:

»Verflixter Schlingel!«

Denn sicher hatte der die Pfeife vom Schreibtisch geklaut.

»Gehst du nicht zu Bett?«

Er ging zu Bett. Er war schlecht gelaunt und mürrisch. Das Bett war schon warm und vom Schweiß ein wenig feucht. Er brummelte vor sich hin, bis er einschlief. Und am nächsten Morgen erwachte er lustlos wie einer, der mit einem unangenehmen Gefühl eingeschlafen ist. Er hatte nicht eigentlich eine Vorahnung, und doch spürte er genau – seine Frau spürte es auch, wagte aber nichts zu sagen –, daß er mit dem linken Fuß aus dem Bett gestiegen war. Überdies zog ein Gewitter herauf, die Luft war schon schwül.

Er ging zu Fuß die Quais entlang bis zum Quai des Orfèvres, und es passierte ihm zweimal, daß er in der Hosentasche nach seiner Lieblingspfeife suchte. Er stieg schnaufend die verstaubte Treppe hinauf. Emile empfing ihn mit den Worten:

»Es will jemand zu Ihnen, Herr Kommissar.«

Er ging zum Wartezimmer, warf einen Blick durch die Glasscheiben und sah Madame Leroy, die wie sprungbereit auf der äußersten Kante eines mit grünem Samt bezogenen Stuhls saß. Sie erblickte ihn, stürzte sich förmlich auf ihn, aufgeregt, wütend, verängstigt, von tausend verschiedenen Gefühlen bewegt, und schrie, indem sie ihn am Jackenaufschlag packte:

»Was hab ich Ihnen gesagt? Sie sind heute nacht gekommen! Mein Sohn ist verschwunden! Glauben Sie mir jetzt? Oh, ich hab schon gespürt, daß Sie mich für eine Verrückte hielten. Ich bin nicht so blöd. Und sehen Sie, sehen Sie ...«

Sie wühlte fieberhaft in ihrer Handtasche, zog ein Taschentuch mit blauem Bord hervor und schwenkte es triumphierend:

»Das hier ... Ja das, *ist* das ein Beweis? Wir haben kein einziges blaugemustertes Taschentuch im Haus, und doch hab ich das hier unter dem Küchentisch gefunden. Und das ist nicht alles.«

Maigret blickte trübsinnig den Korridor entlang, in dem morgendlicher Betrieb herrschte und wo man sich nach ihnen umdrehte.

»Kommen Sie mit, Madame«, seufzte er.

Natürlich, die unangenehme Überraschung! Er hatte sie doch vorausgeahnt. Er stieß seine Bürotür auf und hängte den Hut an den gewohnten Platz.

»Setzen Sie sich! Ich bin ganz Ohr. Sie sagen, daß Ihr Sohn ...«

»Ich sage, daß mein Sohn heute nacht verschwunden ist, und Gott mag wissen, was inzwischen aus ihm geworden ist.«

II

Josephs Pantoffeln

Es war schwer, ihre wahren Gedanken über das Verhängnis, das ihren Sohn ereilt hatte, zu erraten. Vorhin, bei der Kriminalpolizei, hatte sie während des Tränenausbruchs, der mit der Plötzlichkeit eines Sommergewitters eingesetzt hatte, gestöhnt:

»Sehen Sie, ich bin sicher, daß sie ihn getötet haben. Und Sie, Sie haben inzwischen nichts unternommen. Glauben Sie etwa, ich wisse nicht, was Sie dachten? Sie hielten mich für eine Verrückte. Ach, und jetzt ist er bestimmt tot. Und ich, ich bin nun ganz allein, ohne Stütze.«

Jetzt aber, im Taxi, das unter dem Laubdach des Quai de Bercy dahinrollte, der wie eine Provinzpromenade wirkte, war ihr Gesicht wieder entspannt, ihr Blick wieder stechend, und sie sagte:

»Sehen Sie, Herr Kommissar, er ist ein Schwächling. Er wird den Frauen nie widerstehen können. Wie sein Vater, der mich damit so leiden machte!«

Maigret saß neben ihr auf dem Hintersitz des Taxis. Lucas hatte neben dem Chauffeur Platz genommen.

Tatsächlich! Jenseits der Pariser Stadtgrenze, auf dem Gebiet von Charenton, hieß der Quai immer noch Quai de Bercy. Aber es gab keine Bäume mehr. Fabrikschlote auf der andern Seite der Seine. Diesseits Lagerhäuser, die gebaut worden waren, als die Gegend noch fast ländlich war, und die jetzt zwischen Mietshäusern eingekeilt waren. An einer Straßenecke ein Café-Restaurant mit grellroter Fassade und einer gelben Inschrift, einigen Metalltischen und zwei dürren Lorbeerbäumen in Fässern.

Madame Roy – nein, Leroy – wurde unruhig, klopfte an die Glasscheibe:

»Hier ist es. Bitte achten Sie nicht auf die Unordnung! Ich brauche Ihnen ja nicht zu sagen, daß ich mich nicht um den Haushalt gekümmert habe.«

Sie suchte in ihrer Handtasche einen Schlüssel. Die Haustür war in düsterem Braun gestrichen, die Fassade war rauchgrau. Maigret hatte Muße, sich zu vergewissern, daß keine Einbruchspuren vorhanden waren.

»Kommen Sie herein bitte. Ich nehme an, Sie möchten alle Zimmer inspizieren. Schauen Sie, die Scherben der Tasse liegen immer noch an der Stelle, wo ich sie gefunden habe!«

Sie hatte nicht gelogen, als sie sagte, es sei sauber. Kein

Stäubchen war zu sehen. Es roch förmlich nach Ordnung. Aber mein Gott, wie traurig war das! Mehr als traurig, unheimlich! Ein allzu schmaler Korridor, der in der unteren Hälfte braun, in der oberen gelb gestrichen war. Braune Türen. Tapeten, die vor mindestens zwanzig Jahren angebracht worden und so verblichen waren, daß sie keine Farbe mehr erkennen ließen.

Die Frau redete ständig. Vielleicht redete sie auch, wenn sie ganz allein war, da sie die Stille nicht ertragen konnte.

»Am meisten erstaunt mich, daß ich nichts gehört habe. Ich hab einen so leichten Schlaf, daß ich nachts mehrmals erwache. Nun, letzte Nacht schlief ich wie ein Murmeltier. Ich frage mich ...«

Er schaute sie an:

»Sie fragen sich, ob man Ihnen nicht ein Schlafmittel gegeben hat?«

»Das ist nicht möglich. Das hätte er doch nicht getan! Weshalb? Sagen Sie mir, weshalb er es getan hätte!«

Würde sie wieder aggressiv werden? Bald schien sie ihren Sohn zu beschuldigen, bald stellte sie ihn als Opfer hin, während Maigret, schwer und langsam wie er war, bewegungslos wirkte, selbst wenn er in dem kleinen Haus hin und her ging. Er war da und sog wie ein Schwamm alles auf, was seine Umgebung absonderte.

Und die Frau folgte ihm auf Schritt und Tritt, beobachtete mißtrauisch jede seiner Bewegungen, jeden seiner Blicke, und versuchte zu erraten, was er dachte.

Auch Lucas, verunsichert durch diese Untersuchung, die etwas Unseriöses, wenn nicht gar Unsinniges an sich hatte, belauerte die Reaktionen seines Chefs.

»Das Eßzimmer befindet sich rechts, am andern Ende des Korridors. Aber wenn wir allein waren – und wir waren immer allein –, aßen wir in der Küche.«

Sie wäre recht erstaunt, vielleicht entrüstet gewesen, wenn sie gewußt hätte, daß das, was Maigret mechanisch rings um sich herum suchte, seine Pfeife war. Er ging zum Treppenhaus, das noch schmaler war als der Korridor und ein lotteriges Geländer und knarrende Stufen hatte. Sie folgte ihm. Sie erklärte – denn Erklärungen waren ihr ein Bedürfnis:

»Joseph schlief im Zimmer linker Hand... Mein Gott, da sagte ich doch soeben ›schlief‹, wie wenn...«

»Sie haben nichts angefaßt?«

»Nichts, ich schwöre es. Wie Sie sehen, ist das Bett nicht gemacht. Aber ich wette, daß er nicht darin geschlafen hat. Mein Sohn schläft sehr unruhig. Morgens sind die Leintücher immer zerknüllt, und die Dekken liegen oft am Boden. Es kommt vor, daß er im Traum sehr laut spricht und im Schlaf sogar schreit.«

Dem Bett gegenüber ein Kleiderschrank, dessen Tür der Kommissar halb öffnete:

»Sind seine Kleider alle hier?«

»Eben nicht. Wenn sie da wären, hätte ich auf einem Stuhl seinen Anzug und sein Hemd gefunden, denn er räumte nie auf.«

Man hätte annehmen können, der Bursche habe nachts ein Geräusch gehört, sei in die Küche hinuntergegangen und sei dort von dem oder den geheimnisvollen Besuchern angegriffen worden.

»Sahen Sie ihn gestern abend in seinem Bett liegen?«

»Ich ging ihm immer gute Nacht wünschen, nachdem

er sich hingelegt hatte, auch gestern abend, wie jeden Tag. Er war ausgezogen. Seine Kleider lagen auf dem Stuhl. Der Schlüssel hingegen ...«

Da fiel ihr etwas ein. Sie erklärte:

»Ich war immer die letzte, die noch unten war, und ich schloß die Tür ab. Ich behielt den Schlüssel in meinem Schlafzimmer, unter dem Kopfkissen, um zu verhindern ...«

»Schlief Ihr Mann oft auswärts?«

Und sie, mit würde- und schmerzvoller Stimme:

»Er hat es einmal getan, nach drei Ehejahren.«

»Und von da an pflegten Sie den Schlüssel unter Ihr Kopfkissen zu legen?«

Sie gab keine Antwort, und Maigret war überzeugt, daß der Vater ebenso scharf bewacht worden war wie der Sohn.

»Heute morgen also war der Schlüssel immer noch an seinem Platz?«

»Ja, Herr Kommissar. Ich dachte nicht sofort daran, aber ich kann mich jetzt erinnern. Das heißt also, daß er nicht fortgehen wollte, nicht wahr?«

»Einen Augenblick. Ihr Sohn ging zu Bett. Dann stand er wieder auf und zog sich an.«

»Ach! Da liegt seine Krawatte am Boden! Er hat keine Krawatte angezogen.«

»Und die Schuhe?«

Sie drehte sich schnell gegen eine Ecke des Zimmers um, in der etwas voneinander entfernt zwei abgetragene Schuhe standen:

»Auch nicht. Er ging in den Pantoffeln weg.«

Maigret suchte immer noch seine Pfeife, fand sie aber

nicht. Er wußte übrigens nicht so recht, was er suchte. Er durchforschte auf gut Glück das armselige, düstere Zimmer, das der Bursche bewohnt hatte. Ein Anzug im Schrank, ein blauer Anzug, sein »guter Anzug«, der sicher nur für den Sonntag bestimmt war, und ein Paar Lackschuhe. Einige Hemden, fast alle abgetragen, mit geflickten Kragen und geflickten Manschetten. Ein angebrochenes Paket Zigaretten.

»Übrigens, raucht Ihr Sohn nicht Pfeife?«

»In seinem Alter hab ich es ihm nicht erlaubt. Vor vierzehn Tagen ist er mit einer kleinen Pfeife nach Hause gekommen, die er sicher in einem Warenhaus gekauft hatte, denn es war Schund. Ich habe sie ihm aus dem Mund gerissen und ins Feuer geworfen. Sein Vater hat nicht einmal mit fünfundvierzig Jahren Pfeife geraucht.«

Maigret seufzte und betrat das Schlafzimmer von Madame Leroy, die nochmals sagte:

»Mein Bett ist nicht gemacht. Entschuldigen Sie die Unordnung.«

Die schäbige Abgedroschenheit des Zimmers war abstoßend.

»Oben sind Mansarden, wo wir während der ersten Monate nach dem Tod meines Mannes schliefen, als ich noch Mieter hatte. Sagen Sie, da er ja weder Schuhe noch eine Krawatte angezogen hat, glauben Sie ...«

Und Maigret, am Ende seiner Geduld:

»Ich weiß es doch nicht, Madame!«

Schon seit zwei Stunden durchsuchte nun Lucas das Haus bis in den hintersten Winkel hinein, mit Madame Leroy auf den Fersen, die man hie und da sagen hörte:

»Sehen Sie, diese Schublade wurde einmal aufgemacht! Sogar der Wäschestapel auf dem Tablar darüber ist umgedreht worden.«

Draußen brannte die Sonne nieder, dickflüssig wie Honig, im Haus jedoch herrschte Halbschatten, immerwährendes Grau. Maigret spielte je länger je mehr den Schwamm, ohne die Energie zu finden, seine Kollegen zu unterstützen.

Vor dem Verlassen des Quai des Orfèvres hatte er einen Inspektor beauftragt, sich telefonisch in Orléans zu vergewissern, daß die verheiratete Tochter in letzter Zeit nicht in Paris gewesen war. Es war keine Fährte.

War es möglich, daß Joseph hinter dem Rücken seiner Mutter einen Schlüssel hatte anfertigen lassen? Aber wenn er beabsichtigt hatte, in jener Nacht fortzugehen, weshalb hatte er dann keine Krawatte und vor allem keine Schuhe angezogen?

Maigret wußte jetzt, wie die berühmten Pantoffeln ungefähr aussahen. Aus Sparsamkeitsgründen fertigte Madame Leroy sie aus alten Stoffresten selbst an und schnitt die Sohlen aus einem Stück Filz aus.

Alles war armselig, und diese Armseligkeit war um so peinlicher, um so bedrückender, als sie sich nicht bekennen wollte.

Die früheren Mieter? Madame Leroy hatte von ihnen erzählt. Der erste, der sich meldete, nachdem sie ein Schild ins Fenster gestellt hatte, war ein alter lediger Angestellter von Soustelle, dem Weinhändler, dessen Lagerhaus er vom Quai de Bercy aus gesehen hatte.

»Ein anständiger Mensch mit guten Manieren, Herr Kommissar. Das heißt, kann man jemanden, der seine

Pfeife überall ausklopft, als einen anständigen Menschen bezeichnen? Und dann hatte er die Manie, nachts aufzustehen und hinunterzugehen, um sich Tee zu kochen. Eines Nachts stand ich auf, und ich begegnete ihm auf der Treppe, er war im Nachthemd und in Unterhosen. Er war immerhin ein gebildeter Mensch.«

Im zweiten Zimmer hatte zuerst ein Maurer gewohnt, sie sagte ein »Polier«, aber ihr Sohn hätte diesen anspruchsvollen Titel sicher richtiggestellt. Der Maurer hatte ihr den Hof gemacht und sie unbedingt heiraten wollen.

»Er erzählte mir immer von seinen Ersparnissen, von einem Haus bei Montluçon, das ihm gehöre und wohin er mich mitnehmen wolle, wenn wir verheiratet seien. Ich muß sagen, ich habe ihm nicht ein Wort, nicht eine ungebührliche Geste vorzuwerfen. Wenn er heimkam, sagte ich jeweils zu ihm:

›Waschen Sie sich die Hände, Monsieur Germain!‹

Und er tat es, unter dem Wasserhahn. Er war es, der an ein paar Sonntagen den Hof zementiert hat, und ich mußte darauf bestehen, den Zement zu bezahlen.«

Dann war der Maurer, vielleicht aus Enttäuschung, ausgezogen und durch einen Monsieur Bleustein ersetzt worden:

»Ein Ausländer. Er sprach sehr gut französisch, aber mit einem leichten Akzent. Er war Handelsreisender und übernachtete nur ein- bis zweimal in der Woche hier.«

»Hatten Ihre Mieter einen Schlüssel?«

»Nein, Herr Kommissar, denn damals war ich immer zu Hause. Wenn ich ausgehen mußte, schob ich ihn in einen Spalt in der Fassade hinter der Dachrinne, und sie wußten, wo er zu finden war. Eines Tages dann erschien Monsieur Bleustein nicht mehr. In seinem Zimmer fand ich nichts als einen zerbrochenen Kamm, ein altes Feuerzeug und völlig zerrissene Wäsche.«

»Hatte er Sie nicht benachrichtigt?«

»Nein. Und doch war auch er ein Mensch mit guten Manieren.«

Auf der Nähmaschine, die in einer Ecke des Eßzimmers stand, lagen ein paar Bücher. Maigret blätterte flüchtig darin. Es waren billige Ausgaben, vor allem Abenteuerromane. Hie und da waren am Rand der Buchseiten bald mit Bleistift, bald mit Tinte zwei ineinander verschlungene Buchstaben hingemalt: »J« und »M«, wobei das M fast immer größer war und kunstvoller geschwungen als das J.

»Kennen Sie jemanden, dessen Name mit M beginnt, Madame Leroy?« rief er ins Treppenhaus.

»Mit einem M?... Nein, es fällt mir nichts ein. Warten Sie... Die Schwägerin meines Mannes hieß zwar Marcelle, aber sie ist während einer Entbindung in Issoudun gestorben.«

Es war Mittag, als Lucas und Maigret das Haus wieder verließen.

»Gehen wir einen trinken, Chef?«

Und sie setzten sich an einen Tisch des kleinen roten Bistros an der Ecke. Es war beiden gleich trübsinnig zumute. Lucas war ziemlich schlecht gelaunt:

»Ist das ein Laden!« seufzte er. »Übrigens habe ich diesen Papierfetzen hier entdeckt. Und wissen Sie wo? Im Zigarettenpäckchen des Bengels. Der muß eine Höllenangst haben vor seiner Mutter, wenn er seine Liebesbriefe in Zigarettenpäckchen versteckt!«

Es war tatsächlich ein Liebesbrief:

Mein lieber Joseph,
Du hast mir gestern wehgetan, als Du sagtest, ich verachte Dich und ich würde nie einwilligen, einen Mann wie Dich zu heiraten. Du weißt sehr gut, daß ich nicht so bin und daß ich Dich ebenso liebe wie Du mich liebst. Ich bin zuversichtlich, daß Du eines Tages jemand sein wirst. Aber warte um Himmels willen nicht mehr so nahe beim Laden auf mich. Man hat Dich gesehen, und Madame Rose, die dasselbe tut, die aber ein altes Reff ist, hat sich bereits Bemerkungen erlaubt. Warte künftig an der Metrostation auf mich. Morgen nicht, denn meine Mutter wird mich abholen, weil wir zum Zahnarzt gehen. Und mache Dir vor allem keine Gedanken mehr. Ich küsse dich so, wie ich Dich liebe.

Mathilde

»Da haben wir's!« sagte Maigret und schob das Papier in seine Brieftasche.

»Da haben wir was?«

Das J und das M. Das Leben! So fing es an, und es hörte auf in einem kleinen Haus, das nach Mief und Resignation roch.

»Wenn ich daran denke, daß dieser Trampel meine Pfeife gestohlen hat!«

»Glauben Sie wirklich, daß man ihn entführt hat?«

Lucas glaubte es nicht, das spürte man. Und ebensowenig all die Geschichten der Mutter Leroy. Er hatte bereits genug von diesem Fall, und er wurde aus dem Benehmen des Chefs nicht klug, der über weiß Gott was nachzugrübeln schien.

»Wenn er mir die Pfeife nicht geklaut hätte...«, begann Maigret.

»Nun, was beweist das?«

»Du verstehst das nicht. Ich würde mir weniger Sorgen machen. Garçon, was bin ich Ihnen schuldig?«

Sie warteten nebeneinander auf den Autobus und blickten auf den fast menschenleeren Quai, wo die Kräne während der Imbißzeit unbeweglich ihre Arme in die Luft reckten und die Lastkähne zu schlafen schienen.

Im Autobus meinte Lucas:

»Gehen Sie nicht nach Hause?«

»Ich habe Lust, noch am Quai vorbeizugehen.«

Und plötzlich verzog sich sein Mund um den Pfeifenstiel herum zu einem eigentümlichen Lachen:

»Armer Kerl!... Mir fällt der Adjutant ein, der seine Frau vielleicht einmal in seinem Leben betrogen hat und für den Rest seiner Tage jede Nacht im eigenen Haus eingesperrt wurde.«

Dann, nachdem er eine Weile düster vor sich hingeträumt hatte:

»Lucas, hast du schon bemerkt, daß es auf den Friedhöfen viel mehr Gräber von Witwen als von Witwern gibt? ›Hier ruht Soundso, verstorben im Jahr 1901.‹ Dann, darunter, eine neuere Inschrift: ›Hier ruht die und die, Witwe von Soundso, verstorben im Jahr 1930.‹ Sie hat sich selbstverständlich wieder mit ihm vereint, aber neunundzwanzig Jahre später.«

Lucas versuchte nicht zu begreifen und stieg in einen

anderen Autobus, um mit seiner Frau zu Mittag zu essen.

Während man sich im Strafregister mit allen Bleusteins beschäftigte, mit denen das Gericht ein Hühnchen zu rupfen gehabt hatte, beschäftigte sich Maigret mit den laufenden Fällen, und Lucas verbrachte einen großen Teil seines Nachmittags im Viertel der République.

Das Gewitter brach nicht aus. Die Hitze wurde immer drückender, der Himmel war bleifarbig und schimmerte violett wie ein häßliches Furunkel. Mindestens zehnmal streckte Maigret die Hand nach seiner Lieblingspfeife aus, die nicht da war, und brummte jedesmal:

»Verflixter Bengel!«

Zweimal rief er die Zentrale an:

»Noch keine Nachricht von Lucas?«

Es war doch sicher nicht so schwierig, die Kollegen von Joseph Leroy im Frisiersalon auszufragen und durch sie auf die Spur dieser Mathilde zu kommen, die ihm zärtliche Liebesbriefe schrieb!

Zunächst einmal hatte Joseph seine, Maigrets Pfeife gestohlen.

Dann hatte in der vorigen Nacht dieser gleiche Joseph, obwohl er sonst fertig angezogen war, Pantoffeln angehabt – wenn man das Pantoffeln nennen konnte.

Maigret unterbrach plötzlich die Lektüre eines Protokolls, verlangte am Telefon das Strafregister und fragte mit einer für ihn ungewöhnlichen Ungeduld:

»Also, diese Bleusteins?«

»Wir sind am Suchen, Herr Kommissar. Es gibt eine

ganze Menge davon, echte und falsche. Wir kontrollieren die Daten, die Adressen. Jedenfalls finde ich keinen, der zu irgendeinem Zeitpunkt am Quai de Bercy registriert war. Sobald ich etwas habe, gebe ich Ihnen Bescheid.«

Schließlich Lucas, ein schwitzender Lucas, dem es gerade noch gereicht hatte, in der Brasserie Dauphine ein Halbes hinunterzustürzen, bevor er heraufkam:

»Ich bin soweit, Chef. Hat einige Mühe gekostet, kann ich Ihnen sagen. Ich dachte, das würde ganz von selbst gehen. Weit gefehlt! Unser Joseph ist ein komischer Kauz, der sich nicht ohne weiteres jemandem anvertraute. Stellen Sie sich einen Friseursalon in seiner ganzen Länge vor. Palace-Coiffure heißt das, mit fünfzehn oder zwanzig vor den Spiegeln aufgereihten Drehsesseln und ebensovielen Angestellten ... Da herrscht von morgens bis abends ein Hin und Her, ein Kommen und Gehen, da wird das Haar geschnitten, dort einem der Kopf gewaschen, hier eine Spülung gemacht.

›Joseph?‹ sagt der Patron, ein kleiner Dicker mit graumeliertem Haar zu mir, ›zunächst, welcher Joseph? Ach ja, der Joseph mit den Pickeln. Na, was hat er angestellt, der Joseph?‹

Ich bitte ihn um die Erlaubnis, seine Angestellten zu befragen, und da gehe ich nun von Sessel zu Sessel, rede mit Leuten, die sich verständnisvoll zulächeln und Blicke tauschen.

›Joseph? Nein, ich habe ihn nie begleitet. Er ging immer ganz allein weg. Ob er eine Freundin hatte? Es ist möglich ... Allerdings, mit einem solchen Gesicht ...‹

Und es werden Witze gerissen.

›Vertraulichkeiten? Ebensogut könnte man das von einem Holzbock erwarten. Der Herr schämte sich seines Berufs, er ließ sich nicht dazu herab, mit Haarschneidern zu verkehren.‹

Sie sehen, Chef, was für ein Ton da herrschte. Überdies mußte ich jeweils warten, bis ein Kunde fertig bedient war. Der Patron fand mich mit der Zeit lästig.

Schließlich komme ich zur Kasse. Eine etwa dreißigjährige, rundliche Kassiererin mit sehr sanften, sehr empfindsamen Gesichtszügen.

›Hat Joseph Dummheiten gemacht?‹ fragt sie mich zuerst.

›Aber nein, Mademoiselle. Im Gegenteil. Er hatte ein Verhältnis mit einem Mädchen dieses Viertels, nicht wahr?‹ «

Maigret knurrte:

»Mach's kurz, sei so gut!«

»Um so mehr als es Zeit ist hinzugehen, wenn Ihnen daran liegt, die Kleine zu sehen. Kurz und gut, durch die Kassiererin erhielt Joseph die Briefchen, wenn seine Mathilde das Rendezvous nicht einhalten konnte. Dasjenige, das ich im Zigarettenpäckchen entdeckt habe, muß von vorgestern sein. Ein kleiner Junge betrat jeweils eilig den Friseursalon und händigte das Briefchen an der Kasse aus, wobei er murmelte:

›Für Monsieur Joseph.‹

Glücklicherweise hatte die Kassiererin gesehen, daß der Junge mehrmals in ein Ledergeschäft am Boulevard Bonne-Nouvelle hineinging.

So ergab sich eins aus dem andern, bis ich schließlich Mathilde aufstöbern konnte.«

»Du hast ihr hoffentlich nichts gesagt?«

»Sie weiß nicht einmal, daß ich mich mit ihr beschäftige. Ich habe ihren Patron nur gefragt, ob eine seiner Angestellten Mathilde heiße. Er zeigte sie mir hinter ihrem Ladentisch. Er wollte sie rufen. Ich bat ihn, nichts zu sagen. Wenn Sie wollen ... Es ist halb sechs. In einer halben Stunde wird der Laden geschlossen.«

»Entschuldigen Sie, Mademoiselle ...«

»Nein, Monsieur.«

»Nur ein Wort ...«

»Lassen Sie mich in Ruhe!«

Eine kleine Frauensperson, ziemlich hübsch übrigens, die sich einbildete, Maigret ... Also gut:

»Polizei.«

»Wie bitte? Meinen Sie mich ...?«

»Ja, ich möchte ein paar Worte mit Ihnen sprechen. Wegen Ihres Freundes.«

»Joseph? ... Was hat er getan?«

»Ich weiß es nicht, Mademoiselle. Aber ich möchte wissen, wo er sich jetzt gerade aufhält.«

Im selben Augenblick dachte er:

›Verdammt! Ein Schnitzer ...‹

Er hatte eine Dummheit begangen, wie ein Anfänger. Er merkte es, als sie besorgt in die Runde blickte. Was hatte ihn eigentlich veranlaßt, sie anzusprechen, anstatt sie zu beschatten? Hatte sie nicht an der Metrostation mit Joseph abgemacht? Hoffte sie nicht, ihn dort zu treffen? Weshalb verlangsamte sie ihre Schritte, anstatt weiterzugehen?

»Ich nehme an, er ist bei der Arbeit, wie gewöhnlich.«

»Nein, Mademoiselle. Und zweifelsohne wissen Sie es so gut wie ich, wenn nicht sogar besser.«

»Was wollen Sie damit sagen?«

Es war die Tageszeit, da auf den großen Boulevards ein starkes Gedränge herrscht. Wahre Prozessionen wälzten sich auf die Metroeingänge zu, in die sich die Menge hineinschob.

»Bleiben wir einen Augenblick hier, bitte«, sagte er und zwang sie, in der Nähe der Station stehenzubleiben.

Und sie wurde nervös, das war offensichtlich. Sie drehte den Kopf nach allen Seiten. Sie besaß die Frische ihrer achtzehn Jahre, ein rundes Gesichtchen, das Selbstbewußtsein einer kleinen Pariserin.

»Wer hat Sie über mich informiert?«

»Das spielt keine Rolle. Was wissen Sie von Joseph?«

»Was sollte ich von ihm wissen?«

Auch der Kommissar spähte in die Menge, denn er sagte sich, wenn Joseph ihn mit Mathilde sähe, würde er sicher so rasch als möglich verschwinden.

»Hat Ihr Freund nie mit Ihnen über eine baldige Veränderung seiner Situation gesprochen?... Na, Sie wollen lügen, ich spüre es.«

»Weshalb sollte ich lügen?«

Sie biß sich auf die Lippe.

»Sehen Sie! Sie stellen eine Frage, um Zeit für eine Lüge zu gewinnen.«

Sie klopfte mit dem Absatz auf den Gehsteig.

»Und überhaupt, wer beweist mir, daß Sie wirklich von der Polizei sind?«

Er zeigte ihr seinen Ausweis.

»Joseph litt doch unter seiner Mittelmäßigkeit, nicht wahr?«

»Na und?«

»Er litt fürchterlich, übermäßig darunter.«

»Er hatte vielleicht keine Lust, Friseurgehilfe zu bleiben. Ist das ein Verbrechen?«

»Sie wissen sehr gut, daß ich nicht das meine. Er haßte das Haus, in dem er wohnte, das Leben, das er führte. Er schämte sich sogar seiner Mutter, nicht wahr?«

»Das hat er nie zu mir gesagt.«

»Aber Sie haben es gespürt. Nun, er hat in letzter Zeit sicher mit Ihnen über einen Wechsel in seiner Existenz gesprochen.«

»Nein.«

»Wie lange kennen Sie sich schon?«

»Seit etwas mehr als sechs Monaten. Es war im Winter. Er betrat den Laden, um eine Brieftasche zu kaufen. Ich begriff, daß sie ihm zu teuer waren, aber er wagte es nicht zu sagen und kaufte eine. Abends sah ich ihn auf dem Gehsteig. Er folgte mir mehrere Tage lang, bevor er den Mut hatte, mich anzusprechen.«

»Wo trafen Sie sich mit ihm?«

»Meist sahen wir uns nur für einige Minuten auf der Straße. Manchmal begleitete er mich in der Metro bis zur Station von Championnet, wo ich wohne. Es kam vor, daß wir sonntags zusammen ins Kino gingen, aber das war schwierig wegen meiner Eltern.«

»Sie waren nie bei ihm zu Hause, wenn seine Mutter abwesend war?«

»Nie, ich schwöre es. Einmal wollte er mir von weitem sein Haus zeigen, um mir zu erklären ...«

»Daß er sehr unglücklich war ... Sehen Sie?«

»Hat er etwas angestellt?«

»Aber nein, mein kleines Fräulein. Er ist einfach verschwunden. Und ich zähle ein bißchen auf Sie – nicht sehr, das gebe ich zu –, um ihn wiederzufinden. Es erübrigt sich wohl, Sie zu fragen, ob er in der Stadt ein Zimmer hatte.«

»Man sieht, daß Sie ihn nicht kennen. Überhaupt hätte er dafür nicht genug Geld gehabt. Er händigte alles, was er verdiente, seiner Mutter aus. Sie ließ ihm kaum so viel, daß er Zigaretten davon kaufen konnte.«

Sie errötete:

»Wenn wir ins Kino gingen, bezahlte jeder seinen Eintritt, und einmal, als ...«

»Fahren Sie fort ...«

»Mein Gott, weshalb nicht? ... Es ist nichts Unrechtes ... Einmal, vor einem Monat, als wir zusammen aufs Land fuhren, hatte er nicht genug Geld bei sich, um das Mittagessen zu bezahlen.«

»In welche Gegend sind Sie gefahren?«

»An die Marne. Wir verließen den Zug in Chelles und machten einen Spaziergang zwischen der Marne und dem Kanal.«

»Ich danke Ihnen, Mademoiselle.«

War sie erleichtert, Joseph nicht in der Menschenmasse gesehen zu haben? Enttäuscht? Sicher beides.

»Weshalb wird er von der Polizei gesucht?«

»Weil seine Mutter uns darum ersucht hat. Machen Sie sich keine Sorgen, Mademoiselle. Und hören Sie auf mich: Sollten Sie vor uns Nachricht von ihm bekommen, so geben Sie uns sofort Bescheid!«

Als er sich umdrehte, sah er, wie sie zögernd die Treppenstufen zur Metro hinunterstieg.

Auf seinem Schreibtisch im Quai des Orfèvres lag ein Zettel für ihn bereit:

»Ein siebenunddreißigjähriger Mann namens Bleustein Stéphane wurde am 15. Februar 1919 in seinem Appartement im Hotel Negresco in Nizza ermordet, wo er einige Tage zuvor abgestiegen war. Bleustein erhielt ziemlich häufig, oft spät in der Nacht, Besuche. Das Verbrechen wurde mit einem 6,35-mm-Revolver begangen, der nicht aufgefunden worden ist.

Mit den damaligen Nachforschungen konnte der Schuldige nicht ermittelt werden. Das Gepäck des Opfers war vom Mörder gründlich durchsucht worden, und am Morgen herrschte im Schlafzimmer eine unbeschreibliche Unordnung.

Was Bleustein anbetrifft, so blieb seine Person ziemlich geheimnisumwittert, und vergeblich stellte man Nachforschungen an, um seine Herkunft zu erfahren. Er war mit dem Schnellzug aus Paris in Nizza eingetroffen.

Die Kriminalpolizei von Nizza verfügt sicher über ausführlichere Informationen.«

Das Datum, an dem der Mord passiert war, stimmte mit dem Datum überein, an dem Bleustein vom Quai de Bercy verschwunden war, und Maigret, der wieder einmal seine nicht vorhandene Pfeife suchte und sie nicht fand, brummte verdrießlich:

»Verflixter kleiner Idiot!«

III

Nachforschungen im Auftrag der Familie

Es gibt Refrains, die einem so leicht eingehen und die sich – zum Beispiel in der Bahn – dem Fahrtrhythmus so gut anpassen, daß man einfach nicht von ihnen loskommt. Von einem solchen Refrain wurde Maigret in einem alten Taxi verfolgt, und den Rhythmus gab ein schwerer Gewitterregen an, der auf das weiche Autodach hämmerte: *Nach-for-schun-gen-im-Auf-trag-der-Fa-mi-lie. Nach-for-schun-gen-im-Auf* ...

Eigentlich hatte er absolut keinen Grund, hier zu sitzen und durch die Dunkelheit über die Straße zu rasen, mit einem bleichen, angespannten jungen Mädchen neben sich und dem folgsamen kleinen Lucas auf dem Klappsitz. Wenn man von einer Person wie Madame Leroy belästigt wird, hört man ihrem Gejammer nicht einmal bis zum Schluß zu:

»Man hat Ihnen nichts gestohlen, Madame? Sie reichen keine Klage ein? In dem Fall bedaure ich.«

Und selbst wenn ihr Sohn verschwunden ist:

»Sie sagen, er sei fortgegangen? Wenn wir alle Menschen suchen müßten, die von zu Hause weglaufen, hätte die gesamte Polizei nichts anderes mehr zu tun, und das Personal würde nicht einmal ausreichen.«

»Nachforschungen im Auftrag der Familie« nannte man das. Man unternahm sie nur auf Kosten derer, die solche Nachforschungen verlangten. Die Ergebnisse aber ...

Es waren übrigens immer anständige Leute, alte oder

junge, Männer oder Frauen, gutmütige Gesichter, sanfte, etwas bestürzte Augen, eindringliche, demütige Stimmen:

»Ich schwöre es Ihnen, Herr Kommissar, meine Frau – und ich kenne sie besser als irgend jemand – ist nicht freiwillig weggegangen.«

Oder die Tochter, »so unschuldig, so weichherzig, so...«.

Und solche gab es täglich Hunderte. »Nachforschungen im Auftrag der Familie.« Hatte es einen Wert, ihnen zu sagen, daß es für sie besser wäre, wenn man ihre Frau oder ihren Mann oder ihre Tochter nicht wiederfände, weil es doch nur eine Enttäuschung wäre? *Nachforschungen im...*

Und doch hatte er sich wieder auf so was eingelassen! Sie hatten Paris hinter sich gelassen, das Auto fuhr auf der Landstraße, außerhalb des Zuständigkeitsbereichs der Kriminalpolizei. Er hatte hier nichts zu suchen, man würde ihm nicht einmal seine Spesen vergüten.

Das alles wegen einer Pfeife. Das Gewitter war in dem Augenblick ausgebrochen, als er gegenüber dem Haus am Quai de Bercy aus dem Taxi gestiegen war. Als er geklingelt hatte, war Madame Leroy am Essen gewesen, ganz allein hatte sie in der Küche Brot, Butter und einen sauren Hering verzehrt. Trotz ihres Kummers hatte sie versucht, den Hering zu verstekken!

»Kennen Sie diesen Mann, Madame?«

Und sie, ohne zu zögern, aber überrascht:

»Das ist mein früherer Mieter, Monsieur Bleustein. Sonderbar... Auf dem Foto trägt er Kleider wie ein...«

Ja, wie ein Mann von Welt, während er in Charenton eher wie ein armer Kerl gewirkt hatte. Und dabei hatte man die Fotografie im Archiv einer großen Zeitung suchen müssen, weil man sie – weiß Gott weshalb – in den Polizeiarchiven nicht gefunden hatte!

»Was bedeutet das, Herr Kommissar? Wo ist dieser Mann? Was hat er getan?«

»Er ist tot. Sagen Sie mal. Ich sehe (er ließ den Blick im Zimmer umherschweifen, in dem Schränke und Schubladen geleert worden waren), daß Sie auf denselben Gedanken gekommen sind wie ich ...«

Sie war errötet. Schon hatte sie sich rechtfertigen wollen. Aber der Kommissar hatte an jenem Abend keine Geduld:

»Sie haben von allem, was sich im Haus befindet, ein Inventar gemacht. Streiten Sie es nicht ab. Sie mußten sich vergewissern, ob Ihr Sohn nicht etwas mitgenommen hat, nicht wahr? Resultat?«

»Nichts, ich schwöre es Ihnen. Es fehlt nichts. Was meinen Sie? Wohin gehen Sie?«

Denn er war weggegangen wie jemand, der es eilig hat, und war wieder in sein Taxi gestiegen. Nochmals sinnlos verlorene Zeit! Vorhin, am Boulevard Bonne-Nouvelle, hatte er dem jungen Mädchen gegenübergestanden. Da hatte er nicht daran gedacht, sie um ihre genaue Adresse zu bitten. Und nun brauchte er sie. Glücklicherweise wohnte der Besitzer des Ledergeschäfts in demselben Haus, in dem sich der Laden befand.

Wieder ein Taxi. Auf dem Straßenpflaster zerplatzten dicke Tropfen. Die Passanten beeilten sich. Das Auto schleuderte.

»Rue Championnet. Nr. 67...«

Er stürzte in eine kleine Stube, in der vier Personen, der Vater, die Mutter, die Tochter und ein zwölfjähriger Junge, um einen runden Tisch saßen und Suppe aßen. Mathilde sprang erschreckt auf und öffnete den Mund, um einen Schrei auszustoßen.

»Entschuldigen Sie, Messieurs-dames. Ich brauche Ihre Tochter, um einen Kunden zu identifizieren, den sie im Laden gesehen hat. Mademoiselle, wollen Sie mir bitte folgen.«

Nachforschungen im Auftrag der Familie! Ach, das war nicht dasselbe, wie wenn man einen anständigen Leichnam vor sich hatte, der einem sofort Hinweise gab, oder wenn man einem Mörder nachlief, dessen Reaktionen unschwer zu erraten sind.

Aber diese Amateure! Man weint. Und man zittert. Und man muß auf Papa oder auf Mama Rücksicht nehmen.

»Wohin gehen wir?«

»Nach Chelles.«

»Sie glauben, daß er dort ist?«

»Ich kann es wirklich nicht sagen, Mademoiselle. Chauffeur, fahren Sie am Quai des Orfèvres vorbei.«

Und dort hatte er Lucas mitgenommen, der auf ihn gewartet hatte.

Nachforschungen im Auftrag der Familie. Er saß auf dem hinteren Autositz mit Mathilde, die immer wieder zu ihm hinüber rutschte. Durch das schadhafte Dach sickerten dicke Wassertropfen und fielen auf sein linkes Knie. Gegenüber sah er die Zigarette von Lucas glimmen.

»Sie erinnern sich gut an Chelles, Mademoiselle?«

»O ja!«

Natürlich! War das nicht ihr schönstes Liebeserlebnis? Das einzige Mal, da sie aus Paris geflüchtet waren, da sie zusammen durchs hohe Gras hatten rennen können, dem Fluß entlang!

»Meinen Sie, Sie können uns trotz der Dunkelheit den Weg zeigen?«

»Ich glaube schon. Vorausgesetzt, daß wir beim Bahnhof anfangen. Denn wir sind mit dem Zug hingefahren.«

»Sie haben mir gesagt, daß Sie in einem Gasthof zu Mittag aßen.«

»Ja, in einem schäbigen Gasthof. Er war so schmutzig, so unheimlich, daß wir fast Angst hatten. Wir schlugen den Weg längs der Marne ein. An einer bestimmten Stelle wurde es ein Fußweg. Warten Sie mal ... Links ist ein zusammengefallener Kalkofen und vielleicht fünfhundert Schritte davon entfernt ein einstöckiges Häuschen. Wir waren ganz überrascht, als wir es sahen.

Wir gingen hinein. Rechts eine Theke ... Weißgekalkte Wände mit ein paar Bildern und nur zwei Metalltische mit einigen Stühlen ... Der Mann ...«

»Sie reden vom Wirt?«

»Ja, ein kleiner braunhaariger Mann, der eher nach etwas anderem aussah. Ich kann Ihnen nicht sagen, weshalb. Man hat manchmal so Ideen. Wir haben gefragt, ob wir essen könnten, und er hat uns Pastete und Würste serviert, dann aufgewärmten Kaninchenbraten. Es war sehr gut. Der Wirt hat mit uns geplaudert und uns von den Anglern erzählt, die seine Kunden seien. Übrigens standen in einer Ecke eine Menge Angelruten. Wenn man nichts weiß, macht man sich so seine Gedanken.«

»Ist es hier?« fragte Maigret durch die Scheibe hindurch, denn der Chauffeur hatte angehalten.

Ein kleiner Bahnhof. Einige Lichter in der Dunkelheit.

»Nach rechts«, sagte das junge Mädchen, »dann die zweite Straße wieder rechts. Dort haben wir nach dem Weg gefragt. Aber weshalb glauben Sie, Joseph sei hierhergekommen?«

Er hatte keinen Grund für diese Annahme! Oder besser: die Pfeife war der Grund, aber das wagte er nicht zu sagen.

Nachforschungen im Auftrag der Familie! Man hätte sich gut über ihn lustig machen können. Und doch ...

»Jetzt geradeaus, Chauffeur«, unterbrach Mathildes Stimme seine Gedanken, »bis Sie zum Fluß kommen. Dort ist eine Brücke, aber Sie müssen vorher nach links abbiegen. Vorsicht, die Straße ist nicht breit!«

»Geben Sie doch zu, meine Kleine, daß Ihr Joseph mit Ihnen von einer möglichen und sogar wahrscheinlichen Veränderung seiner Verhältnisse gesprochen hat!«

Später würde sie vielleicht ebenso hart werden wie die Mutter Leroy. War diese denn nicht auch ein liebenswertes und sicher hübsches junges Mädchen gewesen?

»Er war ehrgeizig.«

»Ich rede nicht von der Zukunft, ich rede von der Gegenwart.«

»Er wollte etwas anderes sein als Friseur.«

»Und er rechnete damit, zu Geld zu kommen, nicht wahr?«

Sie stand Höllenqualen aus. Sie hatte eine solche Angst, ihren Joseph zu verraten!

Der Wagen fuhr langsam auf einem schlechten Weg der Marne entlang, und links sah man ein paar ärmliche Häuser, selten eine vornehmere Villa. Hie und da ein Licht oder ein bellender Hund. Dann, etwa einen Kilometer vor der Brücke, sanken die Räder plötzlich ein, das Taxi hielt an, und der Chauffeur sagte:

»Ich kann nicht weiterfahren.«

Es fing wieder stärker zu regnen an. Als sie aus dem Auto stiegen, goß es in Strömen, alles war naß und schlammig, der Boden glitt unter ihren Füßen weg, und während sie an den Büschen entlanggingen, strichen ihnen die Zweige übers Gesicht. Etwas weiter vorn mußten sie ihren Weg im Gänsemarsch fortsetzen; der Chauffeur hatte sich brummend in seinen Wagen gesetzt und bestimmt schon für ein Nickerchen eingerichtet.

»Es ist komisch. Ich glaubte, es sei näher. Sehen Sie noch kein Haus?«

Die Marne floß ganz nahe an ihnen vorbei. Wasserlachen spritzten unter ihren Füßen. Maigret ging voraus und drückte die Zweige auf die Seite. Mathilde folgte ihm dicht auf den Fersen, und Lucas bildete mit dem Gleichmut eines Neufundländers den Schluß des Zuges.

Das junge Mädchen bekam Angst:

»Ich hab doch die Brücke und den Kalkofen erkannt. Es ist nicht möglich, daß wir uns geirrt haben.«

»Es hat wohl seine Gründe«, knurrte Maigret, »daß die Zeit Ihnen heute länger vorkommt als damals mit Joseph ... Sehen Sie ... links brennt ein Licht.«

»Das ist es sicher.«

»Still! Machen Sie wenn möglich kein Geräusch!«

»Glauben Sie ...?«

Seine Stimme wurde plötzlich schroff:

»Ich glaube gar nichts. Ich glaube nie etwas, Mademoiselle.«

Er wartete, bis sie ihn eingeholt hatten, und sprach dann leise mit Lucas:

»Du wartest hier mit der Kleinen. Rührt euch nicht von der Stelle, außer wenn ich rufe! Bücken Sie sich, Mathilde! Von hier aus sieht man die Fassade. Erkennen Sie sie wieder?«

»Ja. Ich könnte es schwören.«

Schon schob sich Maigrets breiter Rücken zwischen sie und das schwache Licht.

Und sie stand mitten in der Nacht allein im Regen, am Flußufer, mit durchnäßten Kleidern, neben einem kleinen Mann, den sie nicht kannte und der gelassen eine Zigarette nach der andern rauchte.

IV

Der Treffpunkt der Angler

Mathilde hatte nicht übertrieben, als sie behauptete, der Ort sei unheimlich, ja sogar angsteinflößend. Neben dem Häuschen mit den trüben Fensterscheiben hinter den geschlossenen Läden befand sich eine schäbige Gartenlaube. Die Tür stand offen, denn erst jetzt begann sich die Luft nach dem Gewitter abzukühlen.

Ein gelbliches Licht beschien einen schmutzigen Fußboden. Maigret trat plötzlich aus der Dunkelheit hervor, erschien in übernatürlicher Größe im Türrahmen, hob mit der Pfeife im Mund die Hand grüßend an den Hutrand und murmelte dabei:

»Guten Abend, Messieurs.«

An einem Metalltisch, auf dem eine Flasche Marc und zwei dicke Gläser standen, saßen plaudernd zwei Männer. Einer davon, ein kleiner Braunhaariger in Hemdsärmeln, hob langsam, mit etwas erstauntem Blick den Kopf, stand auf, indem er seinen Hosenbund hochzog, und murmelte:

»Guten Abend...«

Der andere kehrte ihm den Rücken zu; aber es war eindeutig nicht Joseph Leroy. Seine breiten Schultern waren beeindruckend. Er trug einen sehr hellen grauen Anzug. Es war eigenartig: Obwohl Maigrets plötzliches Auftauchen zu so später Stunde einigermaßen überraschen mußte, rührte er sich nicht; es sah sogar aus, als bemühe er sich, nicht zusammenzuzucken. Eine an der Wand aufgehängte Emailreklameuhr zeigte zehn Minuten nach Mitternacht, aber es mußte später sein. War es normal, daß der Mann nicht neugierig wurde und sich nicht einmal umdrehte, um zu sehen, wer hereinkam?

Maigret blieb in der Nähe der Theke stehen, während das Wasser von seinen Kleidern tropfte und auf dem grauen Fußboden dunkle Flecken bildete.

»Haben Sie ein Zimmer für mich, Patron?«

Und der andere ging, um Zeit zu gewinnen, hinter seine Theke, wo auf dem Wandbrett nur zwei oder drei undefinierbare Flaschen standen, und fragte seinerseits:

»Darf ich Ihnen etwas einschenken?«

»Wenn Sie darauf bestehen. Ich habe Sie gefragt, ob Sie ein Zimmer haben.«

»Leider nicht. Sind Sie zu Fuß gekommen?«

Diesmal gab Maigret keine Antwort und sagte dafür:

»Einen Marc.«

»Ich glaubte, den Motor eines Autos gehört zu haben.«

»Das ist schon möglich. Haben Sie ein Zimmer oder nicht?«

Immer noch dieser Rücken einige Meter von ihm entfernt, ein Rücken, der so unbeweglich war, als sei er in Stein gehauen. Es gab kein elektrisches Licht. Der Raum wurde nur vom armseligen Schein einer Petrollampe erhellt.

Da sich der Mann nicht umgedreht hatte... Da er auf so unerbittliche, auf so peinliche Weise regungslos sitzenblieb...

Maigret war beunruhigt. Er hatte soeben rasch ausgerechnet, daß entsprechend der Größe des Cafés und der Küche, die man im Hintergrund sehen konnte, der erste Stock mindestens drei Zimmer haben mußte. So wie der Wirt aussah und angesichts der schäbigen Einrichtung, der etwas Unordentliches, Vernachlässigtes anhaftete, hätte er geschworen, daß keine Frau im Haus war.

Und doch hatte er über seinem Kopf soeben verstohlene Schritte gehört. Das mußte irgendeine Bedeutung haben, denn der Wirt hob mechanisch den Kopf und schien sich zu ärgern.

»Haben Sie jetzt gerade viele Logiergäste?«

»Niemanden. Außer...«

Er deutete auf den Mann oder eigentlich auf den

regungslosen Rücken, und plötzlich hatte Maigret die Vorahnung einer ernsten Gefahr, er begriff, daß er sehr schnell handeln mußte und keine falsche Bewegung machen durfte. Er sah gerade noch, wie sich die Hand des Mannes der Lampe auf dem Tisch näherte, und sprang nach vorn.

Er kam zu spät. Die Lampe zerschellte auf dem Fußboden mit einem Ton, wie wenn ein Glas in Scherben geht, und der Raum füllte sich mit Petroleumgestank.

»Es schien mir doch, daß ich dich kenne, du Dreckskerl.«

Es war ihm gelungen, den Mann an der Jacke zu pakken. Er versuchte, ihn besser in den Griff zu bekommen, aber der andere schlug zu, um sich ihm entwinden zu können... Sie waren völlig im Dunkeln. Nur das Rechteck der Tür war als unbestimmter nächtlicher Schimmer zu erkennen. Wie verhielt sich der Wirt? Würde er seinem Gast zu Hilfe kommen?

Maigret schlug zurück. Dann spürte er, daß seine Hand gebissen wurde, und da warf er sich mit seinem ganzen Gewicht auf den Gegner, und beide wälzten sich mitten in den Glasscherben auf dem Boden.

»Lucas!« rief Maigret, so laut er konnte, »Lucas...«

Der Mann war bewaffnet, Maigret spürte die harten Umrisse eines Revolvers in seiner Jackentasche, und er bemühte sich, die Hand des Mannes daran zu hindern, sich in diese Tasche zu schieben.

Nein, der Wirt rührte sich nicht. Man hörte nichts von ihm. Er stand offenbar unbeweglich, vielleicht unbeteiligt hinter seiner Theke.

»Lucas!...«

»Ich komme, Chef.«

Lucas rannte draußen in den Radspuren durch die Wasserlachen und wiederholte ständig:

»Ich sage Ihnen, bleiben Sie dort. Hören Sie? Ich verbiete Ihnen, mir zu folgen.«

Das zweifellos zu Mathilde, die sicher bleich vor Schreck war.

»Wenn du nochmals zu beißen wagst, Dreckvieh, so schlag ich dir die Fresse ein. Verstanden?«

Und Maigrets Ellbogen klemmten den Revolver in der Jackentasche fest. Der Mann war ebenso stark wie er. In der Dunkelheit wäre der Kommissar vielleicht nicht ganz allein mit ihm fertiggeworden. Sie stießen sich am Tisch, und dieser stürzte auf sie.

»Hier, Lucas. Deine Taschenlampe!«

»Da bin ich, Chef.«

Und plötzlich fiel ein bleicher Lichtstrahl auf die mit Armen und Beinen ineinander verschlungenen Männer.

»Donnerwetter! Nicolas! Man trifft sich doch immer wieder, was?«

»Meinen Sie etwa, *ich* habe Sie nicht erkannt? Ich brauchte nur Ihre Stimme zu hören.«

»Hilf mir, Lucas! Der Dummkopf ist gefährlich. Hau ihm eine runter, um ihn zu beruhigen! Schlag nur zu! Keine Angst! Der kann etwas vertragen...«

Und Lucas ließ mit aller Kraft seinen kleinen Gummiknüppel auf den Kopf des Mannes niedersausen.

»Die Handschellen! Zieh sie ihm an! Wer hätte gedacht, daß ich diesen Dreckskerl hier wiederfinden würde! Jetzt ist es soweit, du kannst aufstehen, Nicolas.

Brauchst gar nicht so zu tun, als wärst du ohnmächtig! Dein Schädel hält mehr aus als das ... Patron!«

Er mußte ein zweites Mal rufen, und es war ziemlich seltsam, als die friedliche Stimme des Wirts aus der Dunkelheit hinter der Theke hervor ertönte:

»Messieurs ...«

»Hat es keine andere Lampe, keine Kerze im Haus?«

»Ich hol Ihnen eine Kerze. Wenn Sie so freundlich wären, mir in der Küche zu leuchten.«

Maigret stillte mit seinem Taschentuch das Blut am Handgelenk, in das der andere kräftig hineingebissen hatte. An der Tür hörte man jemanden schluchzen. Sicher Mathilde, die nicht wußte, was vorging, und die vielleicht glaubte, daß es Joseph war, mit dem er, der Kommissar ...

»Kommen Sie herein, Kind! Keine Angst! Ich glaube, es ist alles vorbei. Du, Nicolas, setzt dich hierhin, und wenn du dich zu rühren wagst ...«

Er legte seinen Revolver und den seines Gegners auf den Tisch in Reichweite seiner Hand. Ruhig, als wäre nichts geschehen, kam der Wirt mit einer Kerze zurück.

»Und jetzt«, sagte Maigret zu ihm, »holst du den Jungen.«

Ein Augenblick des Zögerns. Würde er eine Lüge vorbringen?

»Ich habe gesagt, du sollst den Jungen holen, verstanden?«

Und während er ein paar Schritte auf die Tür zumachte:

»Hat er wenigstens eine Pfeife?«

Zwischen zwei Schluchzern fragte das Mädchen:

»Sind Sie sicher, daß er hier ist und daß ihm nichts geschehen ist?«

Maigret gab keine Antwort und spitzte die Ohren. Oben klopfte der Wirt an eine Tür. Er sprach halblaut und eindringlich. Man konnte einige Satzfetzen verstehen:

»Es sind zwei Herren aus Paris und ein Fräulein. Sie können aufmachen. Ich schwöre Ihnen, daß ...«

Und Mathilde, in Tränen gebadet:

»Wenn sie ihn getötet haben ...«

Maigret zuckte die Achseln und ging nun auch auf die Treppe zu:

»Paß aufs Gepäck auf, Lucas! Du hast unseren alten Freund Nicolas erkannt, nicht wahr? Und ich glaubte, er sei immer noch in Fresnes!«

Er stieg langsam die Treppe hinauf und schob den Wirt, der zur Tür gebeugt dastand, zur Seite.

»Ich bin es, Joseph. Kommissar Maigret. Sie können aufmachen, junger Mann.«

Und zum Wirt:

»Was stehen Sie denn da herum, anstatt hinunterzugehen? Geben Sie der Kleinen etwas zu trinken, einen Grog, irgend etwas Stärkendes! Nun, Joseph!«

Endlich drehte sich ein Schlüssel im Schloß. Maigret stieß die Tür auf.

»Gibt es hier kein Licht?«

»Warten Sie! Ich mache gleich hell. Ich habe noch einen kleinen Kerzenstumpf.«

Josephs Hände zitterten, und als die Kerzenflamme sein Gesicht beleuchtete, sah man ihm die Todesangst an.

»Ist er immer noch unten?« keuchte er.

Und zusammenhanglose Worte und Gedanken überstürzten sich:

»Wie haben Sie mich gefunden? Was haben sie Ihnen erzählt? Wer ist das Fräulein?«

Ein ländliches Zimmer, ein sehr hohes, ungemachtes Bett, eine Kommode, die offenbar wie bei einer regelrechten Besetzung vor die Tür geschoben worden war.

»Wo haben Sie sie hingetan?« fragte Maigret, als wäre es die selbstverständlichste Sache der Welt.

Joseph schaute ihn verblüfft an und begriff, daß der Kommissar alles wußte. Hätte der liebe Gott selbst das Zimmer betreten, er hätte ihn nicht anders angeblickt.

Fieberhaft fingerte er in der Gesäßtasche seiner Hose herum und zog ein kleines Paket aus Zeitungspapier daraus hervor.

Er war ungekämmt, seine Kleider waren zerknittert. Der Kommissar schaute mechanisch auf Josephs Füße, die in unförmigen Pantoffeln steckten.

»Meine Pfeife ...«

Jetzt war der Schlingel dem Weinen nahe, und seine Lippen wölbten sich zu einem kindlichen Schmollen. Maigret fragte sich sogar, ob er wohl vor ihm auf die Knie gehen und um Verzeihung bitten würde.

»Nur immer mit der Ruhe, junger Mann«, riet er ihm, »unten sind Leute!«

Und er ergriff lächelnd die Pfeife, die der andere ihm mit erneutem Zittern hinstreckte.

»Psst! Mathilde ist im Treppenhaus. Sie kann nicht warten, bis wir hinuntergehen. Bringen Sie Ihr Haar in Ordnung!«

Er ergriff einen Krug, um Wasser ins Waschbecken zu gießen, aber der Krug war leer.

»Kein Wasser?« wunderte sich der Kommissar.

»Ich habe es getrunken.«

Ja natürlich! Weshalb hatte er nicht daran gedacht? Dieses bleiche Gesicht, der erschöpfte Ausdruck, die verquollenen Augen.

»Sind Sie hungrig?«

Und ohne sich umzudrehen zu Mathilde, deren Gegenwart im dunklen Treppenhaus er spürte:

»Kommen Sie herein, Kind... Keine zu großen Gefühlsausbrüche, wenn ich bitten darf! Er hat Sie sehr gern, zugegeben, aber ich glaube, er sollte vor allem etwas essen.«

V

Josephs extravagante Flucht

Es war schön, jetzt ringsum den Regen auf dem Laub klimpern zu hören und vor allem durch die weitgeöffnete Tür den feuchten, frischen Hauch der Nacht hereinzulassen.

Trotz seines großen Hungers brachte Joseph das Sandwich, das der Wirt für ihn zubereitet hatte, nur mit Mühe hinunter, denn seine Kehle war wie zugeschnürt, und man sah, wie sich sein Adamsapfel von Zeit zu Zeit noch auf und ab bewegte. Maigret hingegen trank schon sein zweites oder drittes Glas Marc und rauchte nun seine endlich wiedergefundene Lieblingspfeife.

»Sehen Sie, junger Mann, wenn Sie nicht meine Pfeife geklaut hätten – ich sage dies nicht, um Sie zu Gelegenheitsdiebstählen zu ermuntern –, so hätte man wahrscheinlich eines schönen Tages Ihre Leiche im Schilf der Marne gefunden. Maigrets Pfeife, was?«

Und wahrhaftig, Maigret sprach diese Worte mit einer gewissen Genugtuung aus, wie ein Mann, der sich nicht wenig geschmeichelt fühlt. Man hatte ihm die Pfeife geklaut, so wie man einem großen Schriftsteller den Bleistift, einem berühmten Maler den Pinsel, einem beliebten Star das Taschentuch oder irgendeinen andern unbedeutenden Gegenstand klaut.

Das hatte der Kommissar vom ersten Tag an begriffen. »Nachforschungen im Auftrag der Familie«... Ein Fall, um den er sich nicht einmal hätte kümmern müssen.

Aber da war nun dieser Bursche, der unter seiner Mittelmäßigkeit litt und ihm die Pfeife geklaut hatte. Und dieser Junge war in der Nacht darauf verschwunden. Derselbe Junge hatte seine Mutter davon abzubringen versucht, zur Polizei zu gehen.

Weil er die Untersuchung unbedingt selbst in die Hand nehmen wollte, bei Gott! Weil er sich dazu imstande fühlte, weil er sich mit Maigrets Pfeife zwischen den Zähnen für fähig hielt...

»Wann sind Sie darauf gekommen, daß der geheimnisvolle Besucher in Ihrem Haus nach Diamanten suchte?«

Joseph hätte aus Eitelkeit fast gelogen, besann sich aber, nachdem er Mathilde einen Blick zugeworfen hatte, eines Besseren:

»Ich wußte nicht, daß es sich um Diamanten handelte. Es mußte zwangsläufig etwas Kleines sein, denn es wurden alle Winkel und Ecken durchsucht, es wurden sogar winzig kleine Pillendöschen geöffnet.«

»Sag mal, Nicolas! Hallo, Nicolas!«

Dieser saß, auf einem Stuhl zusammengesunken, in einer Ecke, die mit den Handschellen gefesselten Fäuste auf den Knien, und schaute grimmig vor sich hin.

»Als du Bleustein in Nizza umgebracht hast...«

Er zuckte mit keiner Wimper. In seinem knochigen Gesicht bewegte sich kein einziger Muskel.

»Du hörst, daß ich mit dir rede, nicht? Das heißt, daß ich mich mit dir unterhalte, wie du dich elegant ausdrücken würdest. Als du Bleustein im Negresco kaltgemacht hast, hast du da nicht begriffen, daß er dich betrog?... Du willst nicht auspacken?... Gut, gut, ich kann warten. Was hat Bleustein dir gesagt? Die Diamanten seien in dem Haus am Quai de Bercy, einverstanden. Aber du hättest dir vorstellen können, daß es einfach ist, diese kleinen Dinger zu verstecken. Hat er dir vielleicht ein falsches Versteck angegeben? Oder hast du dich vielleicht für schlauer gehalten, als du bist? Ach nein, red nicht soviel! Ich frage dich nicht, wo die Diamanten herkamen. Wir werden das morgen erfahren, nachdem die Experten sie geprüft haben.

Pech, daß du dich gerade in jenem Augenblick wegen einer alten Sache hast erwischen lassen! Worum handelte es sich bloß?... Um einen Einbruch am Boulevard Saint-Martin, wenn ich mich nicht irre. Tatsächlich, ebenfalls ein Juweliergeschäft! Wenn man sich einmal spezialisiert hat, nicht wahr? ... Du bekamst drei Jahre. Und vor drei Monaten, als du wieder auf freiem Fuß warst, hast du ums Haus herumgeschnüffelt. Du hattest den Schlüssel, den Bleustein sich gebastelt hatte ... Was sagst du? ... Gut, wie du willst.«

Der Bursche und das Mädchen blickten ihn erstaunt an. Sie konnten Maigrets plötzliche Heiterkeit nicht verstehen, weil sie nicht wußten, wie sehr er sich in den verflossenen Stunden Sorgen gemacht hatte.

»Siehst du, Joseph – ach, jetzt duze ich dich schon –, das alles war eine einfache Sache. Ein Unbekannter, der sich in ein Haus einschleicht, und zwar drei Jahre, nachdem man in diesem Haus aufgehört hat, Mieter aufzunehmen ... Ich habe mir sofort gedacht, es müsse jemand sein, der im Gefängnis gewesen war. Eine Krankheit hätte keine drei Jahre gedauert. Ich hätte sofort im Verzeichnis der Haftentlassenen nachsehen sollen, da wäre ich auf unseren Freund Nicolas gestoßen ... Hast du Feuer, Lucas? Meine Zündhölzer sind völlig durchnäßt.

Und nun erzähl uns, Joseph, was sich in jener berühmten Nacht zugetragen hat!«

»Ich war entschlossen, es zu finden. Ich dachte, es müsse etwas sehr Wertvolles sein, etwas, das ein Vermögen wert sei ...«

»Und da deine Mama mir den Fall übertragen hatte, wolltest du um jeden Preis den Fund in jener Nacht machen?«

Er senkte den Kopf.

»Und um nicht gestört zu werden, hast du weiß Gott was in Mamas Tee geschüttet.«

Er stritt es nicht ab. Sein Adamsapfel bewegte sich immer schneller auf und ab.

»Ich wollte so gern ein anderes Leben führen!« stammelte er so leise, daß man ihn kaum hören konnte.

»Du gingst in den Pantoffeln die Treppe hinunter. Warum warst du so sicher, es in jener Nacht zu finden?«

»Weil ich außer dem Eßzimmer schon das ganze Haus durchsucht hatte. Ich hatte die Zimmer in Sektoren aufgeteilt. Ich war überzeugt, daß nur das Eßzimmer in Frage kam.«

Durch seine Demut und seine Niedergeschlagenheit hindurch schimmerte ein Anflug von Stolz, als er erklärte:

»Ich habe es gefunden.«

»Wo?«

»Sie haben vielleicht bemerkt, daß das Eßzimmer eine alte Gashängelampe mit Kerzenhaltern und künstlichen Kerzen aus Porzellan hat. Ich weiß nicht, weshalb ich auf den Gedanken kam, die Kerzen abzumontieren. Ich fand darin Papierröllchen und in den Papieren harte Gegenstände.«

»Moment! Als du dein Schlafzimmer verließest und hinuntergingst, was hattest du vor für den Fall, daß du Erfolg haben würdest?«

»Ich weiß nicht.«

»Wolltest du nicht fortgehen?«

»Nein, ich schwöre es.«

»Aber den Schatz vielleicht anderswo verstecken?«

»Ja.«

»Im Haus?«

»Nein. Denn ich rechnete damit, daß Sie es ebenfalls

durchsuchen würden, und ich war sicher, daß Sie darauf stoßen würden. Ich hätte sie im Friseursalon versteckt. Später dann ...«

Nicolas lachte höhnisch. Der Wirt, der sich mit den Ellenbogen auf die Theke stützte, rührte sich nicht, und sein Hemd bildete im Halbdunkel einen weißen Fleck.

»Nachdem du den Trick mit den Kerzenhaltern entdeckt hattest ...«

»Ich war im Begriff, den letzten wieder zu montieren, da spürte ich, daß jemand neben mir stand. Ich glaubte zuerst, es sei Mama. Ich löschte die Taschenlampe aus, mit der ich mir geleuchtet hatte. Es war ein Mann da, der immer näher kam, und da stürzte ich auf die Tür zu und sprang auf die Straße hinaus. Ich hatte schreckliche Angst. Ich bin gelaufen. Die Tür fiel krachend ins Schloß. Ich hatte Pantoffeln an, keinen Hut, keine Krawatte. Ich lief immer weiter und hörte Schritte hinter mir.«

»Bist kein so guter Läufer wie dieser junge Windhund, Nicolas«, spöttelte Maigret.

»Bei der Bastille war eine Polizeistreife. Ich rannte in ihre Nähe, überzeugt, daß der Mann es nicht wagen würde, mich anzugreifen. So gelangte ich zur Gare de l'Est, und da kam ich auf den Gedanken ...«

»Nach Chelles zu fahren, ach ja! Eine süße Erinnerung! Und dann?«

»Ich blieb bis fünf Uhr morgens im Wartesaal. Es waren Leute dort. Und solange Leute in meiner Nähe waren ...«

»Ich verstehe.«

»Nur, ich wußte nicht, wer mich verfolgte. Ich schaute die Menschen an, einen nach dem andern. Als der Schalter geöffnet wurde, drängte ich mich zwischen zwei Frauen. Ich verlangte mit leiser Stimme meine Fahrkarte. Es fuhren mehrere Züge ungefähr zur gleichen Zeit. Ich stieg einmal in den einen, dann in den anderen ein, indem ich auf der falschen Seite ein- und ausstieg.«

»Nanu, Nicolas, mir scheint, dieser Schlingel hat dir noch mehr Mühe gemacht als mir.«

»Da er ja nicht wußte, wohin ich meine Fahrkarte gelöst hatte, nicht wahr? In Chelles wartete ich mit Aussteigen, bis der Zug wieder angefahren war.«

»Nicht schlecht, nicht schlecht!«

»Ich stürzte aus dem Bahnhof. Die Straßen waren leer. Ich begann wieder zu laufen. Ich hörte niemanden hinter mir. Ich traf hier ein. Ich fragte sofort nach einem Zimmer, denn ich war am Ende und wollte sie so rasch als möglich loswerden, die ...«

Er zitterte immer noch, wenn er davon sprach.

»Meine Mutter läßt mir nie viel Taschengeld. Im Zimmer stellte ich fest, daß ich nur noch fünfzehn Francs und ein paar Jetons hatte. Ich wollte wieder weg, zu Hause sein, bevor Mama ...«

»Und da kam Nicolas.«

»Ich sah ihn vom Fenster aus, wie er fünfhundert Meter von hier entfernt aus dem Taxi stieg. Es war mir sofort klar, daß er nach Lagny gefahren war, dann mit einem Wagen nach Chelles und hier wieder auf meine Fährte gestoßen war. Da schloß ich mich ein. Dann, als ich Schritte auf der Treppe hörte, schob ich die Kommode vor die Tür. Ich war sicher, daß er mich töten würde.«

»Ohne zu zögern«, knurrte Maigret, »nur eben, er wollte sich vor dem Wirt nicht verraten. Nicht wahr, Nicolas? Daher hat er sich hier niedergelassen, denn er sagte sich, du werdest dein Zimmer schon einmal verlassen ... und wäre es nur, um zu essen.«

»Ich habe nichts gegessen. Ich hatte auch Angst, daß er eine Leiter nehmen und nachts zum Fenster hereinsteigen würde. Deshalb ließ ich die Läden geschlossen. Ich wagte nicht zu schlafen.«

Draußen hörte man Schritte. Es war der Chauffeur, der sich, da das Gewitter vorbei war, um seine Kunden zu sorgen begann.

Da klopfte Maigret mit leichter Hand seine Pfeife auf dem Absatz aus, stopfte sie und streichelte sie liebevoll:

»Wenn du es gewagt hättest, sie kaputtzumachen ...«, brummte er.

Dann, ohne Übergang:

»Brechen wir auf, Kinder! Übrigens, was wirst du deiner Mutter erzählen, Joseph?«

»Ich weiß es nicht. Es wird schrecklich sein.«

»Aber nein doch! Du bist ins Eßzimmer hinuntergegangen, um Detektiv zu spielen. Du hast einen Mann hinausgehen sehen. Du bist ihm gefolgt, voller Stolz dich als Polizist betätigen zu können.«

Zum ersten Mal öffnete Nicolas den Mund, um verächtlich ein paar Worte hinzuwerfen:

»Glauben Sie etwa, ich werde da mitmachen?«

Und Maigret, mit unerschütterlicher Ruhe:

»Das werden wir gleich sehen, nicht wahr, Nicolas?

Unter vier Augen, in meinem Büro ... Na, Chauffeur, ich glaube, wir werden ziemlich zusammengepfercht sein in Ihrem Schlitten. Gehen wir?«

Ein wenig später flüsterte er ins Ohr von Joseph, der mit Mathilde in einer Ecke des Hintersitzes kauerte:

»Ich gebe dir eine andere Pfeife, weißt du. Und sogar eine größere, wenn du willst.«

»Nur«, erwiderte der Junge, »es wird nicht Ihre sein.«

Die Straße zu den drei Küken

Vor kaum einer Viertelstunde hat Madame Romond, die Dicke mit dem Morgenrock, die zwei Stufen vor ihrer Tür und ihren Anteil des Bürgersteigs geschrubbt. So daß sich vor ihrem Haus deutlich das Rechteck des Pflasters abzeichnet, das schwarz erscheint und glänzt.

In der vergangenen Woche war der Polizist von Haus zu Haus gegangen, um die Leute daran zu erinnern, daß sie das Gras zwischen den Steinen zu entfernen hätten, und den ganzen Tag über war das Kratzen der Messer auf dem Pflaster zu hören gewesen.

Aus diesen beiden Ereignissen erwächst ein Spiel. Sie hocken da, den Kopf gesenkt, den Hintern in die Höh, die Beine gespreizt, wie drei Küken, die auf der sonnigen Seite der Straße Körner picken, und sie wissen so genau, daß diese Straße ihnen gehört, daß sie nichts von ihrer Arbeit abbringen könnte.

Der Lärm der Zehn-Uhr-Pause erstirbt plötzlich auf dem Schulhof in der Rue de la Loi. Doch sie gehen noch nicht zur Schule. Albert mit dem Mädchenhaar ist nicht ganz fünf; Renée, ein wirkliches Mädchen mit rotkarierter Schürze, wird erst vier, und Bilot, der eigentlich Charles heißt, aber schon immer Bilot gerufen wurde, ist das Nesthäkchen der drei.

Sie sehen nichts und hören nichts. Die Welt beschränkt sich auf dieses feuchte Rechteck, dessen

Pflastersteine in der Junisonne dampfen, während es sich in der Mitte bereits aufzuhellen beginnt.

Im ersten Stock des gegenüberliegenden Hauses steht ein Schlafzimmerfenster offen. Über seine Brüstung quellen Federbetten und Laken, und hin und wieder taucht eine Frau aus dem bläulichen Halbdunkel auf, um einen Blick auf die Kinder zu werfen. Ein Stück weiter erteilt Monsieur Février Geigenunterricht.

Die drei Küken haben sich eine gewaltige Arbeit vorgenommen. Sie haben abgebrannte Streichhölzer mit schwarzer Spitze gefunden, und das sind ihre einzigen Werkzeuge. Wie die Erwachsenen es eine Woche zuvor mit ihren Messern getan haben, kratzen sie die Erde zwischen den Steinen auf.

Für sie sind es jedoch keine Pflastersteine: es ist eine gigantische Baustelle, denn was sie da graben, das sind Kanäle, ein kompliziertes Kanalisationsnetz, durch das sie das Putzwasser von Madame Romond bis zu einem tiefer gelegenen Stein leiten, über dem sich ein See bildet.

Eben, als sie das letzte Mal ans Fenster getreten war, hat Bilots Mutter gerufen:

»Du wirst dich schmutzig machen ...«

Er hat es nicht gehört oder so getan, als hörte er es nicht. Er hat nicht einmal den Kopf gehoben, denn eine Ameise hat sich in die Strömung seiner Abflußrinne gewagt, und er schubst sie unbarmherzig mit seiner Streichholzspitze.

Und nun zeichnet sich unversehens ein Schatten auf dem Bürgersteig ab, der Schatten einer Person, eines »Großen«, der nicht weitergeht, sondern hinter den drei Küken verharrt. Einige Sekunden, vielleicht Minuten lang setzt Bilot, ohne sich umzudrehen, seine Arbeit fort, dann endlich, immer noch hingehockt und die Knie gespreizt, verfolgt er mit dem Blick den Schatten und entdeckt zunächst zwei ungleiche Füße, der eine ganz normal mit einem schwarzen Schuh bekleidet, der andere unförmig, fast rund, fünfzehn Zentimeter über dem Boden von einem eisernen Gestell gehalten.

Das ist Cendron. Cendron, der mit teuflischer Stimme kichert, denn er hat eine Teufelsstimme, wie er einen Pferdefuß hat.

»In einer Viertelstunde ist kein Wasser mehr da!«

Cendron ist neu in der Straße. Man hat gesehen, daß er mit seiner Mutter im zweiten Stock der Hausnummer 3 eingezogen ist, über dem Rentnerehepaar, das einen so schönen Hund hat, und man weiß nicht, woher sie gekommen sind.

Ist Cendron bereits ein Mann? Er ist so groß wie ein Mann. Er arbeitet nicht. Er besucht auch nicht die Schule. Er geht den ganzen Tag spazieren, und Bilot weiß nicht, daß er erst fünfzehn Jahre alt ist.

»Arme Frau!« hat seine Mutter gesagt, als die Neulinge sich hier angesiedelt haben. »Ihr Mann scheint ...«

Dann hat sie geschwiegen, weil Bilot zuhörte. Warum ist sie eine arme Frau? Er hat keine Ahnung. Sie späht ebenfalls immer durchs Fenster, als sei Cendron noch ein Kind.

»Seht, wie ich das Wasser fließen lasse ...«

Er zieht ein Taschenmesser aus seiner Tasche und kerbt eine Rinne in die Erde. Sein Taschenmesser mit sieben oder acht Klingen, einem Pfriem, einem Korkenzieher.

»Wozu dient diese Spitze?«

»Um Löcher in Wände zu bohren...«

»Warum?«

»Darum!«

»Wozu macht man Löcher in die Wände?«

»Damit man weiß, was auf der anderen Seite vorgeht...«

Cendron hat etwas Geheimnisvolles. Renée interessiert sich kaum für ihn, aber Bilot und Albert sind von dem Taschenmesser beeindruckt.

»Hast du schon Löcher in Wände gemacht?«

»Ja.«

»Und was hast du gesehen?«

»Das kann ich nicht sagen.«

Und er holt aus seiner Tasche einen noch kostbareren Gegenstand, eine in Metall eingefaßte Lupe.

»Wozu dient das?«

»Zum Feuermachen.«

Cendron ist das verwirrendste Wesen der Erde.

»Und die Streichhölzer?«

»Man hat nicht immer Streichhölzer... Man kann mal im Gefängnis sitzen... Oder sich in der Wüste verirrt haben...«

Die Rue Pasteur ist hundert Meter lang. Sie ist eine neue, weiträumige Straße mit hellroten Backsteinhäusern und breiten, ebenen Bürgersteigen, die für spielende Kinder wie geschaffen erscheinen, und an ihrem einen Ende sieht man das Laubwerk der Place du Congrès.

»Warst du schon mal im Gefängnis?«

»Das kann ich euch nicht sagen.«

»Warum?«

»Weil es verboten ist.«

Cendron wirkt dabei in seiner schwarzen Kleidung und mit seinem linken Fuß, der durch ein Eisengestell verlängert ist, noch größer und noch teuflischer. Aus einer anderen Tasche hat er ein Stück Bindfaden gezogen.

»Und so mache ich in der Wüste Feuer.«

Er verläßt das feuchte Rechteck, kratzt zwischen zwei trockenen Steinen, legt das Ende des Bindfadens in die Höhlung.

»Das ist der Herd. Ihr werdet gleich sehen.«

Die Lupe bündelt die Sonnenstrahlen, und bald steigt ein leichter Rauch von der Schnur auf, verbunden mit Brandgeruch.

»Wer hat dir das beigebracht?«

»Bilot!« ruft seine Mutter. »Es ist Zeit!«

Zeit für Eiermilch. Er scheint nicht sehr kräftig zu sein. Jeden Morgen um halb elf muß er eine Tasse heißer, gezuckerter Milch trinken, in die seine Mutter ein Ei geschlagen hat.

»Ich komme ...«

Aber er geht nicht.

»Wer hat dir das beigebracht?«

»Man bringt uns noch ganz andere Dinge bei.«

»Wem?«

»Denen von der Geheimpolizei.«

»Du bist bei der Geheimpolizei?«

»Das dürft ihr niemandem verraten. Das darf man nicht wissen.«

»Was muß man tun, wenn man bei der Geheimpolizei ist?«

»Überwachen.«

»Wen überwachen?«

»Alle. Von dir weiß ich zum Beispiel, daß du Bastien heißt. Dein Vater ist so ein Großer mit mahagonifarbenem Schnurrbart.«

Das stimmt. Bilots Vater heißt Charles Bastien. Er ist sehr groß und hat einen mahagonifarbenen Schnurrbart.

»Ich weiß sogar, wo er arbeitet.«

»Sag es!«

»In der Rue de la Liberté, in dem hohen Haus, das eine Loggia hat.«

»Das ist nicht wahr. Mein Vater arbeitet bei Ducatel in der Rue Saint-Léonard.«

Cendron läßt sich wegen einer solchen Kleinigkeit nicht aus dem Sattel werfen und spottet:

»Wie du meinst. Ich weiß, was ich weiß!«

»Und ich, ich weiß immer noch besser als du, wo mein Vater arbeitet. Der Beweis, ich habe ihn schon von seinem Büro abgeholt.«

»Wie du willst...«, spottet Cendron wieder. »Trotzdem...«

»Was?«

»Wann kommt dein Vater aus dem Büro?«

»Um halb sieben.«

»Na bitte, um diese Zeit, es war viertel nach sechs, hat er gestern das Haus mit der Loggia in der Rue de la Liberté verlassen.«

»Das ist nicht wahr!«

»Bilot!... Was ist?... Kommst du nun deine Eiermilch trinken?...«

»Ja, Mama...«

Und während er sich von dem teuflischen Cendron entfernt, der sich rühmt, bei der Geheimpolizei zu sein, wiederholt er:

»Ich weiß besser als du, was mein Vater macht...«

Es wird in der Küche gegessen. Die Wohnung hat nur zwei Zimmer, aber sie sind hell, und das Fenster steht weit offen. Die Mutter hat rote Johannisbeeren auf den Tisch gestellt. Monsieur Bastien hat seine Jacke ausgezogen, und seine weißen Hemdsärmel strahlen in der Sonne.

»Cendron ist ein Lügner!«

Man hört ihm nicht zu; trotzdem fährt er fort, während er die kleinen Beeren zerbeißt, aus denen blutroter Saft spritzt:

»Er hat uns weismachen wollen, daß er bei der Geheimpolizei ist.«

»Was erzählst du da?«

»Der Beweis dafür, daß das nicht stimmt, liegt darin, daß er glaubt, daß du in der Rue de la Liberté arbeitest.«

Bilot ist es gleichgültig, ob man ihm zuhört oder nicht.

»Er bohrt Löcher in die Wände, um die Leute zu beobachten. Er sagt, daß er Papa gesehen hat, wie er aus dem Haus gekommen ist, das eine Loggia hat...«

»Iß!« befiehlt ihm sein Vater.

Doch seine Mutter fragt weiter.

»Was erzählst du da? Er hat deinen Vater aus welchem Haus herauskommen sehen?«

»Dem Haus, das eine Loggia hat. Du weißt doch, Mama, wo die Frau wohnt in dem blauen...«

Wieder ein Thema, das man nie in seiner Gegenwart

anschneidet. Die Rue de la Liberté ist eine Parallelstraße zur Rue Pasteur, der sie ähnelt. Aber während in der Rue Pasteur ein Richter, ein Geigenlehrer, Rentner, also ordentliche Leute wohnen, gibt es in der Rue de la Liberté ein Haus mit einer Loggia, von dem man wegen der Frau in dem himmelblauen Morgenrock nur durch die Blume spricht.

Sie lebt in diesem großen Haus allein. Sie hat ein Dienstmädchen. Nachmittags um vier kann man sie noch im Negligé und mit Pantoffeln an den nackten Füßen sehen.

Es wird gemunkelt, daß sie von einem Rechtsanwalt aus dem Viertel von Saint-Denis ausgehalten wird. Es wird auch behauptet, daß sie andere Männer empfängt.

»Wiederhole mir genau, Bilot, was dieser Cendron ...«

»Hélène!«

»Was denn?«

»Schämst du dich nicht ...«

»Du scheinst auf einmal arg verlegen ... Sag mir, Bilot, wann hat Cendron deinen Vater aus diesem Haus kommen sehen?«

»Gestern.«

»Um wieviel Uhr?«

»Hélène, ich bitte dich! ...«

»Schweig! ... Ich rede mit deinem Sohn ...«

»Um viertel nach sechs ... Ich habe ihm gesagt, das ist nicht möglich, weil ...«

»Charles ... Stimmt das?«

»Was? ... Wie kannst du glauben ...«

»Bist du direkt aus dem Büro gekommen?«

»Aber ... natürlich ...«

»Warum sollte dieser Junge gelogen haben?«

»Woher soll ich das wissen? Er kennt mich nicht einmal ...«

Bilot mischt sich ein:

»Er hat zu mir gesagt, du bist ein Großer mit einem mahagonifarbenen Schnurrbart ...«

»Was hast du darauf zu antworten?«

»Sieh mal, Hélène ... Du wirst doch nicht wegen eines dummen Jungen, der den Polizisten spielt ...«

»Bist du sicher, daß du vom Büro direkt nach Hause gekommen bist? Seit wann gehst du durch die Rue de la Liberté?«

»Das ist der kürzeste Weg ...«

»Du gibst also zu, durch die Rue de la Liberté gegangen zu sein?«

Jetzt ißt nur noch Bilot. Und Bilot folgt diesem Gespräch lediglich durch einen Sonnennebel, der den sauren Geschmack nach roten Johannisbeeren hat. Er vernimmt undeutlich:

»Welchen Tag haben wir heute?«

»Mittwoch. Warum fragst du danach?«

»Aber den wievielten? Schau auf den Kalender. Heute ist der 24. Hörst du, Charles? Gestern war der 23. Juni ...«

»Nun habe ich aber genug ... Worauf willst du hinaus?«

Er ist aufgestanden. Mechanisch stopft er seine Pfeife und wendet sich dem Fenster zu.

Da bringt Madame Bastien schluchzend hervor:

»Gestern war der Tag des heiligen Felix. Begreifst du

jetzt? Und du bist wie gewohnt um halb sieben nach Hause gekommen! Und du hast nichts mitgebracht! Wenn ich bedenke, daß du es gewagt hast...«

Sie stürzt ins Schlafzimmer und schließt die Tür hinter sich zu.

Charles rüttelt an der Klinke.

»Mach auf!«

»Niemals!«

»Sieh mal, Hélène... Vor dem Kind...«

Er hat wieder in sein Büro gemußt. Madame Bastien und Bilot sind spazierengegangen und wiederholt an dem Haus mit der Loggia in der Rue de la Liberté vorbeigekommen.

Beim Abendessen ist kein Wort gesprochen worden. Um acht Uhr wurde der Junge ins Bett gebracht. Wie immer ist die Tür angelehnt geblieben, da Bilot manchmal Alpträume hat. Er scheint auch zuweilen Nachtwandler zu sein.

Drückende Stille. Ein Lichtstrahl fällt aus der Küche und zeichnet ein gelbliches Dreieck an die Zimmerdecke. Das Bett der Eltern ist leer.

Die Zeit vergeht, und erst als man glaubt, das Kind sei eingeschlafen, erheben sich die Stimmen, zunächst gedämpft, gleichsam verschämt.

»Hör zu, Hélène... Ich schwöre dir...«

»Schwör lieber nicht... Das ist noch abscheulicher...«

»Einfach, weil so ein Bengel glaubt...«

»Und der heilige Felix? Soll ich deinen Chef aufsuchen?«

Monsieur Ducatel, ein Versicherungsagent, heißt mit Vornamen Felix. Jedes Jahr legen seine vier Angestellten zusammen, um ihm zu seinem Namenstag einen Kunstgegenstand zu überreichen. Die kleine Zeremonie findet stets pünktlich um drei Uhr statt. Portwein und Zigarren stehen auf dem Kaminaufsatz des Büros bereit.

Monsieur Ducatel bedankt sich. Jeder Angestellte erhält drei Zigarren, niemand weiß, warum, aber das ist Tradition. Jeder verheiratete Mitarbeiter bekommt eine Tafel Schokolade.

Und regelmäßig verkündet Monsieur Ducatel:

»Meine Freunde, ich mache es mir zur Pflicht, Ihnen für den Rest des Tages freizugeben.«

Bilot, der dämmernd in seinem Klappbett liegt und den Blick auf das leuchtende Dreieck gerichtet hat, vernimmt nun:

»Wenn ich daran denke, daß du dieser Frau die für deinen Sohn bestimmte Schokolade geschenkt hast... Weißt du, das werde ich dir nie verzeihen, und sollte ich hundert Jahre alt werden! Und du besitzt noch die Frechheit zu lügen, zu behaupten, du seiest im Büro geblieben, du...«

»Hör zu, Hélène... Ich bitte dich um Verzeihung... Ich...«

»Nach sechs Jahren Ehe!... Eine Frau, die jeden Kerl empfängt, die vielleicht krank ist... Niemals, nein, niemals werde ich...«

Bilot schläft.

Madame Bastien hat sich angewöhnt, grundlos zu schniefen und gerötete Augen zu haben. Die Mahlzeiten verlaufen schweigend, während Charles mit verlegener Miene manchmal versucht, eine Unterhaltung in Gang zu bringen.

Früher hat er jeden Morgen seine Schnurrbartenden mit der Brennschere aufgedreht. Jetzt trägt er sie herabfallend. Abends vergißt er zuweilen, seinem Sohn einen Kuß auf die Stirn zu geben, wie er es immer gemacht hat. Er liest seine Zeitung. Seine Frau näht oder putzt seufzend Gemüse.

Eines Morgens hält ein riesiger gelb-roter Wagen vor dem Haus. In blaue Arbeitsanzüge gekleidete Männer bemächtigen sich der Möbel und des gesamten Hausrats. Man zieht aus. Man wird in einem anderen Viertel wohnen, nicht weit vom Büro von Monsieur Ducatel, in einer engen Straße, durch die unaufhörlich Straßenbahnen rattern und wo man nicht spielen kann.

Nie wieder wird Bilot wie ein Küken mit anderen Küken auf einem menschenleeren Bürgersteig hocken.

»Übrigens, wir werden dich in die Schule stecken ...«

Einst sang sein Vater, wenn er sich anzog. Abends faßte er Bilot an den Schultern, ahmte eine Trommel nach und tanzte mit ihm durch die Küche.

Das ist vorbei.

Früher ging er jeden Freitag zu seinen Freunden Plumier, um mit ihnen Whist zu spielen.

Er geht nicht mehr aus. Er liest seine Zeitung von der ersten bis zur letzten Zeile und läßt seine Pfeife erlöschen. Und wenn ein flüchtiges Gespräch aufkommt, wirft Madame Bastien schnell ein:

»Ich frage mich, wie du dir noch erlauben kannst, die Stimme zu erheben ...«

Auch andere Sätze kehren häufig wieder.

»Wenn man sich so betragen hat wie du nach sechs Ehejahren ...«

Oder:

»Muß ich dich vor deinem Sohn an die Geschichte mit der Schokolade von Monsieur Ducatel erinnern?«

Bilot versucht nicht, das zu verstehen. Er gewöhnt sich an das neue Bild seines Vaters. Es gleicht ein wenig schlecht gerahmten Fotografien, die mit der Zeit vergilben. Man könnte meinen, die Umrisse Charles Bastiens würden von Jahr zu Jahr konturloser. Er lebt von einem unwägbaren Nebel umgeben. Er geht weiterhin in sein Büro, kehrt zur festgesetzten Stunde heim, ißt, setzt sich in seinen Korbstuhl und liest die Zeitung.

Doch seine Gesichtszüge lassen es an Klarheit und Deutlichkeit fehlen. Er ärgert sich nicht mehr, singt nicht mehr, und wenn er lächelt, ist es ein blasses, innerliches Lächeln, das melancholische Lächeln eines Mannes, der allein lebt.

Früher nahm Bastien sonntagsmorgens nach der Messe seinen Sohn an die Hand, und beide setzten sich, zusammen mit Kameraden, ins Café de la Renaissance, wo Bilot Anspruch auf ein Glas Granatapfelsaft hatte.

»Nein, mein Freund ... Ich dulde nicht, daß du meinen Sohn Gott weiß wohin führst ...«

Madame Bastien hat die Bekanntschaft einer Nachbarin gemacht, einer ehemaligen Eier- und Käsehändlerin, die einen hübschen, ganz mit Marmor ausgestatteten Laden hatte. Sie hat noch heute eine milchfrische Haut und verbreitet einen faden Stallgeruch, doch ihre Augen sind immer gerötet.

Nachmittagelang sitzen sie gemeinsam am Fenster und nähen oder schauen den vorüberfahrenden Straßenbahnen zu. Um vier Uhr bereiten sie sich eine Tasse Kaffee und holen sich Kuchen. Während der ganzen Zeit, die sie zusammen sind, seufzen sie, und manchmal weinen sie auch ein paar Tränen.

»Sie wissen, was das bedeutet, Madame Rorive... Aber ich, nach sechs Jahren Ehe...«

»Und können von Glück sagen, daß er Sie nicht verlassen und das Geld mitgenommen hat...«

»Das hätte ich erleben mögen!«

Wenn Monsieur Bastien heimkommt, schweigen sie plötzlich. Madame Rorive grüßt ihn nicht, sammelt ihr Nähzeug ein und verläßt würdevoll die Wohnung, nachdem sie ihre Freundin wie am Ausgang des Friedhofs geküßt hat.

»Mir scheint, du kommst recht spät...«

»Ich versichere dir... Die Post war noch zu unterzeichnen und...«

»Oh! Ich verlange nichts von dir... An dem Punkt, wo wir angelangt sind...«

Man hatte es so gut in der Rue Pasteur, mit den Nachbarn, die man kannte, den Bürgersteigen, wo einem jeder Pflasterstein vertraut war, den jede Woche frisch gescheuerten Türschwellen.

Im Stadtzentrum, wo man jetzt wohnt, kennt man außer Madame Rorive niemanden, und sobald man das Haus verläßt, ist man mitten im Gedränge. Man kann nicht einmal das Fenster öffnen, ohne daß ein ohrenbetäubender Lärm in die Wohnung dringt.

Erinnert sich Bilot auch nur an Cendron und dessen

Klumpfuß, an das Taschenmesser mit den vielen Klingen, die Lupe und das Stück Bindfaden?

Er wächst heran. Ist im Stimmwechsel. Er geht aufs Gymnasium. Eines Tages ist er Renée begegnet, die ein großes langbeiniges Mädchen mit flachsfarbenen Haarflechten geworden ist.

Sie siezen sich zuerst, finden allmählich zum Du zurück.

»Übrigens die Rue Pasteur... Armer Cendron!... Erinnerst du dich?... Er ist ganz klein geworden, zusammengeschrumpft, und seine Mutter fährt ihn in einem Rollstuhl spazieren... Und wir haben ihn für einen Teufel gehalten!«

Er wird immer noch Bilot genannt, obwohl er siebzehn ist. Er hat sich von Freunden in ein Café schleppen lassen, in dem Damen verkehren. Sie haben einen ausgegeben. Nicht alle. Am Ende hatten sie nicht genug Geld, und Bilot hat seine Uhr als Pfand dalassen müssen.

Eine abscheuliche Nacht. Tanzende Zahlen, die ebenso bedrohliche Formen annehmen wie einst Cendron.

Bilot wartet auf seinen Vater gegenüber den Büros von Monsieur Ducatel. Die Angestellten kommen heraus.

»Was machst du hier, mein Sohn?«

»Sieh mal, Papa... Das ist schwer zu sagen... Ich bin in einer schrecklichen Situation...«

»Eine Frau?«

Sie gehen nebeneinander die Straße entlang. Bilot rechnet mit Vorhaltungen, Vorwürfen.

»Ich versichere dir, Papa... Ich weiß nicht, wie es dazu kommen konnte...«

»Wieviel?«

»Hundertfünfzig Francs... Verzeih bitte... Ich verspreche dir...«

Sein Vater gibt ihm die hundertfünfzig Francs.

»Sag aber nichts deiner Mutter.«

»Danke, Papa.«

»Sie hat kein Verständnis dafür.«

Sie sind zum erstenmal unter sich, unter Männern.

»Man darf ihr das nicht übelnehmen... Eines Tages... Du warst noch ganz klein... Erinnerst du dich an Cendron?«

Bilot errötet, ohne recht zu wissen, warum.

»Nun, ich schwöre dir, aber deine Mutter hat es nie glauben wollen, daß es das erste Mal war... Ich kam vorbei... Ich war mit der Tafel Schokolade auf dem Heimweg, der berühmten Tafel Schokolade von Monsieur Ducatel... *Sie* stand vor ihrem Haus, und der Wind hatte *ihre* Tür zugeschlagen... *Sie* hat mich gebeten...«

Bilot weiß nicht, wo er hinschauen soll, und hat den Bürgersteig verlassen.

»Vorsicht, die Straßenbahn... Ich habe es mit unserem Schlüssel probiert, und es gelang mir, sie zu öffnen... *Sie* hat mich gebeten, einen Augenblick hereinzukommen... *Sie* wollte mir zum Dank ein Glas Likör anbieten... Später wirst du das verstehen... Deine Mutter...«

Sie sind vor ihrem Haus angelangt. Man sieht die fürchterliche Madame Rorive mit ihrem Nähzeug herauskommen.

Der Schleier um Monsieur Bastien wird immer dichter. Der Mann erscheint verschwommener, demütiger, doch er findet Zeit zu murmeln:

»Deine arme Mutter wird sterben, ohne zu begreifen ...«

Er hat noch etwas mitzuteilen, verstohlen, nach einem ängstlichen Blick auf das Fenster, dessen Gardine sich bewegt hat.

»Wenn du weitere Schwierigkeiten hast, besuch mich im Büro ...«

Auf der Treppe riecht es nach Lauchsuppe. Der Tisch ist gedeckt. Madame Bastien sieht die beiden Männer mit jener Schärfe an, die manchmal an den zweiten Blick denken läßt. Während sie die Suppenschüssel füllt, äußert sie:

»Was gibst du deinem Sohn für schlechte Ratschläge?«

Hat Monsieur Bastien Bilot tatsächlich zugezwinkert? Er entfaltet seine Serviette und murmelt mit seiner gedämpften Stimme:

»Wir haben uns zufällig getroffen ... Nicht wahr, Bilot? ... Er hat mir von seiner Lateinarbeit erzählt ...«

Georges Simenon im Diogenes Verlag

● Romane

Drei große Romane
Der Mörder / Der große Bob / Drei Zimmer in Manhattan. Deutsch von Linde Birk und Lothar Baier. detebe 21596

Brief an meinen Richter
Roman. Deutsch von Hansjürgen Wille und Barbara Klau. detebe 20371

Der Schnee war schmutzig
Roman. Deutsch von Willi A. Koch
detebe 20372

Die grünen Fensterläden
Roman. Deutsch von Alfred Günther
detebe 20373

Im Falle eines Unfalls
Roman. Deutsch von Hansjürgen Wille und Barbara Klau. detebe 20374

Sonntag
Roman. Deutsch von Hansjürgen Wille und Barbara Klau. detebe 20375

Bellas Tod
Roman. Deutsch von Elisabeth Serelmann-Küchler. detebe 20376

Der Mann mit dem kleinen Hund
Roman. Deutsch von Stefanie Weiss
detebe 20377

Drei Zimmer in Manhattan
Roman. Deutsch von Linde Birk
detebe 20378

Die Großmutter
Roman. Deutsch von Linde Birk
detebe 20379

Der kleine Mann von Archangelsk
Roman. Deutsch von Alfred Kuoni
detebe 20584

Der große Bob
Roman. Deutsch von Linde Birk
detebe 20585

Die Wahrheit über Bébé Donge
Roman. Deutsch von Renate Nickel
detebe 20586

Tropenkoller
Roman. Deutsch von Annerose Melter
detebe 20673

Ankunft Allerheiligen
Roman. Deutsch von Eugen Helmlé
detebe 20674

Der Präsident
Roman. Deutsch von Renate Nickel
detebe 20675

Der kleine Heilige
Roman. Deutsch von Trude Fein
detebe 20676

Der Outlaw
Roman. Deutsch von Liselotte Julius
detebe 20677

Die Glocken von Bicêtre
Roman. Neu übersetzt von Angela von Hagen. detebe 20678

Der Verdächtige
Roman. Deutsch von Eugen Helmlé
detebe 20679

Die Verlobung des Monsieur Hire
Roman. Deutsch von Linde Birk
detebe 20681

Der Mörder
Roman. Deutsch von Lothar Baier
detebe 20682

Die Zeugen
Roman. Deutsch von Anneliese Botond
detebe 20683

Die Komplizen
Roman. Deutsch von Stefanie Weiss
detebe 20684

Die Unbekannten im eigenen Haus
Roman. Deutsch von Gerda Scheffel
detebe 20685

Der Ausbrecher
Roman. Deutsch von Erika Tophoven-Schöningh. detebe 20686

Wellenschlag
Roman. Deutsch von Eugen Helmlé
detebe 20687

Der Mann aus London
Roman. Deutsch von Stefanie Weiss
detebe 20813

Die Überlebenden der Télémaque
Roman. Deutsch von Hainer Kober
detebe 20814

Der Mann, der den Zügen nachsah
Roman. Deutsch von Walter Schürenberg
detebe 20815

Zum Weißen Roß
Roman. Deutsch von Trude Fein
detebe 20986

Der Tod des Auguste Mature
Roman. Deutsch von Anneliese Botond
detebe 20987

Die Fantome des Hutmachers
Roman. Deutsch von Eugen Helmlé
detebe 21001

Die Witwe Couderc
Roman. Deutsch von Hanns Grössel
detebe 21002

Schlußlichter
Roman. Deutsch von Stefanie Weiss
detebe 21010

Die schwarze Kugel
Roman. Deutsch von Renate Nickel
detebe 21011

Die Brüder Rico
Roman. Deutsch von Angela von Hagen
detebe 21020

Antoine und Julie
Roman. Deutsch von Eugen Helmlé
detebe 21047

Betty
Roman. Deutsch von Raymond Regh
detebe 21057

Die Tür
Roman. Deutsch von Linde Birk
detebe 21114

Der Neger
Roman. Deutsch von Linde Birk
detebe 21118

Das blaue Zimmer
Roman. Deutsch von Angela von Hagen
detebe 21121

Es gibt noch Haselnußsträucher
Roman. Deutsch von Angela von Hagen
detebe 21192

Der Bürgermeister von Furnes
Roman. Deutsch von Hanns Grössel
detebe 21209

Der Untermieter
Roman. Deutsch von Ralph Eue
detebe 21255

Das Testament Donadieu
Roman. Deutsch von Eugen Helmlé
detebe 21256

Die Leute gegenüber
Roman. Deutsch von Hans-Joachim Hartstein. detebe 21273

Weder ein noch aus
Roman. Deutsch von Elfriede Riegler
detebe 21304

Auf großer Fahrt
Roman. Deutsch von Angela von Hagen
detebe 21327

Der Bericht des Polizisten
Roman. Deutsch von Markus Jakob
detebe 21328

Die Zeit mit Anaïs
Roman. Deutsch von Ursula Vogel
detebe 21329

Der Passagier der Polarlys
Roman. Deutsch von Stefanie Weiss
detebe 21377

Die Katze
Roman. Deutsch von Angela von Hagen
detebe 21378

Die Schwarze von Panama
Roman. Deutsch von Ursula Vogel
detebe 21424

Das Gasthaus im Elsaß
Roman. Deutsch von Angela von Hagen
detebe 21425

Das Haus am Kanal
Roman. Deutsch von Ursula Vogel
detebe 21426

Der Zug
Roman. Deutsch von Trude Fein. detebe 21480

Striptease
Roman. Deutsch von Angela von Hagen
detebe 21481

45° im Schatten
Roman. Deutsch von Angela von Hagen
detebe 21482

Die Eisentreppe
Roman. Deutsch von Angela von Hagen
detebe 21557

Das Fenster der Rouets
Roman. Deutsch von Stefanie Weiss
detebe 21558

Die bösen Schwestern von Concarneau
Roman. Deutsch von Ingrid Altrichter
detebe 21559

Der Sohn Cardinaud
Roman. Deutsch von Linde Birk
detebe 21598

Der Zug aus Venedig
Roman. Deutsch von Liselotte Julius
detebe 21617

Weißer Mann mit Brille
Roman. Deutsch von Ursula Vogel
detebe 21635

Der Bananentourist
Roman. Deutsch von Barbara Heller
detebe 21679

Monsieur La Souris
Roman. Deutsch von Renate Heimbucher-Bengs. detebe 21681

Der Teddybär
Roman. Deutsch von Ingrid Altrichter
detebe 21682

Die Marie vom Hafen
Roman. Deutsch von Ursula Vogel
detebe 21683

Der reiche Mann
Roman. Deutsch von Stefanie Weiss
detebe 21753

»... die da dürstet«
Roman. Deutsch von Irène Kuhn
detebe 21773

Vor Gericht
Roman. Deutsch von Linde Birk. detebe 21786

Der Umzug
Roman. Deutsch von Barbara Heller
detebe 21797

Der fremde Vetter
Roman. Deutsch von Stefanie Weiss
detebe 21798

Das Begräbnis des Monsieur Bouvet
Roman. Deutsch von H.J. Solbrig
detebe 21799

Die schielende Marie
Roman. Deutsch von Eugen Helmlé
detebe 21800

Die Pitards
Roman. Deutsch von Ingrid Altrichter
detebe 21857

Das Gefängnis
Roman. Deutsch von Michael Mosblech
detebe 21858

Malétras zieht Bilanz
Roman. Deutsch von Irmgard Perfahl
detebe 21893

Das Haus am Quai Notre-Dame
Roman. Deutsch von Eugen Helmlé
detebe 21894

Der Neue
Roman. Deutsch von Ingrid Altrichter
detebe 21895

● Maigret-Romane und -Erzählungen

Weihnachten mit Maigret
Zwei Romane und eine Erzählung. Leinen

Der Goldene Gelbe 88
Einmalige Sonderausgabe. Enthält folgende Romane: Maigret amüsiert sich / Mein Freund Maigret / Maigret und die junge Tote. Deutsch von Renate Nickel, Annerose Melter und Raymond Regh. detebe 21597

Maigrets erste Untersuchung
Roman. Deutsch von Roswitha Plancherel
detebe 20501

Maigret und Pietr der Lette
Roman. Deutsch von Wolfram Schäfer
detebe 20502

Maigret und die alte Dame
Roman. Deutsch von Renate Nickel
detebe 20503

Maigret und der Mann auf der Bank
Roman. Deutsch von Annerose Melter
detebe 20504

Maigret und der Minister
Roman. Deutsch von Annerose Melter
detebe 20505

Mein Freund Maigret
Roman. Deutsch von Annerose Melter
detebe 20506

Maigrets Memoiren
Roman. Deutsch von Roswitha Plancherel
detebe 20507

Maigret und die junge Tote
Roman. Deutsch von Raymond Regh
detebe 20508

Maigret amüsiert sich
Roman. Deutsch von Renate Nickel
detebe 20509

Hier irrt Maigret
Roman. Deutsch von Elfriede Riegler
detebe 20690

Maigret und der gelbe Hund
Roman. Deutsch von Raymond Regh
detebe 20691

Maigret vor dem Schwurgericht
Roman. Deutsch von Wolfram Schäfer
detebe 20692

Maigret als möblierter Herr
Roman. Deutsch von Wolfram Schäfer
detebe 20693

Madame Maigrets Freundin
Roman. Deutsch von Roswitha Plancherel
detebe 20713

Maigret kämpft um den Kopf eines Mannes
Roman. Deutsch von Roswitha Plancherel
detebe 20714

Maigret und die kopflose Leiche
Roman. Deutsch von Wolfram Schäfer
detebe 20715

Maigret und die widerspenstigen Zeugen
Roman. Deutsch von Wolfram Schäfer
detebe 20716

Maigret am Treffen der Neufundlandfahrer
Roman. Deutsch von Annerose Melter
detebe 20717

Maigret bei den Flamen
Roman. Deutsch von Claus Sprick
detebe 20718

Maigret und das Schattenspiel
Roman. Deutsch von Claus Sprick
detebe 20734

Maigret und die Keller des Majestic
Roman. Deutsch von Linde Birk
detebe 20735

Maigret contra Picpus
Roman. Deutsch von Hainer Kober
detebe 20736

Maigret läßt sich Zeit
Roman. Deutsch von Sibylle Powell
detebe 20755

Maigrets Geständnis
Roman. Deutsch von Roswitha Plancherel
detebe 20756

Maigret zögert
Roman. Deutsch von Annerose Melter
detebe 20757

Maigret und die Bohnenstange
Roman. Deutsch von Guy Montag
detebe 20808

Maigret und das Verbrechen in Holland
Roman. Deutsch von Renate Nickel
detebe 20809

Maigret und sein Toter
Roman. Deutsch von Elfriede Riegler
detebe 20810

Maigret beim Coroner
Roman. Deutsch von Wolfram Schäfer
detebe 20811

Maigret, Lognon und die Gangster
Roman. Deutsch von Wolfram Schäfer
detebe 20812

Maigret und der Gehängte von Saint-Pholien
Roman. Deutsch von Sibylle Powell
detebe 20816

Maigret und der verstorbene Monsieur Gallet
Roman. Deutsch von Roswitha Plancherel
detebe 20817

Maigret regt sich auf
Roman. Deutsch von Wolfram Schäfer
detebe 20820

Maigret und der Treidler der »Providence«
Roman. Deutsch von Claus Sprick
detebe 21029

Maigrets Nacht an der Kreuzung
Roman. Deutsch von Annerose Melter
detebe 21050

Maigret hat Angst
Roman. Deutsch von Elfriede Riegler
detebe 21062

Maigret gerät in Wut
Roman. Deutsch von Wolfram Schäfer
detebe 21113

Maigret verteidigt sich
Roman. Deutsch von Wolfram Schäfer
detebe 21117

Maigret erlebt eine Niederlage
Roman. Deutsch von Elfriede Riegler
detebe 21120

Maigret und der geheimnisvolle Kapitän
Roman. Deutsch von Annerose Melter
detebe 21180

Maigret und die alten Leute
Roman. Deutsch von Annerose Melter
detebe 21200

Maigret und das Dienstmädchen
Roman. Deutsch von Hainer Kober
detebe 21220

Maigret im Haus des Richters
Roman. Deutsch von Liselotte Julius
detebe 21238

Maigret und der Fall Nahour
Roman. Deutsch von Sibylle Powell
detebe 21250

Maigret und der Samstagsklient
Roman. Deutsch von Angelika Hildebrandt-Essig. detebe 21295

Maigret in New York
Roman. Deutsch von Bernhard Jolles
detebe 21308

Maigret und die Affäre Saint-Fiacre
Roman. Deutsch von Werner De Haas
detebe 21373

Maigret stellt eine Falle
Roman. Deutsch von Angela von Hagen
detebe 21374

Sechs neue Fälle für Maigret
Erzählungen. Deutsch von Elfriede Riegler
detebe 21375

Maigret in der Liberty Bar
Roman. Deutsch von Angela von Hagen
detebe 21376

Maigret und der Spion
Roman. Deutsch von Hainer Kober
detebe 21427

Maigret und die kleine Landkneipe
Roman. Deutsch von Bernhard Jolles und Heide Bideau. detebe 21428

Maigret und der Verrückte von Bergerac
Roman. Deutsch von Hainer Kober
detebe 21429

Maigret, die Tänzerin und die Gräfin
Roman. Deutsch von Hainer Kober
detebe 21484

Maigret macht Ferien
Roman. Deutsch von Markus Jakob
detebe 21485

Maigret und der hartnäckigste Gast der Welt
Sechs Fälle für Maigret. Deutsch von Linde Birk und Ingrid Altrichter. detebe 21486

Maigret verliert eine Verehrerin
Roman. Deutsch von Ingrid Altrichter
detebe 21521

Maigret in Nöten
Roman. Deutsch von Markus Jakob
detebe 21522

Maigret und sein Rivale
Roman. Deutsch von Ingrid Altrichter
detebe 21523

Maigret und die schrecklichen Kinder
Roman. Deutsch von Paul Celan
detebe 21574

Maigret und sein Jugendfreund
Roman. Deutsch von Markus Jakob
detebe 21575

Maigret und sein Revolver
Roman. Deutsch von Ingrid Altrichter
detebe 21576

Maigret auf Reisen
Roman. Deutsch von Ingrid Altrichter
detebe 21593

Maigret und die braven Leute
Roman. Deutsch von Ingrid Altrichter
detebe 21615

Maigret und der faule Dieb
Roman. Deutsch von Stefanie Weiss
detebe 21629

Maigret und die verrückte Witwe
Roman. Deutsch von Michael Mosblech
detebe 21680

Maigret und sein Neffe
Roman. Deutsch von Ingrid Altrichter
detebe 21684

Maigret und Stan der Killer
Vier Fälle für Maigret. Deutsch von Inge Giese und Eva Schönfeld. detebe 21741

Maigret und das Gespenst
Roman. Deutsch von Barbara Heller
detebe 21760

Maigret in Kur
Roman. Deutsch von Irène Kuhn
detebe 21770

Madame Maigrets Liebhaber
Vier Fälle für Maigret. Deutsch von Ingrid Altrichter, Inge Giese und Josef Winiger
detebe 21791

Maigret und der Clochard
Roman. Deutsch von Josef Winiger
detebe 21801

Maigret und Monsieur Charles
Roman. Deutsch von Renate Heimbucher-Bengs. detebe 21802

Maigret und der Spitzel
Roman. Deutsch von Inge Giese. detebe 21803

Maigret und der einsamste Mann der Welt
Roman. Deutsch von Ursula Vogel
detebe 21804

Maigret und der Messerstecher
Roman. Deutsch von Josef Winiger
detebe 21805

Maigret hat Skrupel
Roman. Deutsch von Ingrid Altrichter
detebe 21806

Maigret in Künstlerkreisen
Roman. Deutsch von Ursula Vogel
detebe 21871

Maigret und der Weinhändler
Roman. Deutsch von Hainer Kober
detebe 21872

● Erzählungen

Der kleine Doktor
Erzählungen. Deutsch von Hansjürgen Wille und Barbara Klau. detebe 21025

Emil und sein Schiff
Erzählungen. Deutsch von Angela von Hagen. detebe 21318

Die schwanzlosen Schweinchen
Erzählungen. Deutsch von Linde Birk
detebe 21284

Exotische Novellen
Deutsch von Annerose Melter. detebe 21285

Meistererzählungen
Deutsch von Wolfram Schäfer u.a.
detebe 21620

● Reportagen

Die Pfeife Kleopatras
Reportagen aus aller Welt. Deutsch von Guy Montag. detebe 21223

Zahltag in einer Bank
Reportagen aus Frankreich. Deutsch von Guy Montag. detebe 21224

● Biographisches

Intime Memoiren und Das Buch von Marie-Jo
Aus dem Französischen von Hans-Joachim Hartstein, Claus Sprick, Guy Montag und Linde Birk. detebe 21216

Stammbaum
Pedigree. Autobiographischer Roman
Deutsch von Hans-Joachim Hartstein
detebe 21217

Simenon auf der Couch
Fünf Ärzte verhören den Autor sieben Stunden lang. Deutsch von Irène Kuhn
Mit einer Bibliographie und Filmographie und 43 Abbildungen. detebe 21658

Außerdem liegen vor:

Stanley G. Eskin
Simenon
Eine Biographie. Mit zahlreichen bisher unveröffentlichten Fotos, Lebenschronik, Bibliographie, ausführlicher Filmographie, Anmerkungen, Namen- und Werkregister. Aus dem Amerikanischen von Michael Mosblech
Leinen

Über Simenon
Zeugnisse und Essays von Patricia Highsmith bis Alfred Andersch. Mit einem Interview, mit Chronik und Bibliographie. Herausgegeben von Claudia Schmölders und Christian Strich. detebe 20499

Das Simenon Lesebuch
Erzählungen, Reportagen, Erinnerungen
Herausgegeben von Daniel Keel
detebe 20500

Stanley G. Eskin
Simenon
Eine Biographie

Aus dem Amerikanischen
von Michael Mosblech

Stanley G. Eskins Biographie stützt sich auf Gespräche mit Simenon, mit Verwandten, Freunden, Verlegern des Autors sowie auf das riesige, erst bruchstückhaft erschlossene Material des Simenon-Archivs in Lüttich. Eskin gelingt es, Lücken und Widersprüche in den autobiographischen Werken *Intime Memoiren* und *Stammbaum* genau zu durchleuchten und vielfach auch zu schließen und damit eine überzeugende, kritische und spannende Biographie des erfolgreichsten Schriftstellers des 20. Jahrhunderts vorzulegen.

»Ich konnte nie glauben, daß Simenon wirklich existiert. Seine ungeheure Produktion, mein immer neues Staunen über die Vollkommenheit seiner Erzählungen, die psychologische Genauigkeit seiner unendlich vielen Figuren, die Eindrücklichkeit der Landschaftsbeschreibungen vermittelten mir stets das Bild eines hinreißenden Schriftstellers, das aber so ungreifbar und unbestimmt blieb wie etwa das Bild des Frühlings, des Meeres, das Bild von Weihnachten – Bilder, die man mit Vergnügen und unbewußtem Wohlbehagen in sich aufnimmt und erlebt, ohne daß sie imstande wären, die Begriffe in ihrer Dinghaftigkeit und Identität vollständig zu verkörpern.« *Federico Fellini*

»Eine hervorragende Würdigung von Simenons Werk und Ästhetik... Stanley G. Eskin legt hier eine ausgezeichnete Biographie zu Simenons Leben und Werk vor, die es verdient, von allen Maigret-Fans verschlungen zu werden.« *Modern Fiction Studies*

»Mit Sicherheit das umfassendste Werk, das je über mich geschrieben wurde.« *Georges Simenon*

29